एक टीस विस्थापन की

उपन्यास

विनीत कुमार

अंजुमन प्रकाशन

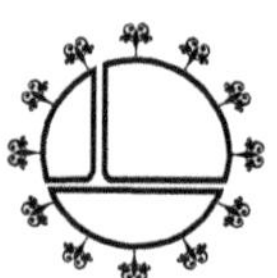

अंजुमन प्रकाशन
942, मुट्ठीगंज, प्रयागराज-3 उत्तर प्रदेश, भारत
वेबसाइट - www.anjumanpublication.com
ईमेल - contact@anjumanpublication.com

आवरण व टाइप सेटिंग : अंजुमन प्रकाशन, प्रयागराज

ISBN : 978-93-88556-37-8

पाठकों को समर्पित

हे धरती आयो, हे चला आईओगो।

जिया निंघ आयो पोपलेखा भला, काया निंघ आयो पोपलेखा।

नोर पोपन एरो जिया लालचारी एकायजो बरेगा बदम।

यौदा उला कुडूखन ऊरबा डरे केरकाम विलिएदा बरेगा बदम.........!!

झारखंड के प्रकृति का लोक-पर्व सरहुल, जिसके नैसर्गिक वातावरण में आदिवासी समुदाय अपनी सम्पूर्ण संवेदनाओं, सुखानुभूतियों के साथ सरना स्थली में प्रकृति की उपासना कर अखरा में पारम्परिक लोकगीतों की बहारों में मदमस्त मांदर की थाप और नगाड़ों की गूँज से अभिभूत होकर मस्ती के आलम में मस्त थिरकते लोक-नृत्य करते सारी रात खुशियाँ लुटाने को आतुर हैं। यही तो है आदिवासियों की सम्पूर्ण सम्पदा जहाँ खुशियाँ, निरद्वंद्वता, निश्छलता, सादगी, सरलता और सौहार्द के भण्डार संजोए हुए हैं जो जंगलों पहाड़ों कंदराओं के गोद में बसने वाले इन आदिवासियों को प्रकृति और अपने पुरखों से सौगात स्वरूप सहज ही प्राप्त हुआ है।

झारखंड का सबसे प्रिय और प्रसिद्ध त्योहार सरहुल... यह त्यौहार सिर्फ

जंगलों- पहाड़ों में बसने वाले आदिवासियों का ही नहीं बल्कि यह प्रकृति प्रेमियों का त्योहार है। झारखण्ड में इस त्योहार को राजकीय सम्मान प्राप्त है। यह त्योहार आदिवासियों के साथ-साथ दूरदराज जंगलों, पहाड़ियों, कंदराओं, दुर्गम घने जंगलों के बीच रमने- बसने वाले आदिम जनजातियों तथा सदनों के बीच ही नहीं बल्कि पूरे राज्य के शहरों में भी बड़े धूमधाम से मनायी जाती है, राजभर में जुलूस सांस्कृतिक कार्यक्रम और भोज आयोजित किया जाता है।

यह प्रकृति का पर्व है ही ऐसा जब प्रकृति अपने सम्पूर्ण सौंदर्य के साथ प्रकट होती है। चारों ओर नव पल्लव और फूलों से सजी प्रकृति नववधू की अलसायी लजायी-सी अँगड़ाई के रूप विदित होती है। प्रकृति जैसे नूतन वस्त्र धारण कर अपनी हरीतिमा की आभा से जग को आलोकित किये जा रही हो। साल वृक्ष में लगे पीले फूल हवा के मंथर गति के झोंकों से झूमते लोगों के हृदय में हर्षोल्लास जगा रहे हों। गाँव के सरना स्थलों में प्रकृति की पूजा उपासना करते लोगों के बीच गाँव का पाहन- पुजारी, अग्नि में धूप और धूवन के हवन से वातावरण में फैला एक दिव्य सुगंध जो लोगों को भक्ति के वातावरण में सम्मोहित किये जा रहा हो। फिर मांदर की थाप और नगाड़ों के चोट से गूँजता इस मस्ती के वातावरण में थिरकते घूमते और लोकगीतों पर नाचते लोग। फिर प्रसाद के साथ भोज।

शाम ढलने को आयी है। अपने अपने घरों में हँड़िया (चावल से तैयार किया गया एक विशेष प्रकार का नशीला प्रसिद्ध प्रिय पेय पदार्थ) के साथ लोग चखना (खाद्य, चना, अण्डा, मांस आदि) लेकर बैठने लगे हैं। गाँव की सम्पूर्ण वातावरण में हँड़िया के सुवास (आदिवासी जिसके सुगंध से इसे पीने को आतुर हो उठते हैं, पर अन्य जो इस पेय से अनभिज्ञ हैं शायद उन्हें यह सुभाषित न जान पड़े) से लोग मुँह के पानी घोटते इसे पीने को लालायित हो उठे हैं। लोग अपने मित्रों प्रियजनों को इस सोमरस के पान हेतु आमंत्रित करते और साथ बैठकर सम्पूर्ण ऐश्वर्य के साथ चखने चबाते, हँड़िया घोटते नहीं अघाते थे। घर की महिलाएँ आये मेहमानों का स्वागत करती, आवभगत करती बड़े मान-सम्मान के साथ पुए-पकवान खिलाते और हँड़िया से भरे बड़े-बड़े कटोरे परोसते खुद को सौभाग्यशाली समझती इठलाती फिरती थीं। घर की बुजुर्ग महिला भी पुरुषों और आये मेहमानों को बड़े शौक से हँड़िया परोसती और स्वयं हँड़िया का लुत्फ उठाती नहीं अघाती थी। जमीन में बिछे पटिया

(चटाई) और पीढ़ा (लकड़ी का बैठक) मैं बैठे आगंतुक मेहमानों, रिश्तेदारों, मित्रों के साथ बैठे बुजुर्ग चखने चबाते हँड़िया परोसते शांत समृद्ध ऐश्वर्यशाली मनमादनी अद्भुत वातावरण किसी इंद्रसभा से कम न थे।

एक अलौकिक उन्माद किंतु सात्विक। सारा गाँव एक मद्धिम तृप्त उन्माद व मस्ती के रंग में रँग गयी। आँखें हल्की लाल नशीली, होंठों पे लोकगीतों का मधुर स्वर। बहकते हृदय और अरमानों को लगाम देने की असफल प्रयास में स्त्री पुरुषों (सम्बन्ध आधारित) के बीच एक मधुर छेड़छाड़... रसीली बातें, रूप लावण्य यौन का हँसी-ठिठोली और फिर वही ठहाके। आज किसी की बातों को दिल से लेने या बुरा मानने की कोई सूरत ही न बची, कोई गुंजाइश ही न ठहरी। मन-मस्तिष्क एक स्वर्गीय अनुभूति से तृप्त। कदाचित इस ऐश्वर्य जगत को देख इंद्र भी ईर्ष्यालु हो जाए। समृद्धि खुशियों की, सुखानुभूति ऐश्वर्य की और था ही क्या सीधे-सादे गरीब मेहनतकश आदिवासियों के पास।

अँधेरा होने लगा था। लोग खा पीकर जुटने लगे थे गाँव के बीच स्थित अखरा में, अपने ढोल नगाड़ा, मांदर-मृदंग लेकर... साथ ही महिलाएँ अपने सम्पूर्ण परम्परागत श्रृंगार धारण किये झुंड के झुंड लोकगीतों का स्वर लिए जुटने लगीं इस पारम्परिक सांस्कृतिक स्थल अखरा में। बच्चों की धमाचौकड़ी से बड़े बुजुर्ग चिचियाते और तत्क्षण ही लोकगीतों की धुन में एकाकार हो जाते। नवयुवतियाँ, नववधुएँ आपस में नृत्य-साधना के लिए खींचातानी करतीं, अपनी साड़ी सँभालती, लजाने का उपक्रम करती, इठलाती, बलखाती जैसे परदे के पीछे (एक दायरा) पुरुषों, युवाओं और पति को लुभाने की कोशिश में जुटी हों।

फिर क्या था, आखरा के बीच मांदर की पहली थाप पड़ते ही नगाड़े जैसे मांदर की ललकार पर चढ़ बैठी हो। मांदर की थाप और नगाड़ों की गूँज के बीच महिलाओं के शरीर में उत्पन्न थिरकन के उन्माद को देख बूढ़े बुजुर्गों के शरीर में वर्षों से खोयी नवस्फूर्ति जाने कहां से जाग पड़ी हो। महिलाएँ एक दूसरे से जुड़ाए अपने लोकगीत लेकर कमर कसती अखरा के बीच कूद पड़ीं। फिर क्या था, क्या बूढ़ा, क्या जवान, क्या महिलाएँ, क्या तरुण नवयुवक-नवयुवतियाँ, नववधूएँ सारा भेद भुलाकर जश्न में डूब गये। सभी के चेहरे पर एक अजीब-सा जोश उत्साह, मस्ती और हृदय में परम आनंदानुभूति विराजमान थी।

रात भर लोगों ने खूब मस्ती किया प्रकृति के इस त्योहार सरहुल पर। आज सारी प्रकृति, सारा जंगल, जंगली जीव, नदी- झरने, पहाड़ियाँ कंदराएँ गुफाएँ और इन वादियों में सरसराती हवाओं के साथ साथ आसमान के चाँद-तारे भी जाग उठे थे। सरहुल का यह पहला सवेरा नव वर्ष, शुभ कर्म और नूतनता का प्रतीक है।

झारखण्ड प्रदेश के प्रकृति की गोद में अवस्थित चँदवा प्रखण्ड के चारों तरफ बसे छोटे-बड़े आदिवासी बहुल गाँव। वैसे तो इन गाँव में बहुत से जातियों का समावेश था पर उनकी संख्या नगण्य थी। इनमें से खेरवार, गंझू, भुइयाँ मुख्य जातियाँ थीं जो अनुसूचित जनजाति के थे। आदिम जनजाति में रहिया आदि थे, जो बाँस के सामान बनाने में कुशल थे। इनमें से गंझू जनजाति प्रमुख थी, जिनकी अपनी एक अलग सांस्कृतिक विरासत थी। इनका रहन सहन सांस्कृतिक लोकाचार अति उच्च विकसित तो नहीं पर सुखद, शांतिपूर्ण एवं मंगलमय था। इन जनजातियों में निर्धनता थी, जीवन कठोर संघर्ष में था। अन्य जनजातीय सभ्यता की तरह इनमें भी अंधविश्वास कायम थी। जीविकोपार्जन के मुख्य साधन अविकसित कृषि पद्धति और पशुचारण था। कृषि के लिए उन्नत संसाधन विकसित न थे न ही सिंचाई के पर्याप्त साधन थे। वर्ष में दो फसल निकालते थे, एक वर्षा में और दूसरा जाड़े की। कमोबेसी रबी फसल जो ईश्वरीय कृपा पर आधारित था। एक तरह से कहा जाए तो इनकी निर्भरता कृषि से कहीं ज्यादा पशुचारण पर थी क्योंकि यहाँ विस्तृत और खुले जंगल थे जो पशुपालन के लिए एक सम्पूर्ण और सफल चरागाह था। साथ ही साथ ये अपने जीवनयापन के लिए तीन-चौथाई इन घने जंगलों पर निर्भर थे, जंगल को माँ मानते थे। इस की सेवा करते थे और इसी की गोद में निश्चिंत निर्द्वन्द्व जीवन व्यतीत करते थे। ये वन हर किसी की आवश्यकता की पूर्ति करती थी। इन वनों से खाने पीने की वस्तु हो, दैनिक आवश्यकता की वस्तु हो या फिर पशुचारण हो इन सबकी आवश्यकता की पूर्ति होती थी। गाँव में कोई भी भूखा नहीं रहता था।

संसार में भले कहीं भी अकाल पड़ा हो, प्राकृतिक आपदा आयी हो, पर यहाँ के लोगों ने कभी भूख की तपिश नहीं देखा है, न ही किसी तरह की प्राकृतिक प्रकोप के शिकार हुए हैं। कोई भी गरीब भूखा यदि जंगल की शरण में चला जाए तो वह कभी भी मायूस, निराश नहीं लौटा। वह हर मौसम में कुछ

न कुछ जंगल से लेकर आया... या कंदमूल हो, जंगल के छोटे-बड़े, मीठे-खट्टे कसैले फल हों या मधु के छत्ते, साग पात हों, फूल हो या फिर जंगली जीवों का शिकार हो, अबतक कोई भी खाली हाथ या भूखा नहीं लौटा। ये वन-सम्पदा ही यहाँ के लोगों का जीवन आधार था।

यहाँ के वन में प्राकृतिक गुफा के रूप में वनशक्ति देवी का एक प्राचीन मंदिर भी है जो इस क्षेत्र के लोगों के आस्था, श्रद्धा का केंद्र ही नहीं बल्कि एक अटूट विश्वास का प्रतीक भी है। जिस किसी को भी किसी तरह की तकलीफ हो, वह चाहे गम्भीर बीमारी हो या साधारण चोट हो या फिर सुख-समृद्धि की कामना हो, वह दौड़ा चला आता इन पालनहार ममतामयी माता वनशक्ति देवी के द्वार पर।

गाँव में कोई भी शुभ कार्य हो, मंगल कार्य हो सब माता की कृपा इच्छा और वरदान समझा जाता था। गाँव में चाहे गाय ने बच्चे दिये हों, पेड़ का पहला फल हो या फिर जंगल से लाये गये मधु के छत्ते हों, नये फसल का अनाज हो या फिर किसी की शादी विवाह की पहली मिठाई हो या बच्चों के जन्म की खुशी, सबसे पहले प्रसाद के रूप में बड़ी श्रद्धा सेवा के साथ लोग वनशक्ति माता को भोग लगाते थे तत्पश्चात ही वे अपने मुँह में दूध फल अन्न या मिठाई ग्रहण करते। वनशक्ति देवी माता से बिना इजाजत लिये या बिना निमंत्रण दिये कोई शुभ कार्य सम्पन्न नहीं होता था, यहाँ तक की शादी-विवाह के मामले में भी माता-पिता की सहमति का अपना एक अलग रिवाज था। जब लड़का पक्ष के लोगों को गाँव की किसी लड़की को ब्याहकर ले जाना होता तो जब वे रिश्ता लेकर लड़की के घर आते तो वे अपने साथ एक लोटा जल और दूब घास लेकर आते और दोनों पक्ष पूरी रात उस मंदिर में ठहरकर माता से इस रिश्ते के सफल होने की सहमति के लिए याचना करते हैं। यदि उस रात किसी जंगली जानवर सियार, जंगली कुत्ते, बिलार आदि का रुदल (फेकर) हो जाता तो इसका अर्थ यह होता कि इस रिश्ते के लिए माता की सहमति नहीं मिली और फिर यह रिश्ता नहीं होता। किंतु जाग्रति की उस रात यदि सब कुछ मंगल होता, रात शांति से गुजर जाती है तो इसका अर्थ था माता की पूर्ण सहमति और जब माता की पूर्ण सहमति मिल जाती दो जल से भरे लोटे में पवित्र सूत (धागा) से दूब घास को बाँधकर कन्या-पक्ष को सुपुर्द कर दिया जाता। इसका तात्पर्य है कि वे दोनों पक्ष आपस में रिश्तेदारी के बंधन में बँध गये और फिर यहीं बैठकर

शादी ब्याह के आगे का कार्यक्रम दिन तिथि निर्धारित की जाती। इस परम्परा या रिवाज को डालीटका या सूतबंधी कहा जाता है।

इस वनांचल में कोई विशेष धर्म स्थापित नहीं है। यहाँ के लोगों के बीच बस मानवीय मूल्यों का पालन होता है। इस वनांचल में सारे धर्म कर्म आस्था विश्वास का केंद्र वनशक्ति देवी माता का मंदिर ही है। अभी वर्तमान में वनवासियों के बीच हिंदू धर्म का प्रभाव परिलक्षित हो रहा है।

आधुनिक सभ्यता और भौतिक संसाधनों की होड़ से कोसों दूर यहाँ के आदिवासी अपने जीवन स्तर सभ्यता संस्कृति से संतुष्ट शांतिपूर्वक जीवनयापन में विश्वास रखते हैं, अपनी वन माता पर पूर्ण आस्थावान हैं। वे वन को ही अपनी सम्पूर्ण सम्पदा समझते हैं जहाँ से अब तक कोई खाली हाथ न लौटा है

भौतिक संसाधनों की बहुलता को ही समृद्धि समझा जाता है, पर यहाँ यह धारणा मिथक साबित हुई है। इस वनांचल के जनजाति, आदिवासी अभावों के बीच संघर्ष और गरीबी के बीच भी सम्पूर्ण समृद्धि, सुख- शांति और ऐश्वर्य के मालिक हैं। इन्हें अब तक अभाव जैसी कोई चीज या परिस्थिति आंदोलित नहीं कर पायी है। यह अपने तमाम अभावों के बीच खुश हैं और स्वयं को ऐश्वर्यशाली समझते हैं। जीवन की सम्पूर्णत की दौड़ में इंसान स्वयं अधूरा रह जाता है पर यहाँ के लोग अभाव के बीच भी जीवन की सम्पूर्णता का आनंद ले रहे हैं, न भूत का मलाल न भविष्य की चिंता। बड़ी मस्तमौला है यहाँ की दिनचर्या... न कोई लालसा न महत्वाकांक्षा न धनसंग्रह की कामनाएँ। बस वर्तमान के मस्ती के आलम में मस्त एक सुखद जीवनानुभूति। यदि कभी दुःख हुआ तो वन और वनशक्ति देवी माता के मत्थे... उनका प्रकोप मानकर सहर्ष स्वीकारा फिर समय के साथ दुःख बिछड़ते ही फिर से वही नवजीवन-सी मस्ती, फिर वही मंगलराग। न आदर्श सभ्यता परम्परा का दायित्वभार, न ढोंग, न दिखावे की मनोवृत्ति, न छल प्रपंच चतुराई का होड़, न नाम प्रसिद्धि और ज्ञान का महिमामंडन। निरक्षर होकर भी पढ़े लिखों और विद्वानों गुरुओं से भी प्राकृतिक, मूल्य और मानवीय मूल्यों के आधार पर इन महिमामंडित चतुर आध्यात्मिक गुरुओं से दो कदम आगे। यही तो है इनकी समृद्धि और सुखी शांतिपूर्ण जीवन का रहस्य। बच्चे, बूढ़े, जवान, स्त्रियाँ सभी अपने-अपने कर्म क्षेत्र में संघर्षरत, मेहनती, कर्तव्य पालन में व्यस्त, जैसे कर्तव्यपालन ही इनका परम जीवन लक्ष्य हो।

इन्हीं गाँवों में एक गाँव है चकला जहाँ गंजू जाति के आदिवासी समुदाय में माटी का जन्म हुआ। जंगल- पहाड़, नदी-झरनों, घाटियों के बीच प्रकृति की गोद में आबाद यह गाँव अपनी मनोरम छटा से सदा लोगों को लुभाए रखा है। प्रकृति ही यहाँ की अमूल्य सम्पदा है। प्रकृति और विस्तृत वनस्थली से ही इस गाँव के लोग समृद्ध और संरक्षित हैं।

मरणासन्न जगन के चारों तरफ पूरा गाँव ही नहीं बल्कि पास-पड़ोस के गाँव के स्त्री पुरुष और बच्चे भी एकत्रित हो गये थे, पर चंद साँसों के सहारे अटकी जगन की टिमटिम करती आँखों को अपने प्राणों से भी प्रिय पोते ''माटी'' का इंतजार था। जगन... गाँव के मुखिया होने के नाते जिसने भी सुना, उसकी स्थिति को जानने दौड़ा चला आया। यह मुखिया का पद किसी सरकारी चुनाव का नतीजा न था बल्कि अपने गाँव के साथ-साथ आस-पास के गाँव वालों ने भी उसे हृदय से अपना प्रणेता माना था। उसने स्वतंत्रता-संग्राम में अपनी जवानी का खुलकर जौहर दिखाया और इसी के परिणाम स्वरूप उनका गाँव लगान व शोषण मुक्त तब तक रहा जब तक कि देश स्वतंत्र न हो गया। हाँ यह अलग बात थी कि इस संग्राम में लगान मुक्त गाँव कायम रखने में अपने बेटे के साथ- साथ अन्य दो लोगों की भी शहादत देनी पड़ी थी। तब इस शहादत को कुछ लोगों ने गलत नजरिये से देखा और उनकी मृत्यु का सारा दोष जगन पर यह कहकर मढ़ दिया कि यदि वे अँग्रेजों से नहीं भिड़ते तो उसके बेटे सहित अन्य दो की जान नहीं जाती। जान देने वाले ये तीनों थे और लगान न चुकाने का लाभ पूरे गाँव को मिला। तब जगन ने अपने माथे के इस झूठे कलंक को मिटाने के लिए अन्य दोनों परिवारों के भरण-पोषण और बच्चों की पढ़ाई की जिम्मेवारी अपने कंधों पर ले ली थी। आर्थिक तंगी के कारण वे स्वयं अपने प्रिय पोते ''माटी'' की अच्छी शिक्षा- दीक्षा का प्रबंध न कर सकते हुए भी उन दो शहीद हुए परिवारों के बच्चों की अच्छी शिक्षा के लिए पढ़ाई का प्रबंध शहर के अच्छे स्कूल में कर दिया था। इस बोझ के कारण उनका जीवन अब तक तंगहाली और कष्टों में ही बीतता आया है। वह हर समय मेहनतरत थे साथ ही अपने प्रिय पोते से भी खूब मेहनत कराते ताकि उन शहीद परिवारों के बच्चों की पढ़ाई का खर्च जुटा सकें। तब माटी अपने माँ और दादा के साथ ही गाँव के सामान्य परिवेश में पलता-बढ़ता और गाँव के ही पीपल वृक्ष के नीचे लगने वाली पाठशाला में ''सुरती'' के साथ पढ़ता रहा। जब वह मैट्रिक की परीक्षा

पास कर गया और आगे की पढ़ाई का विकल्प गाँव में न होने के कारण वह दो वर्ष पहले पढ़ाई के लिए शहर चला गया था।

भारी भीड़ को चीरता रूप लावण्य का धनी छरहरा गठीला बदन का युवक बदहवास दौड़ता हुआ अपने मरणासन्न दादा के सामने प्रकट हुआ- "हाय दादा यह क्या हो गया।" भीड़ ऐसी शांत हुई मानो सबकी साँसें थम गयी हों। नजरें बस एक ही जगह केंद्रित और मन में एक कौतूहल भरी जिज्ञासा। माटी की माँ रमियाँ ससुर जगन की छाती को सहलाती आँखों में आँसू लिये बैठी थी मानो वह बेटे के आने तक इन अंतिम साँसों को रोकती रही हो।

पोते के उपस्थित होने से जहाँ भीड़ में एक मातम व गहरी मायूसी थी वहीं जगन के आँखों में एक दिव्य चमक और मुरझाये चेहरे में अतृप्त खुशी और होठों पर असफल मुस्कुराहट दौड़ गयी। बेटे को देख रमियाँ के हाथ थम गये और फिर क्या था... ढाँढ़स का बाँध टूटते ही सिसकियों के सहारे अश्रुधारा फूट पड़ी मानो रमियाँ ने जगन के टूटती साँसों को रोककर अपने दायित्व का निर्वहन कर दिया हो।

पोते के आलिंगन के लिए जगन की आतुर बाँहें हिलकर रह गयीं पर माटी अपनी सबल बाँहों से उन्हें गले लगाकर जी भर कर रोया- "दादा...!"

कुछ देर तक दादा और पोते का हृदय विदारक वार्तालाप होता रहा। इस वार्ता में रुँधे गले से आवाज तो न निकली पर दोनों की आँखों से आँसू निकल पड़े। जाने ये आँसू मिलन की खुशी के हैं या अंतिम विदाई के गम के।

पोते के मिलन की खुशी ने उसके कंठद्वार खोल दिये, शरीर में एक नयी चेतना का संचार हो उठा, मानो वाह उठना चाहता हो। माटी ने दादा का हाथ थाम लिया। जगन ने पूरी ताकत लगाकर लड़खड़ाती आवाज में कहा- "बेटा माटी! मैं अभागा पूरा जीवन सुख- शांति से रहा, न परिवार को रहने दिया, न ही गाँव को, न तुम्हारी पढ़ाई की उचित व्यवस्था कर सका, उल्टे तुमसे कड़ी मेहनत कराया... लेकिन मुझे गर्व है कि मैंने इस गाँव को खुद कलंकित होकर भी इसे गुलामी की कलम से बचाया, इसे नीलाम होने से बचाया। बेटा मैंने जीवन भर इस मिट्टी की सेवा की, अब यह दायित्व तुझे सौंपे जाता हूँ। लोग जीवन भर की कमाई और सौगात छोड़े जाते हैं पर मैं तुझे इस मिट्टी की

खुशहाली की, अपनी आदिवासी अस्मिता और संस्कृति की तथा उन शहीद परिवारों का भार सौंपे जाता हूँ। मुझे लगता है मैं अपने पूरे जीवन में खोता ही आया हूँ। स्वतंत्रता की लड़ाई में अपने इकलौते बेटे के साथ- साथ गाँव के दो बेटों को खोया, अपना सुखचैन खोया; पर आज मुझे लग रहा है मैंने सब कुछ खोकर भी बहुत कुछ कमाया और मेरे पूरे जीवन भर की कमाई है यह भीड़।'' उसने भीड़ की ओर इशारा किया। माटी ने आँखें उठाकर देखा दूर- दूर तक भीड़ जमा है और सबकी आँखों में जगन के लिए सहानुभूति और श्रद्धा के आँसू छलक पड़े हैं। माटी के हृदय ने गर्व व आश्चर्य से कहा- इतनी बड़ी और कीमती संपत्ति धन्य धन्य भीड़ को वह कुछ पल निहारता रहा जैसे वह सचमुच में अपने दादा से मिली कीमती संपत्ति को निहार रहा है।

जब तक दादा की जन संपत्ति से माटी का ध्यान भंग होता, तब तक जगन माटी को अपनी यह संपत्ति सौंप चला था। माटी ने छाती पीट लिया और भीड़ से करुण क्रंदन की आवाजें तेज होने लगी थीं।

माटी अपनी अधूरी पढ़ाई पूरी करने वापस शहर चला गया। इंटरमीडिएट पास करते ही उसे मास्टर की नौकरी मिल गयी। नौकरी करते उसे एक वर्ष बीत गया। पहले तो उसका मकसद था पढ़ाई इसलिए उसने बड़ी लगन और मेहनत से पढ़ाई की और इसी का परिणाम था उसे मास्टर की नौकरी पढ़ाई पूरी करते ही मिल गई। वह नौकरी का इच्छुक नहीं था। नौकरी मिलते ही जैसे उसका लक्ष्य समाप्त हो गया हो। स्कूल के दौरान तो वह व्यस्त रहता पर स्कूल के बाद और छुट्टियों में वह व्याकुल हो उठता। उसका मन रह-रहकर दादा के अधूरे कार्य को पूरा करने के लिए उत्कंठित हो उठता। उसे गाँव की मिट्टी की गंध बुलाने लगी। इसी उधेड़बुन से बचने के लिए उसने और आगे की पढ़ाई शुरू कर दी पर इसमें भी उसका मन न ठहरा। उसका मन हरपल गाँव, गाँव के लोग और सुरती पर लगा रहता। सुरती के सँग बिताये उन हसीन पलों में अक्सर खो जाया करता था।

सुरती गाँव की वह इकलौती ऐसी लड़की थी जो नवीं कक्षा तक की पढ़ाई पूरी की थी। इसमें भी जगन की प्रेरणा से ही वह संकुचित बंधनों को तोड़कर नवीं तक की पढ़ाई पूरी की थी। सुरती के पढ़ने का दूसरा सबसे बड़ा कारण माटी था।

सुरती उसी गाँव के दूसरे टोले की लड़की थी। जैसा नाम वैसा ही रूप लावण्य की धनी। गौरवर्ण, लम्बी, दुबली-सी। आवाज इतनी सुरीली कि दिल के तार को पहली बार में झंकृत कर दे। लज्जा की प्रतिमूर्ति किंतु माटी के लिए नटखटी, चुलबुली। बेवजह कोई बात नहीं, शब्द-भण्डार से चुने हुए एक-एक सारगर्भित शब्द जैसे- विशाल समुद्र से चुने कीमती मोतियाँ। नुकीली नाक और पतली भौंहों के बीच लाल बिंदी। दोनों आँखों से मानो लज्जा छलक पड़ी हो और मधुमति से पतले होठों से रसीली बातें। एक गरीब पिता की बेटी साधारण पहनावे में भी बात- व्यवहार, सलीके से सम्पन्न और नाज नखरों वाली लाडली।

माटी और सुरती गाँव में पीपल की छाँव तले लगने वाली पाठशाला में साथ-साथ पढ़े और खेले थे। सुरती माटी से एक कक्षा नीचे थी। जब माटी को इस पाठशाला से निकलकर आगे की पढ़ाई के लिए हाईस्कूल जाना पड़ा तो माटी ने आगे पढ़ने से मना कर दिया था और उत्तीर्ण होते हुए भी उसी कक्षा में दोहराने की बात दादाजी से कही थी पर मास्टरजी के समझाने से वह पुनः हाई स्कूल जाने को तैयार हो गया था। तभी से उन दोनों के हृदय के किसी कोने में एक-दूसरे के प्रति मीठे स्वप्न पलने लगे थे। पूरे एक वर्ष वे दोनों अलग-अलग विद्यालय में पढ़ें, पर जब भी मौका मिलता वे एक दूसरे के सान्निध्य और सामीप्य को आतुर रहते। माटी उसके टोले में लट्टू, गिल्ली-डण्डा या कबड्डी आदि खेलने चला जाया करता था। कभी मास्टर जी से मिलने के बहाने स्वयं का स्कूल गैरहाजिर कर अपने पुराना स्कूल चला जाता जहाँ उसे सुरती दिख जाती थी। कभी दूध लेने तो कभी फूल लेने के बहाने वह सुरती से मिलने के लिए आतुर रहता था। सुरती भी कहाँ कम थी, कभी भी उसने पूरा दूध एक साथ न दिया। आधा किलो सुबह देती और आधा किलो के लिए शाम में बुलाती जबकि सुरती के घर पर्याप्त दूध होता। छुट्टी के दिनों में माटी अक्सर मवेशी चराने उसी ओर चला जाता जिस ओर सुरती के टोले वाले ले जाते थे और अपेक्षा करता कि सुरती भी अपने मवेशी लेकर चराने आये, पर ऐसा शायद एकाध बार ही हो सका पूरे वर्ष के दौरान। गाँव में लगने वाले मेले, जतरे में माटी सुरती का बड़ी बेसब्री से इंतजार करता। सुरती ने भी सज-धजकर अपने रूप लावण्य के प्रदर्शन में कोई कमी न रख छोड़ी थी। जतरे में उन दोनों की आँखों ही आँखों बातें होतीं। माटी की बड़ी इच्छा होती कि वह कुछ

मिठाइयाँ और श्रृंगार के सामान खरीदकर सुरती को भेंट करे पर उसका अरमान धरा का धरा रह जाता। दुनिया के तीखे और क्रूर नजरों से वह सहम जाता, उसकी हिम्मत जवाब दे जाती और सुरती के लिए खरीदी गयी मिठाई और जेब में छुपाये गए श्रृंगार के सामान जतरा मेला के कई चक्कर काटने के बाद भी उसी के हाथों हिलता -डुलता वापस माटी के घर में ही लौट आता। माता रमियाँ ने एक बार कपड़े धोते समय उसकी जेब से बिंदी और चूड़ी निकालकर पूछा था- "अरे माटी यह बिंदी और चूड़ियाँ क्यों खरीद लाया, बिंदी तो मैं लगाती नहीं और यह चमकीली चूड़ियाँ मुझे सुहाती नहीं।" इसका जवाब माटी के पास था नहीं शिवाय झेंपने के। दादा ने जब कड़ाई से पूछा था तो उसने मारे भय के झूठ बोल दिया था कि वह माँ के लिए लाया है। इस पर रमियाँ आँसू पूछते हुए बोली थी- "तुम्हारा लाया नहीं पहनूँगी, तुम्हारे पिता होते और लाकर देते तो...।" आगे वह कुछ न बोल सकी बल्कि उसकी सिसकियों ने आगे की बात पूरी कर दी। रमियाँ की बातों से जगन अपराध बोध से रो पड़े थे। उन्होंने अपने बेटे की मौत का जिम्मेदार खुद को मान लिया था।

साल भर की दूरी ने उन दोनों को और करीब लाकर खड़ा कर दिया था। साल बिता सुरती आठवीं कक्षा उत्तीर्ण हुई। घरवालों ने आस-पास के गाँव में सबसे ज्यादा पढ़ी-लिखी लड़की का खिताब देकर उसकी पढ़ाई छुड़वा दिया। माटी की हार्दिक इच्छा थी कि सुरती भी उसके साथ हाईस्कूल पढ़ने जाए पर वह यह भी जानता था कि गाँव से अकेली लड़की का इतनी दूर हाईस्कूल पढ़ने जाना सम्भव नहीं। माटी, सुरती के सान्निध्य के लिए बेचैन हो उठा। उसे समझ नहीं आ रहा था कि वह सुरती का सामीप्य कैसे पाये। कई दिनों की जद्दोजहद के बीच उस डूबते को तिनके का सहारा मिला।

एक दिन माटी मौका देखकर सुरती से नदी के पास अकेले में मिला। सुनसान नदी के किनारे माटी को एकाएक देखकर सुरती घबरायी। वह जल्दी-जल्दी कपड़ा समेटकर जाने को उद्यत हुई तभी माटी ने कहा- "सुरती घबराओ मत, मेरी बात सुनो!"

सुरती- "यह भी कोई मिलने की जगह है! इस सुनसान में किसी ने हम दोनों को साथ देख लिया तो जानते नहीं हमारी कितनी बदनामी और जगहँसाई होगी।"

माटी- ‘‘जानता हूँ पर मेरे पास कोई उपाय भी नहीं था, बात भी जरूरी है सुनो...’’

सुरती- ‘‘मुझे तुम्हारी कोई बात नहीं सुननी, नहाते वक्त बात सुनाने चला, लज्जा मर्यादा का तनिक भी खयाल नहीं!’’ वह तुनककर कपड़े समेट चलती बनी। माटी ठगा-सा वहीं खड़ा कभी खुद पर तो कभी सुरती पर झल्लाता रहा। सुरती का यह व्यवहार माटी को अच्छा न लगा।

माटी का फिर स्कूल जाने में मन न लगा। वह साल भर से इस खयाल में सुरती के घर के सामने के रास्ते से बड़ी खुशी से स्कूल आता-जाता रहा कि जब सुरती आठवीं पास कर लेगी तो वह भी माटी के साथ- साथ स्कूल जाया करेगी। पर जब ऐसा नहीं हुआ तो उसने स्कूल जाना छोड़ दिया। घर वालों के पूछने पर वह तबीयत खराब का बहाना बनाता रहा।

सुरती को भी माटी को देखना और मिलना अच्छा लगता था भले ही सांसारिक लोकाचार और भय के कारण इन दोनों की बातें नहीं होती थीं। जब महीनों माटी स्कूल नहीं गया तो सुरती व्याकुल हो उठी। स्कूल जाने के समय रोज उसकी नजरें रास्ते पर माटी को ढूँढ़ा करती थीं। उसे चिंता हुई और दुःख भी कि कहीं माटी ने उसके व्यवहार का बुरा तो नहीं मान लिया या फिर बीमार पड़ गया हो। कदाचित मेरी बातों का बुरा मानकर दूसरे रास्ते से स्कूल जाता हो। कहीं उसने पढ़ाई तो नहीं छोड़ दी या फिर शहर चला गया। उसका मन अनेक शंकाओं से व्याकुल हो उठा। जाने वह कौन-सी जरूरी बात करना चाहता था मुझसे, मुझे उसकी बात सुन लेना था।

इन्हीं चिंताओं के बीच वह माटी से मिलने का उपाय ढूँढ़ने लगी। अन्य लोगों से पता चला कि आजकल वह स्कूल छोड़ घर के मवेशी चराने लगा है। एक दिन सुरती ने भी माँ से लाड दिखाकर अपने मवेशी चराने को राजी कर लिया। यद्यपि उम्र के लिहाज से वह लड़कियों के बकरियाँ चराने के उम्र से बड़ी हो चुकी थी। गाँव की परम्परा में इस उम्र की लड़कियों का बकरियाँ चराना अच्छा नहीं समझा जाता था, किंतु विशेष परिस्थितियों जैसे- घर वालों का बीमार होना या बाहर जाने पर यह छूट थी पर लोगों की निगरानी के दायरे के अंदर।

वह अपने मवेशी लेकर उस ओर चली जिस ओर माटी के टोले के लोग

चराने जाते थे। उसे उस ओर मवेशी ले जाते कइयों ने टोका पर सुरती ने उधर अच्छी चरागाह मिलने की बात बताकर अपने मवेशियों को जल्दी-जल्दी हाँक ले गयी। सुरती ने देखा माटी के मवेशी चर रहे हैं और माटी झाड़ी के समीप बैठा अपनी बाँसुरी को निहार रहा है... संभवतः वह बजाने की तैयारी कर रहा हूँ। सुरती अपने मवेशियों को माटी के मवेशियों के झुंड में शामिल कर दी और माटी के पास आकर बोली- "बजाते क्यों नहीं, दिखाने लाए हो क्या!"

माटी अकड़कर बोला- "मेरी बांसुरी, बजाऊँ या दिखाऊँ तुम्हें क्या।"

सुरती- "अच्छा बताओ स्कूल क्यों नहीं जा रहे हो?"

माटी- "तू मेरी मालकिन है! बड़ा हिसाब लेने चली आयी।"

सुरती- "देखो माटी, मुझे मेरी गलती का एहसास है, मुझे माफ करो और जल्दी बताओ वह जरूरी बात क्या थी? बड़ी मुश्किल से बहाना बनाकर आ पायी हूँ, कभी फिर दोबारा मिलना हो न हो।"

माटी- "कोई जरूरी बात नहीं है मुझे परेशान मत करो तुम जाओ यहाँ से, अभी अकेले मिलते बदनामी नहीं होती?" माटी बुदबुदाया।

सुरती- "तुम्हारी नाराजगी सही है, पर समय नहीं है न शायद कभी मौका मिले... यदि कोई आ गया तो फिर हमारी बात नहीं हो पाएगी।" सुरती ने मनाने और समझाने की कोशिश की।

माटी- "मुझे तुमसे कोई बात नहीं करनी, जाने क्या समझती है खुद को।" माटी की इस झिड़कन से सुरती को बड़ा दुःख हुआ। वह रोनी सूरत लिये माटी से दूर चली गयी। दोनों मौन थे और दुःखी भी। उन दोनों को अब भी एक-दूसरे से समीप आने की आस थी। दोपहर हो गयी। मवेशियों को पानी पिलाने नदी की ओर ले जाने के लिए सुरती अपने मवेशियों को माटी के मवेशियों से अलग करने लगी। उसे मवेशियों को अलग ले जाते देख माटी को लगा कि अब सचमुच सुरती से दोबारा मुलाकात न हो पाएगी... यह मौका हाथ से चला गया तो कहीं जीवन भर हाथ मलते न रह जाना पड़े। उसने अपनी बाँसुरी और छड़ी सँभाली और सीधा जा पहुँचा सुरती के पास- कहा- "अब समझ में आया इस तरह मुँह फेरकर चले जाने का दुःख क्या होता है?"

सुरती- "तो क्या तुम मुझसे बदला ले रहे हो?"

माटी- "बदला नहीं ले रहा हूँ, इस दर्द का एहसास करा रहा हूँ।"

सुरती- "मैंने तो कहा ही था मुझे मेरी गलती का एहसास है।"

माटी- "गलती का एहसास लोकाचार है, पर दर्द का एहसास...!" एकाएक माटी चुप हो गया। जाने आगे माटी क्या कहना चाह रहा था। उन दोनों की नजरें मिलीं। सारे गिले-शिकवे धुल गये। तभी मौन को तोड़ते हुए सुरती ने कहा- "अब बताओगे भी अपनी जरूरी बात!" माटी का ध्यान टूटा

माटी- "मैं चाह रहा था कि तुम भी हाईस्कूल में दाखिला लो और हम दोनों साथ-साथ पढ़ने चलेंगे।"

सुरती- "तुम्हारे चाहने से कुछ नहीं होता, मेरे घरवाले मुझे और आगे नहीं पढ़ाएँगे; पढ़ा लिखाकर क्या कराना है मुझसे, आखिरकार मुझे चूल्हा ही तो फूँकना है।

माटी- "पढ़े-लिखे क्या चूल्हा नहीं फूँकते?"

सुरती- "चूल्हा फूँकने के लिए पढ़ाई की क्या जरूरत।"

माटी- "पढ़े-लिखे यदि घास भी काटें तो अच्छे से काटते हैं।"

सुरती- "अब मेरा आगे पढ़ना असम्भव है।"

माटी गहरी साँस लेकर बोला- "हाँ सुरती यह तो मुझे भी अच्छी तरह से पता है कि गाँव में लड़कियों को पढ़ने की इजाजत नहीं, फिर भी तुम तो आठवीं तक पढ़ ली... यह सब कुछ जानते हुए भी मेरा मन जाने क्यों बहाने और विकल्प ढूँढ़ता फिर रहा है।"

सुरती- "बताओ तो सही क्या विकल्प है, शायद किस्मत से काम आ जाए।"

माटी निराश होते हुए बोला- "कोई फायदा नहीं।"

सुरती- "कभी-कभी दैवयोग से मुर्दे में भी जान आ जाती है, हो न हो हमारे लिए भी कोई चमत्कार हो जाए।

माटी- "दैवयोग तो देवताओं की कृपा का प्रसाद है, पर इस गाँव की संकुचित मानसिकता में कोई योग काम नहीं आने वाला।"

सुरती- "जब कुछ होना ही नहीं है तो यह सब लाख जतन काहे का।"

माटी- "बस दिल की तसल्ली के लिए एक विकल्प सूझ आया है। अब जाते-जाते सुन लो- अब तक तुम मेरे दादाजी के कहने पर आठवीं तक पढ़ी हो और तुम तो जानती हो मेरे दादाजी का कहा लोग नहीं टालते, हो न हो मेरे दादा जी के कहने पर तुम्हारे माँ - पिता तुझे आगे पढ़ाने के लिए मान जाएँ।"

सुरती- "पर तुम्हारे दादा जी मेरे माता- पिता को क्यों कहने लगे?"

माटी- "तुम मेरे दादाजी से मिलो और उनके सामने आगे पढ़ने की इच्छा जताते हुए अपने माता- पिता को मनाने की मिन्नतें करो, रोओ गिड़गिड़ाओ शायद...।"

सुरती- "मुझसे यह सब न होगा... तुम्हारे दादा के सामने गाँव के बड़े-बड़े पुरुष बातें करते घबराते हैं और तुम कहते हो मुझ जैसी लड़की तुम्हारे दादा से बात करे, जिसे अपने बाप से बातें करने में पसीने छूट जाते हैं।"

माटी- "देखो सुरती कुछ पाने के लिए कुछ खोना पड़ता है; यदि राजी हो जाएँ तो ठीक यदि न भी हुए तो क्या बिगड़ जाएगा।"

सुरती- "बात तो ठीक है पर तुम ही मना लो न अपने दादाजी को मेरे लिए।"

माटी- "मैं तुम्हारे लिए! क्या सोचेंगे दादा।"

सुरती- "अच्छा सोचे तो ठीक, बुरे भी सोचे तो क्या बिगड़ जाएगा तुम्हारा, आखिरकार तुम्हारे दादा ही तो हैं फँसीं पर तो न लटका देंगे।"

माटी- "ना बाबा ना तुम पढ़ो न पढ़ो मुझे क्या।"

मवेशी प्यास से इधर-उधर बिदकने लगी थी। उन दोनों को मवेशियों का ख्याल हुआ। वे दोनों अपने-अपने मवेशी लेकर घर की ओर चल पड़े।

कई दिन बीत गये। सुरती इस विषय में हर पल सोचती रही। उसे पढ़ाई में कोई खास दिलचस्पी तो न थी पर माटी के लिए हृदय व्याकुल था। वह सोचती रहती कि माटी के दादा जगन के पास जाकर क्या कहे कैसे कहे। वह रोज सोने से पहले संकल्प कर सोती कि सुबह उठते- उठते दादा के पास जाएगी, पर सुबह उठते ही उसकी हिम्मत जवाब दे जाती। फिर दिन भर वही उधेड़बुन, वही

व्याकुलता।

समय बीता जाता था, माटी छूटा जाता था। एक दिन बातों ही बातों में सुरती की शादी की बात घर में सुनाई पड़ी। इस बात से सुरती घबरा उठी। शादी की बात उठने लगी थी। मरता क्या नहीं करता। आगे कुआँ पीछे खाई। उसने शादी से बचने के लिए पढ़ाई का बहाना सोचा और वह एक सुबह निश्चय कर पहुँच गयी माटी के दादा जगन के पास।

हृदय जोर-जोर से धड़क रहा था। मन घबरा रहा था। चेहरे पर हवाइयाँ उड़ रही थीं। जाने क्या होने वाला है आज। उसे लग रहा था मानो आँधी तूफान से वह घिरी जा रही हो। आँखें कान बंद होना चाहते थे। मारे घबराहट के माथे पर पसीने की नन्ही-नन्ही बूँदें छलक पढ़ी थीं।

सुबह-सुबह बदहवास घबरायी सुरती को आया देखकर जगन ने बड़े प्यार से उसका हाल पूछा- ''क्या बात है बेटी इस तरह अचानक सुबह-सुबह, घर पर सब ठीक तो है।''

सुरती हकलाई- ''स... सब ठीक है, बस...।''

जगन- ''पहले तुम बैठो और शांत हो जाओ, घबराने की कोई बात नहीं, जो कुछ भी समस्या है खुलकर कहो।'' जगन के इस प्यार भरे लहजे से सुरती को बड़ी राहत मिली।

सुरती- ''जी दादाजी मैं आठवीं पास कर गयी हूँ और मैं आगे की पढ़ाई करना चाहती हूँ, पर मेरे घरवाले...।'' सुरती की घबराहट को देख जगन वस्तुस्थिति को ताड़ गये और बीच में ही बोल पड़े।

जगन- ''यह तो बड़ी अच्छी बात है, तुम्हारी तरह हर लड़की को आगे पढ़ने की ललक होनी चाहिए, शाबाश! मैं तुम्हारे माता-पिता से बात करूँगा, तुम निश्चिंत होकर घर जाओ, समय मिलते ही मैं तुम्हारे माता-पिता से मिलूँगा।'' सुरती उठी और सरपट घर की राह ली। जिस काम को वह भारी पहाड़ समझती थी वह काम तो चुटकी बजाते जैसे हो गया। बस अब माता-पिता की सहमति मिल जाए। वैसे दादा जगन पर सुरती को पूरा भरोसा था।

शाम होते ही जगन, सुरती के माता-पिता से बात करने उसके घर पहुँचे।

सुरती के पिता लखू - "राम राम काका! आइए, आइए बैठिए।" जगन को बैठाकर लखू घर के अंदर भागा और पत्नी सुगनी को जगन काका के आने की सूचना दी। पत्नी ने अँचल से सर ढककर काका का अभिवादन किया- "प्रणाम काका!"

"खुश रहो, जीती रहो... आओ आओ बहुरिया आओ बैठो, तुम दोनों से ही बातें करना है।" जगन ने आशीर्वाद देते हुए बैठने को कहा।

जगन को आया जानकर सुरती की धड़कनें तेज हो गयीं। उसे यह चिंता खाये जा रही थी कि कहीं जगन दादा यह बात न कह डालें कि आगे पढ़ने की बात सुरती स्वयं जगन दादा के घर जाकर कहाँ आयी है। वह मारे भय के घर से निकली तक नहीं पर दरवाजे के पीछे कान टिकाये बैठी थी, जाने क्या फैसला होता है।

लाखू - "कुछ बात थी तो हमें बुला लिया होता काका तकलीफ काहे को...।" जगन ने बीच में ही बात काटते हुए कहा- "तकलीफ की कोई बात नहीं बस यूँ ही टहलता चला आया।

लखू - "काका कुछ विशेष बात है?"

जगन- "बात विशेष तो नहीं पर महत्त्वपूर्ण है।"

लखू - "काका आदेश करें।"

जगन- "आदेश तो नहीं कर सकता पर सहमति चाहता हूँ।"

लखू - "कैसी सहमति काका?"

जगन- "सुरती तो आठवीं पास कर गयी है, मैंने मास्टर से भी बात किया है उसे पढ़ाई का बड़ा लगन है, मेरी इच्छा है कि वह आगे की भी पढ़ाई करे, इस विषय में तुम दोनों क्या सोचते हो?"

लखू - "काका सोच तो अच्छी है पर लड़की को पढ़ाना इतना आसान नहीं साथ ही मुसीबत भी तो है।"

जगन- "क्या मुसीबत है?"

लखू - "पहला कि गाँव की लड़कियों को पढ़ने का रिवाज नहीं, ज्यादा

पढ़ाओ तो अँगुलियाँ उठने लगती हैं; आठवीं तक पढ़ ली क्या यही बहुत नहीं, आस-पास के चार गाँव में इतना भी किसी लड़की ने नहीं पढ़ा।''

जगन- ''मानता हूँ आठवीं तक किसी लड़की ने नहीं पढ़ा, इसका अर्थ यह तो नहीं कि हमारे गाँव की लड़कियाँ कभी आठवीं से ज्यादा पढ़ ही नहीं सकतीं।''

लखू - ''काका वह बात नहीं है, बात यह है कि अभी के जमाने में आठवीं तक काफी है, तब का जमाना कैसा हो तब देखा जाएगा।''

जगन- ''देख लखू किसी न किसी लड़की को तो यह बंधन तोड़ना पड़ेगा, क्यों न यह शुभ कार्य अपनी बेटी सुरती से ही हो; शिक्षा और विकास का दायरा तो किसी न किसी को बढ़ाना ही पड़ेगा, क्यों न इसका शुभारम्भ अपने ही हाथों हो, आखिर कब तक हम संकुचित मानसिकता के दायरे में सिमटे रहेंगे। आज लड़कियाँ पढ़कर के ऊँची-ऊँची डिग्गरियाँ हासिल कर उच्च पदों पर आसीन हैं और यह हमारे समाज में गर्व का विषय है, तुम भी कहाँ कुआँ के मेंढक बने पड़े हो।''

लखू - ''काका कहने मात्र से ही पढ़ाई नहीं हो जाती; यदि बेटी ज्यादा पढ़-लिख गयी तो वर खोजने में भी परेशानी होगी और ज्यादा पढ़ा लिखा पैसे वाला मिल भी गया तो दहेज भी...।'' जगन बीच में ही बोल पड़े- ''हा हा हा! तुम बहुत आगे की सोचते हो, चलो इसका वर खोजने की जिम्मेवारी मेरी। और रही बात दहेज की तो अभी तक हमारे समाज में दहेज का चलन हावी नहीं है, मेरे जिंदा रहते तो और भी नहीं। हाँ यदा-कदा पढ़े-लिखों में यह दहेज-प्रथा चोरी- छुपे दिखाने के निमित्त सुगबुगा रही है जो हमारी आदिवासी परम्परा और संस्कृति के विरुद्ध है; पर तुम इसकी तनिक भी चिंता न करो इसका जिम्मा मैं लेता हूँ और कुछ...?''

लखू - ''पर अकेली लड़की इतनी दूर सुनसान रास्ते से होकर हाईस्कूल कैसे जाएगी, कहीं रास्ते में ऊँच-नीच हो गयी तो मैं मुँह दिखाने लायक भी न रहूँगा।''

जगन- ''मेरे रहते तुझे चिंता करने की आवश्यकता नहीं, अभी मैं जिंदा हूँ, और आस-पास के गाँव में किसी की मजाल नहीं की मेरे जीते जी बेटी को कोई आँख उठाकर भी बुरी नीयत से देखे। दूसरी राहत की बात यह है कि

अपना माटी भी तो हाईस्कूल जाता है, दोनों साथ साथ स्कूल आया-जाया करेंगे, मैं माटी को सख्त हिदायत दे दूँगा की वह सुरती को साथ लेकर जाया-आया करे।''

लखू - ''काका बेटी आपकी है इज्जत आपकी है, आप जो करेंगे उसकी और हमारी भले के लिए ही करेंगे फिर आप जो उचित समझें करें।'' लखू ने काका के आगे हाथ जोड़ लिये।

जगन- ''तुम क्या कहती हो बहुरिया? यदि सोच-विचार करना हो तो आराम से दो- चार दिनों में सोचकर बताना।

सुगनी- ''नहीं काका, आप गाँव के बड़े बुजुर्ग हैं, आपके सोची- बिचारी के आगे हमारा क्या, आप जो कहें हम तैयार हैं।'' सुरती की माँ ने सहमति जतायी।

जगन- ''तो फिर कल ही मैं हाईस्कूल में इसका दाखिला करा दूँगा, बेटी को कल सुबह जाने की तैयारी करने बोल दो, अब चलूँ।'' जगन विदा लेकर घर वापस चल पड़े।

सुरती की खुशी का ठिकाना ना रहा। वह दरवाजे के पीछे से उठकर भागी रसोई में जैसे उसे कुछ पता ही न हो। जिस माटी के एक मुलाकात के लिए तरसती रहती थी अब वही उसका खेवनहार निकला। अब तो वह माटी से रोज मिलेगी ही नहीं बल्कि घण्टों साथ रहेगी। दादा ने एक तरह से उसे माटी के साथ रहने की सामाजिक मान्यता प्रदान कर दी हो। दादा ने बात को बड़ी चतुराई से सम्भाल लिया था। यह भी जाहिर न होने दिया कि आगे पढ़ने की इच्छा सुरती ने स्वयं दादा को बतायी थी।

पूरे एक वर्ष उन दोनों ने साथ बिताया। यह उनका स्वर्णिम काल था। परंतु उन दोनों ने हर समय अपनी- अपनी मर्यादा का खयाल रखा। उन्होंने ऐसा कोई काम न किया जिससे उन दोनों पर अँगुली उठे या खानदान का या गाँव का नाम लान्छित हो।

नौकरी लगने के बाद माटी की दिनचर्या एक प्रकार से निश्चित और सीमित हो गयी था। स्कूल के बाद उसे न तो कोई काम था न किसी तरह की भागदौड़। जीवन निश्चिंततापूर्वक बड़े आराम से कट रहा था।

फुरसत के क्षणों में वह अपने गाँव और सुरती के विषय में ज्यादा सोचा करता था। उसने यह भी तय कर लिया था कि अब वह गाँव जाकर सुरती से शादी कर लेगा। चुँकि अब वह अपने पैरों पर खड़ा था इसलिए किसी तरह की कोई बाधा न थी। यद्यपि वे बचपन में और हाईस्कूल के किशोरावस्था के दौरान दोनों ने साथ- साथ पढ़ा और प्रणयपूर्ण समय बिताया था। वह सुरती को प्यार करता था और मन ही मन उसे जीवन साथी चुन लिया था। यद्यपि उसने कभी सुरती के सामने जाहिर न की, न ही सुरती ने कभी उससे प्यार या शादी का जिक्र किया किंतु माटी उसके मनोभावों को बखूबी ताड़ गया था। सुरती का हाईस्कूल जाते समय साइकिल के पीछे कैरियर पर न बैठकर आगे बैठने की इच्छा जाहिर करना, रास्ते में पड़ने वाली नदी पार करते समय जानबूझकर अपने कपड़े भिगाना और सूखने के बहाने देर तक माटी के साथ समय बिताना। साइकिल में बैठकर जल्दी से घर न पहुँच जाएँ इसलिए चुपके से माटी के साइकिल की हवा निकाल देना ताकि वे दोनों बड़े इत्मीनान से पंचर के बहाने गपशप करते धीमे चाल से पैदल चलना। इस तरह के कई ऐसे संकेत थे जिससे माटी को लगा था कि सुरती उसे भी चाहती है।

माटी मन ही मन शादी की तैयारी करता रहा और मीठी कोमल कल्पनाओं के आगोश में समय का इंतजार करता रहा। स्कूल की छुट्टी मिलते ही वह गाँव गया और माँ रमियाँ से सुरती के साथ शादी की इच्छा व्यक्त की। रमियाँ सुरती को देख भी चुकी थी और उसके व्यवहार, चाल चलन, खानदान से बखूबी वाकिफ भी थी इसलिए उसने बेटे की इस इच्छा को स्वीकारते हुए सहर्ष सहमति दे दी।

दूसरे ही दिन रमियाँ बेटे की शादी की बात लेकर बड़ी उमंग व हर्षोल्लास से सुरती के माता-पिता से मिलने उनके घर गयी। रमियाँ को देखते ही सुरती के पिता लखु ने पूछा- "आज इधर बड़े अरसे बाद कहाँ जा रही है भौजी! आइए पानी-वानी पीते जाइए।"

रमियाँ - "अरे आप ही के घर तो आ रही हूँ बेटी सुरती से मिलने।"

लखु - "आइए आइए बैठिए!" लखु ने आँगन मैं खाट डालते हुए बुलाया।

लखु - "सुनाइए भौजी घर का हाल चाल सब ठीक तो है?"

रमियाँ - ''ठीक न भी हो तो ठीक कहना पड़ता है, घर में पड़ी रहती हूँ अकेले, अकेले रहना अकेले खाना, जी उचटता है तो चली जाती हूँ गाँव का हाल जानने।''

लखु - ''अब माटी की शादी कर दीजिए, कब तक अकेले दिन काटेंगी। सुना है माटी बेटा शहर में सरकारी मास्टर हो गया है।''

रमियाँ - ''हाँ आप लोगों के दुआ आशीर्वाद से अपने पैरों में खड़ा हो गया है।''

लखु - ''कहीं लड़की-वड़की देखा है कि नहीं, कहें तो बात चलाऊँ रिश्तेदारी में।''

रमियाँ - ''वही तो देखने आयी हूँ।''

''कहाँ, किसकी लड़की।''लखु जैसे उतावले में पूछ बैठा हो।

रमियाँ - ''यही अपनी सुरती को।''

लखु - ''ये आप क्या कह रहे हैं भौजी!'' माटी के साथ सुरती की रिश्ते की बात सुनकर पत्नी सुमति को जैसे अपने कानों पर भरोसा ही न हुआ हो। वह भारी जिज्ञासा लिए अचम्भित-सी मंद कदमों से उन दोनों के समीप आ गयी और उन दोनों की वार्ता पर ध्यान लगाए मामला को सुनने-समझने की कोशिश करती उसे यह भी ध्यान न रहा कि रिश्ते लेकर आए अतिथि का विशेष सेवा सत्कार करने की सुदृढ़ परम्परा है। सुमति को अपनी ओर आते देख रमियाँ ने प्यार से कहा- ''आओ बहुरिया आओ बैठो।'' सुमति बगैर किसी औपचारिकता के सम्मोहित-सी बैठ गयी।

रमियाँ - ''क्या मैंने कुछ ठीक नहीं कहा।''

लखु विस्मित-सा बोले- ''नहीं यह बात नहीं, मुझे अपने कानों पर विश्वास नहीं हो रहा।''

रमियाँ - ''इसमें अविश्वास करने वाली कौन-सी बात है।''

लखु कृतज्ञ भाव से बोला- ''कहाँ राजा भोज और कहाँ गंगू तेली!''

रमियाँ - ''पहेलियाँ मत बुझाइए लखु, क्या यह रिश्ता आपको मंजूर नहीं?''

लखु - "ये आपने क्या कह दिया भौजी, यह रिश्ता तो मेरा सौभाग्य है। कई जन्मों के सदकर्मों का फल होगा जो आप जैसे प्रतिष्ठित परिवार में मेरी बेटी बहू बनकर जाएगी।"

रमियाँ - "इस रिश्ते से आप लोगों को किसी तरह की कोई आपत्ति तो नहीं?"

सुमति- "कोयला चुनकर गुजारा करने वाले मजदूर को यदि कोयला चुनते हीरा हाथ लग जाए तो भला इस भाग्यवान को किस बात की आपत्ति! वह अपने भाग्य पर क्यों न इतराए भला। इतना बड़ा और सुंदर रिश्ते की तो हमने कभी कल्पना भी न की थी। लड़का घर का है, देखा-सुना परखा है, ऊपर से सरकारी नौकरी... रूपवान, गुणवान, सुंदर सुशील, कामयाब लड़का है, उस पर भला किस मूर्ख को आपत्ति हो सकती है, इस रिश्ते की बात सुनकर तो हम धन्य हो गये! पर...।"

रमियाँ - "पर क्या?" उसने शंका व्यक्त की।

सुमति- "पर क्या, माटी जैसा पढ़ा-लिखा होनहार सभ्य युवक सुरती जैसी गँवई सभ्यता वाली कम पढ़ी-लिखी लड़की को पसंद करेगा?"

रमियाँ इत्मीनान से होती हुई खुशी से बोली- "आप इसकी चिंता न करें, मैं माटी के मर्जी से ही यह रिश्ता लेकर आयी हूँ। वे दोनों बचपन से ही एक-दूसरे के करीब रहे हैं और दोनों एक-दूसरे को खूब पसंद करते हैं... हाँ यदि चाहें तो आप सुरती से इस विषय में पूछकर विचार कर जवाब दीजिएगा।"

लखु - "नहीं भौजी आपने मेरी सुरती को पसंद कर लिया यही हमारे लिए सौभाग्य और गर्व की बात है; अब यदि हम सुरती से इस रिश्ते के विषय में पूछें तो यह छिछोरापन नहीं होगा; आप स्वयं रिश्ता लेकर मेरे द्वार आये यही हमारी खुशकिस्मती है, ऐसी किस्मत को कौन ठुकराएगा भला, क्या कहीं संसार में आपसे बड़ा रिश्ता सुरती के लिए और कोई हो सकता है भला।"

रमियाँ - "सब तो ठीक है पर हमें भी तो लड़की की मर्जी जानना है, उसकी भी तो अपनी जिंदगी है, अपने खयालात हैं।"

लखु - "अरे नहीं भौजी, हम गरीबों के लिए इतनी देखासुनी नहीं होती फिर आपके घर की मान-प्रतिष्ठा को पूरे इलाके में कौन नहीं जानता। माटी बेटा

भी हीरा है... न कोई बुरी लत, न असभ्यता, उसकी तरफ से मैं हाँ कहता हूँ; हाँ यदि आप सुरती से मिलना चाहते हों तो मैं अभी बुला देता हूँ, अरी सुरती... सुन जरा इधर आ...।''

रमियाँ - ''अरे रहने भी दीजिए, क्यों परेशान करते हैं बेचारी को। मारे लाज के चौखट लाँघकर वह आएगी भला बड़ों के सामने। मेरा सब देखा सुना है, आप विवाह की तैयारी में लग जाएँ। अरे हाँ, मैं तो भूल ही गयी थी। यदि आप कहें तो लगे हाथों लोटा-पानी (इंगेजमेंट) ठीक कर ले, अभी माटी भी छुट्टियों में आया हुआ है... या फिर तैयारी के लिए आपको कुछ और वक्त चाहिए, सुमति नेलखु की ओर सवालिया निगाहों से देखा, पर लखु की तो जैसे मुख में जवाब तैयार पड़े हो।

लखु - ''अरे नहीं भौजी आप जब जहाँ जैसे कहेंगे हम तैयार हैं।''

रमियाँ - ''यदि दो दिनों में तैयारी हो जाएगी तो अगले ही दिन लोटा-पानी कर लेते हैं?''

लखु - ''ठीक ही रहेगा तैयारी क्या करनी; एक दिन बाजार का काम है और एक दिन रिश्तेदारों को न्योतने का काम, दो दिन काफी है चट मँगनी पट ब्याह। यदि कुछ रही-सही कमी रह जाए, तो उसे शादी में पूरा करेंगे। शादी धूमधाम से खर्च करके करेंगे।''

रमियाँ - ''ठीक ही कहा आपने, अभी क्या खर्चने, सारे खर्च शादी में करेंगे तब तक समय भी मिल जाएगा तैयारी का, तो ठीक है नरसों बुधवार को लोटा- पानी का दिन पक्का।''

लखु - ''ठीक है भौजी बात पक्की।'' उसने सहर्ष सहमति जतायी।

रमियाँ - ''अब मैं चलूँ?''

''अरे तनिक रुकिए तो, आपने तो मेरे घर कुछ खाया-पिया भी नहीं, कम से कम मुँह तो मीठा करते जाइए।'' सुरती ने आग्रह किया।

रमियाँ - ''बस अब सब मुँह मीठा, खानपान लोटा-पानी (सगाई) के रस्म में ही होगी, अभी विदा चाहती हूँ विदा।'' यह कहकर रमियाँ घर की ओर चल पड़ी।

सुरती और लखु ने कृतज्ञता पूर्वक हाथ जोड़ लिये। हाथ जोड़े लखु रमियाँ को दूर तक श्रद्धा भाव से निहारता रहा जब तक कि वह आँखों से ओझल न हो गयी। मानो सौभाग्य की देवी उसकी झोली में खुशियों का खजाना डालकर चली जा रही हो। रमियाँ के उधर होते ही लखु लपककर मारे खुशी के घर के अंदर दौड़ पड़ा और अपने पूर्वजों, कुलदेवता और वनशक्ति माता को श्रद्धापूर्वक याद कर नमन किया। इतनी बड़ी खुशियाँ और सौभाग्य के लिए धन्यवाद दिया और मंगलकामना कर आशीर्वाद लिया। सुमति ने रिश्ते की बात चहक-चहककर सुरती को सुनाया और फिर गर्व से छाती फुला ली। जैसे-किस्मत ने उसके द्वार पर दस्तक दे दी हो।

शादी की बात सुनकर सुरती के हृदय में खुशियाँ समाती न थीं। खुशियाँ समेटने की जद में वह स्वयं खोती चली गयी। मन के किसी कोने में कालक्रम से सुसुप्त पड़ा माटी के प्रति प्रेम प्रणय एकाएक जाग पड़े। स्वप्निल आकाश में मन पंछी स्वच्छंद उड़ान भरने को आतुर हो उठी। सुरती एक ही पल में आकाश की गहराइयों को माप लेने और इसके सारे रहस्यों को अपने नन्हे परोसे समेट लेने को विकल थी। मधुर, स्नेहिल, कोमल कल्पनाओं की उड़ान क्षितिज के पार बादलों में खो जाती थी। (इस शब्दातीत अलौकिक स्नेहिल अनुभूति के रहस्य को पाठक वर्ग स्वयं अनुभव करें)

वनशक्ति देवी मंदिर परिसर में दोनों परिवार लोटा- पानी की तैयारी में बड़ी तन्मयता से जुड़े थे और देखते ही देखते वह समय भी आ गया जब माटी और सुरती एक-दूसरे के सामने बैठे साथ -साथ लोटा- पानी (इंगेजमेंट) की रस्में अदा कर रहे थे। गाँव के बड़े बुजुर्ग महिलाएँ पाहन (पुजारी) के निर्देशों पर मंत्रोच्चारण और विधि-विधान के साथ उन दोनों से रस्में अदा करा रहे थे। कुछ महिलाएँ नाच गान कर शगुन के गीत गा रही थीं और कुछ खानपान का प्रबंध कर रहे थे, साथ ही इस खुशियों के पल कुछ बड़े बुजुर्ग पुरुष हँड़िया (प्रसिद्ध, प्रिय पेय) और शराब के साथ बड़े इत्मीनान से रिश्तेदारी और आगे के कार्यक्रम को गढ़ने में अपनी विद्वता और प्रतिष्ठा जाहिर कर रहे थे। गाँव की महिलाओं ने गाँव के पाहन (पुजारा) से पानी भरे कांसे के लोटे में आम पल्लव डुबोकर मंगलगान के साथ छिटवाये, अक्षत फूल लेकर मंत्रों के साथ संकल्प कराया और साथ ही साथ सूतबंधी (दो परिवारों के बीच इहलोक में रिश्तों का बंधन) की रस्म भी लगे हाथों करा दिया गया।

रस्म चलता रहा। माटी और सुरती लज्जा और संकोच के बीच मौका तलाश कर एक-दूसरे को चोर नजर से देख लेते थे। कभी-कभी उनकी नजरें आपस में टकरा जातीं और फिर लज्जा से वे झेंप जाते किंतु अगले ही पल मन का तार फिर से वही हरकत कर आ जाती है। वे एक-दूसरे को भरपूर नजरों से देखना चाह रहे थे पर वे सामाजिक नजरों के दायरे को फाँद नहीं पा रहे थे। बस मन में एक लालसा टीसता रहा कि जुबान से न सही नजरों से भी वे प्रणय की बातें न कर सके। जाने वह घड़ी कब आए कि वे एक-दूसरे का दीदार कर मुक्त कंठ अपने हृदय को खोलकर एक-दूसरे के सामने प्रस्तुत कर सकें।

रस्म समाप्ति के बाद दोनों पक्षों के साथ -साथ गाँव वालों ने भी जमकर भोज का लुत्फ़ उठाया। विवाह के अपने लोकगीतों, प्रणयगीतों पर देर तक नाचते -गाते, झूमते रहे फिर सभी अपने-अपने घर को प्रस्थान कर गये।

माटी और सुरती ने तो एक-दूसरे से मन का तार जोड़ लिया। मन मानस में ख्वाबों का संसार बसाते रहे और शादी के दिन का बेसब्री से इंतजार करते रहे।

छुट्टियाँ खत्म हो चुकी थीं। माटी को वापस शहर जाना था पर इस बार उसे जाने का मन नहीं कर रहा था। एक ओर जहाँ उसे सुरती के मोहपास ने बांध रखा था, वहीं दूसरी ओर गाँव की मिट्टी ने उसे विचलित कर दिया था। गाँव की यादें, गाँव का मोह यह सब उसके मन मस्तिष्क में बचपन से ही घर कर गयी थीं। मन बोझिल था, कुछ खालीपन-सा। लगता था कुछ छूटा जा रहा है पर जाना तो था ही। व्याकुल तन्हा मन को सुरती की याद आयी। वह सुरती नहीं जिसके साथ दो दिन पहले सगाई हुई, वह तरुणी जिसके साथ मन किशोरावस्था से ही प्रेम प्रणय से बँधा था। उसे कुछ समझा नहीं आया तो दीवानगी में उसने एक पुरानी सौगात सुरती को वापस करने उसके टोले की ओर चल पड़ा। गाँव की संस्कृति, संस्कारों, मर्यादाओं के विरुद्ध उसके कदम सुरती के घर की ओर बढ़ चले थे। हृदय तेज धड़क रहा था। नजरें इस उधेड़बुन में उलझी थीं कि उसे कोई सुरती के घर की ओर जाते तो नहीं देख रहा। उसकी चोर नजर को सामने से कोई आता दिखता तो वह पगडंडी के किनारे झाड़ियों के बीच का रास्ता पकड़ लेता। उसे स्वयं पता न था कि वह क्या करने जा रहा है... बस, मन सुरती के रूप-लावण्य के आकर्षण से खिंचा चला जाता था। वह बड़े पसोपेश के बीच सुरती के घर पहुँचा।

पिता लखु घर पर न थे। माँ गोहाल से गोबर साफ कर रही थी। माटी को अचानक आया देख सुमति सुरती को चुपके से सूचित कर बाड़ी की ओर चली गई। माटी को आया देख सुरती का हृदय बाग- बाग हो उठा पर मारे लज्जा के माटी के सामने आते उसकी नानी मरती थी। सुरती नजरें चुराती माटी के सामने आयी। दोनों एक-दूसरे के सामने मौन थे। माटी ने अपने उस पुराने सौगात को जेब से निकालकर सुरती की ओर बढ़ा दिया। सुरती ने देखा यह एक काजल की पुरानी डिबिया है। काजल की नयी डिबिया होती तो शायद सुरती को कौतूहल न होता यह जानकर कि यह काजल की डिबिया है; पर उस पुरानी रंग उड़ी काजल की छोटी-सी डिबिया देख सुरती को बड़ा कौतूहल हुआ। उसने माटी के हाथ से वह काजल की पुरानी डिबिया सहर्ष उठा लिया।

"यह क्या है?" सुरती ने बड़ी मासूमियत से मीठे धीमे स्वर में नजरें झुकाये हुए जिज्ञासापूर्ण भाव से पूछा।

"तुम्हारी अमानत जो मेरे पास वर्षों से धरी थी।" माटी ने रहस्यमय तरीके से कहा।

"क्या है इसमें और मेरी अमानत तुम्हारे पास कहाँ से आयी भला? सुरती ने आश्चर्य से पूछा।

"डिबिया खोलकर स्वयं देख लो।"

सुरती काजल की उस छोटी-सी डिबिया को ऐसे खोल रही थी मानो इस छोटी-सी डिबिया के अंदर छुपे संसार के सबसे बड़ा रहस्य का रहस्योद्घाटन करने जा रही हो। सुरती ने हौले से डिबिया खोला। डिबिया के अंदर नजर जाते ही मारे आश्चर्य के उसकी आँखें फटी की फटी रह गयीं। वास्तव में यह संसार के बड़े रहस्यों में से एक था। डिबिया के अंदर पड़ी यह वही रंग बिरंगी बिंदियाँ थीं, जो वह किशोरावस्था के दिनों में हाईस्कूल जाते समय लगाया करती थी। पर यह कैसा जादू हुआ कि उसकी खोयी हुई वह सारी बिंदियाँ माटी के पास मिलीं। आज उसे एहसास हुआ कि माटी को क्यों अक्सर उसके माथे पर कीड़े या धूल नजर आते थे जिसे वह बड़े प्यार से निकाल दिया करता था। माटी बड़ी चतुराई से सुरती के माथे पर कभी जूँ तो कभी कीड़े होने के बहाने बनाकर स्पर्श सुख के लिए वह उसकी बिंदियाँ गायब करता आया था। इस स्पर्श-सुख में सुरती इतनी मग्न हो जाया करती थी कि उसे माथे से गायब होती बिंदियों का

कभी आभास तक ना हुआ था और वह नाहक ही दुकानदार को कम चिपकने वाली खराब बिंदियों का शिकायत कर उलाहना देती रही और हर बार अच्छी चिपकने वाली बिंदियों की माँग करती रही थी। दुकानदार ने एक बार कहा भी था- बेटी इन बिंदियों का दोष नहीं, यह तुम्हारे माथे का दोष है या फिर किसी की नीयत खोटी है। उसे आज पता चला कि उसके माथे पर कभी तिनके और कभी कीड़े क्यों मँडराते रहते थे।

सुरती भी कहाँ कम रहने वाली थी। वो भी एक पुरानी माचिस की डिबिया एक अतिसुरक्षित पोटली से निकाल लायी और उसने भी माटी के हाथों माचिस की यह डिबिया थमाते हुए कहा- "और ये रही आपकी पुरानी अमानत।" माटी ने कौतूहलवश हड़बड़ाकर डिबिया खोला और एक मंद सुखद मुस्कान उसके होठों पर दौड़ गयी।

"यह तो मेरे साइकिल के वॉलटू हैं" किशोरावस्था के इन शरारतों पर वे दोनों खिलखिलाकर हँस लेना चाहते थे पर जाने किस सभ्यता ने उनकी स्वच्छंद हँसी को कुण्डित कर दिया। सुरती अक्सर माटी का सान्निध्य ज्यादा समय तक पाने के लिए साथ पैदल चलने के लिए माटी के साइकिल का वॉलटू निकाल देती थी और यही वॉलटू चोरी के कारण माटी को अन्य दूसरे साइकिल वाले दोस्तों से कई बार झगड़ा करा गयी थी। उन दोनों के नजर आपस में मिले और फिर अपनी पुरानी प्रणय का प्रमाण प्रस्तुत करने के लिए एक-दूसरे का आभार व्यक्त किया।

छुट्टियाँ खत्म हो गयीं। माटी शहर चला गया। माटी और सुरती अपनी शादी की तारीख का इंतजार करते मीठे सपनों का संसार सजाते रहे।

एक दिन लखु रमियाँ के घर जा पहुँचा और यह तय कर आया कि अगहन का फसल काटते ही शादी कर दी जाए। अगहन के फसल से उसे आर्थिक सहायता की बड़ी उम्मीद थी। रमियाँ ने लखु की बातों को स्वीकारते हुए शादी की तैयारी में जुट जाने की मंशा व्यक्त की।

अगहन की फसलें कटने लगी थीं। देखते ही देखते अगहन माह निकल गया। फसल तो कट चुकी थी पर दवायी-मिसाई न हो सका था। लखु यतन से इस कोशिश में लगा रहा कि पूष में यदि वह खेती-बाड़ी के काम से निपट ले तो निश्चिंतता पूर्वक इत्मीनान से शादी की तैयारी कर ले। समय जाने क्यों पर

लगाए उड़ा जाता था। एक तरफ की फसलों की दवाँयी- मिसाई, दूसरी तरफ शादी की तैयारी। फिर भी दोनों पक्षों में जोरों से शादी की तैयारियाँ होने लगी थी। समय न मिल पाने के कारण शादी को महीने भर के लिए आगे टालते हुए फागुन माह की पहली तारीख निश्चित की गयी। रमियाँ भी महीने पहले माटी को शादी की तय दिन तिथि बताकर शादी के लिए छुट्टियाँ मंजूर करा लेने की सूचना भेज चुकी थी। शादी की तिथि जानकर उन दोनों की स्वप्निल आकाश की उड़ानें और तेज हो गयी थीं।

दूसरी तरफ फसल कटते ही गाँव में और आसपास के गाँव में कुछ बाहरी लोगों की आवाजाही से अजीब-सी हलचल होने लगी थी। यह माजरा समझ में न आ रहा था कि आखिर बात क्या है, पर यह तो तय था कि अंदर ही अंदर गुपचुप तरीके से कुछ चल रहा है।

सप्ताह दो सप्ताह में ही गाँव की आबोहवा में अचानक से कुछ बदलाव परिलक्षित होने लगे थे। शराब के अड्डों में कुछ ज्यादा ही हलचल होने लगी थी। हर शाम मांस मछली की गंध वातावरण में ज्यादा ही घुलने लगी थी। यह मांस मछली और शराब की गंध दिनानुदिन बढ़ता ही जाता था। झखन का लड़का, जिसे साइकिल चलाना तक ठीक से नहीं आता था, वह अब गाँव की गलियों में फटफटिया दौड़ाने लगा है। हाँ वह जरूर बाहर कमाने गया था पर साल भर में इतना भी नहीं कमा लाया कि वह फटफटी लेकर रोज सौ रुपए का पेट्रोल फूँके और गाँव के सितराहे लड़कों को जिन्हें ठीक से फुलपैंट पहनने की तमीज नहीं उनके ऊपर बीड़ी सिगरेट और मांस मछली में खर्च करे।

देखा -देखी गाँव के और कई लड़कों के पास भी नयी-नयी डिजाइन वाली फटफटी आ गयी। क्या इन लड़कों की एक साथ लॉटरियाँ लग गयी हैं या फिर यह कहीं चोरी चमारी करते हैं। यही सोच रहे थे गाँव के कुछ लोग और बड़े बुजुर्ग। बाप खेतों में हल चलाये और लड़के आवारागर्दी करते अपनी मोटरसाइकिल की धाक दिखाते गाँव की गलियों में रन- रन आवाजाही करते। इससे लोगों को परेशानी तो न थी पर मोटरसाइकिल देखने की लालसा में कई छोटे बच्चे घायल हो गये। सबसे ज्यादा परेशानी मवेशियों को थी। मोटरसाइकिल की तेज आवाज से वे बेचैन हो उठते थे और कई बार तो वे बिदककर रस्सियाँ तोड़ खेतों और फसलों में चले जाते थे।

देखते ही देखते जंगलों के बीच बसा यह गाँव शहरी चमक लिये शहरी रंग में रँगने-सा लगा था। गाँव के लड़के तो मोटे बोरे वाला नीला पैंट पहने ही लगे थे, पर अधेड़ पुरुष भी धोती कुर्ता छोड़ फुलपैंट और रंग-बिरंगे शर्ट पहन इस बुढ़ापे में अपने शौक पूरा कर लेना चाहते थे। गाँव की लड़कियाँ तो लड़कियाँ, बूढ़ी औरतों के पैरों में भी छम- छम की छबीली आवाजें आने लगी थीं जिससे गाँव के बूढ़े बुजुर्ग जिन्हें अब मात्र लाठी का सहारा था, चीड़ बैठते और उनके जुबान से सहज ही निकल पड़ती- "बूढ़ी घोड़ी लाल लगाम।" स्त्रियाँ अब खेतों में जाने के बजाय अब बाजार जाने लगी थीं; अपना फसल अन्ना, धान, सब्जियाँ बेचने नहीं बल्कि वे झोला भर-भरकर सब्जियाँ, मांस, कपड़े, गहने और बर्तन लाने लगे थे। जिसे फटी साड़ी नसीब न थी वह अब चमकीली साड़ियाँ पहन गाँव की गलियों में लहराती फिरती हैं। हद तो तब हो गयी जब गोबर फेंकने जाती स्त्रियाँ और लड़कियाँ भी चमक धमक के साथ रंग-बिरंगे डिजाइनदार कपड़े पहने सज-सँवरकर जाती थी। क्या ये स्त्रियाँ गोबर की टोकरी लेकर मेला देखने जाती हैं या ये लोग पगला गयी हैं... यही सवाल बड़े-बुजुर्गों को सताए जाता था।

पैसे की गर्मी वही बर्दाश्त कर सकता है जो पहले से ही इस गर्मी से तपता आया हो। एक निर्धन धन की तपिश से बौरा जाता है, यही हाल इस गाँव का है

कुछ ही दिनों में यह माजरा तब बारी-बारी से सबको समझ में आने लगा जब गाँव के ही प्रबुद्ध, श्रद्धेय, आदरणीय समाजसेवी समझे जाने वाले लोगों के साथ कुछ बाहरी लोग मिठाइयों के बड़े-बड़े डब्बे लेकर उनके घर रात में मिलने आए।

आज कतरू के घर मिलने आया सद्भावना की मूरत यह भुतहा जत्था। सभी कतरू के झोपड़ी में चुपचाप एकाएक घुस आए। कतरू भौचक देखता रहा। आज इतने सारे श्रद्धेय लोगों की टोली एक साथ उसके घर पधारी, क्या उससे कोई बड़ी गलती हो गयी है या यह उसका अहोभाग्य है। भौचक कतरू का चेहरा कभी उतरता कभी वह जबरदस्ती मुस्कुराता। जाने इस समय वह क्या करे। वह बौराया-सा भकुवाया खड़ा था। बैठाए भी तो वह इतने सारे लोगों को इस छोटी-सी झोपड़ी में कहाँ बैठाये। इससे पहले कि वह कुछ समझ पाता दूसरे गाँव के एक समाजसेवी ने उसे हाथ जोड़कर नमस्कार किया। यह वही समाजसेवी था जिसने उसके घर मजदूरी करने से मना करने पर कतरू को

बाँधकर पीटने की धमकी दी थी। क्या उस दिन का कसर आज निकलने वाला है। इसके पीछे सभी ने कतरू को राम सलाम किया। अब अचानक इस सम्मान से कतरू की चेतन शक्ति जड़ हो गयी थी। चेतना का आभास बस मिच-मिच करती उसके आँखों से ही परिलक्षित होता था। मानो अभी-अभी कतरू को लकवा मार गया हो। कतरू कुछ आवभगत कर पाता, स्वागत में कुछ बोल पाता इससे पहले ही इस भुतहा जत्था दिवाल से टँगी चटाई उतारकर धूल झाड़ते हुए जमीन पर बिछाकर बैठ चुका था। रही सही कसर पीछे से बड़ी मुश्किल से छोटे द्वार से घुस पा रहे मोटे-तगड़े गोरे लोगों ने मिठाई के दो बड़े-बड़े डब्बे कतरू के हाथों में थमाकर कर दिया। मिठाई का डब्बा थमाते ही दोनों ने कतरू को राम सलाम किया। कतरू फटी आँखों उन्हें पहचानने की असफल कोशिश करता रहा। उनमें से एक कतरू के मैले नंगे बच्चे को गोद में उठाकर उससे खेलने की नाहक नौटंकी करता रहा पर बच्चा ऐसा रोया कि उस बेचारी की सेखी निकल गयी और उसके मंसूबे पर पानी फिर गया। यह सब कुछ एक नाटक नौटंकी की तरह होता चला गया।

अब सभी स्थिर बैठे थे, बस वे दो बाहरी किसी दरबान की तरह किनारे खड़े कतरू और भुतहा जत्थे के बीच वार्तालाप को सुनकर बीच-बीच में अपनी चमकीली बत्तीसी निपोर रहे थे किसी नौटंकीबाज की तरह। वह कुछ बोल नहीं रहे थे बस बेवजह की बातों पर भी दाँते निपोरना ही शायद उनकी मुख्य भूमिका थी। बातें तो अपने ही गाँव घर के तथाकथित श्रद्धेय, समाजसेवी जत्थे के लोग बारी बारी से कर रहे थे। इस जत्थे में मुख्य भूमिका उन दो परिवारों के लड़कों सोहन और दिनेश की थी जिन्हें जगन ने अपने खर्चे पर शहर में तालीम दिलायी थी।

समाजसेवी भोगन सिंह- ''रे कतरू! का हाल चाल है?''

''कमो बेसी ठीक है।'' कतरू ने कहा।

''बाल-बच्चे?

''सब ठीक हैं।'' कतरू ने पुनः जवाब दिया।

''खेती-बारी का क्या हाल है?''

''कमोबेसी तो लगा रहता है, कभी खरीफ अच्छा निकला, रवि मार

खाया, कभी रवि ने निहाल किया तो खरीफ डुबाया, अबकी धान थोड़ा पिछड़ गया समय, पर बारिश हुई कहाँ।''

भोगन सिंह- ''अरे यह धान- धूर छोड़, मारो साले की! जिंदगी में कभी पता नहीं चला कि हम खेती खाते हैं या कि खेती हमारी पूरी जिंदगी को खा जाती है। कभी वर्षा की कमी, कभी बाढ़, तो कभी जाड़े पाले की मार और यदि कभी इनसे बच भी निकले तो रही सही-कसर ये दुष्ट जंगली जानवर पूरा कर देते हैं, कभी चैन नहीं खेतीहर किसान को। न कभी शरीर को सुख, न मन को चैन। हमारे बच्चे भी उसी में लटपटाये हमारी ही तरह तकलीफ भरी जिंदगी जीने को मजबूर, यह भी कोई जिंदगी है भला! बताओ चैन से बैठकर खाया कभी इतनी बड़ी उम्र में?

कतरू- ''अब बापदादा का दिया अरजा है तो और कहाँ जाएँ कमाने खाने; इसी में हमारे बाप दादा गुजर-बसर कर जीवन बिताये, हम भी जी लेंगे, वनशक्ति माता की कृपा से सब कुछ ठीक ही तो है।''

भोगन सिंह - ''अरे क्या खाक ठीक है! देखो अपने बच्चे को इतनी ठंड में भी तन में बित्ता भर कपड़ा नहीं, बहुरिया फटी साड़ी में जीवन घसीट रही है। देखो खुद को, एक फटे मैली कम्बल में जिंदगी के सारे जाड़े काट रहे हो, क्या यही सुख चैन है!''

कतरू- ''गरीबी है तो भोगना ही पड़ेगा, अब कहाँ से तोड़ लाएँ पैसे जो सुख में दिन गुजरे। हम किसानों की तो यही नियति है बाकी वनशक्ति माता की कृपा से हाथ में दो पैसे हुए तो हँसी-खुशी के दिन भी आते हैं।''

भोगन सिंह- ''दिन रात सालों भर हाड़तोड़ मेहनत करते हो और खाने को सूखी रोटी, क्या यही है हँसी-खुशी?''

कतरू- ''मेहनत ही तो हमारी किस्मत है, हमारे बाप-दादा करते आए, हम भी कर रहे हैं और हमारे बच्चे भी करेंगे; अब हम कलेक्टर तो है नहीं की दूध मलाई खाएँ और बैठे- बैठे धौंस जमाते फिरें, हम तो इसी में खुश हैं।'' कतरू ने इत्मीनान पूर्वक कहा।

सोहन आगे बढ़कर तपाक से बोला- ''देखिए काका, गाँव में हमारी

जमीन ज्यादा है या आपकी?'' कतरू आकलन करते हुए बोला- ''ज्यादा तो मेरी ही है।''

''तो क्या हम आपसे गरीब हैं! आप से कमतर खाते पहनते हैं?'' सोहन ने गर्म लोहे में हथोड़ा मारा।

कतरू- ''अरे बबुआ ऐसा मैंने कब कहा।''

सोहन- ''तो फिर गरीबी-अमीरी, सुख-समृद्धि इन खेतों से नहीं मिलता, बुद्धि से मिलता है। दिमाग से मिलता है।''

कतरू- ''बबुआ मेरी बात शायद तुम्हें बुरी लगे, पर यह तो सत्य है कि तुम दोनों जगन के खर्चे पर पढ़े-लिखे हो... हाँ और यह बात भी सही है कि तुम दोनों गाँव भर में सबसे ज्यादा पढ़े-लिखे और होशियार हो तो पैसे भी कमाते होगे।''

सोहन- ''हाँ यही बात तो हम कह रहे हैं, यदि आप भी पढ़े-लिखे होते मेरी तरह तो आज हमारी तरह आप भी शर्ट- पैंट, कोट पहनकर बाबुओं की तरह गाड़ी में घूमते और ठाट से पैसे कमाते कि नहीं?''

कतरू- ''अरे यह सब हमारी किस्मत में नहीं!''

दिनेश- ''आपकी यही छोटी घटिया सोच ने तो आपको गरीबी और दुःख के दलदल में फँसाए रखा है; आप तो अपनी किस्मत को कोस लेते हैं पर आपके बच्चे किस्मत को नहीं आपको कोसेंगे क्योंकि आप अपने बच्चों को दलदल से निकलने का मौका ही नहीं देते बल्कि किस्मत और वनशक्ति माता की कृपा की आड़ में इसी दलदल में फँसाए रखना चाहते हैं।''

कतरू- ''अरे बाबू धरती में हर कोई का तकदीर तुम्हारी तरह खरी नहीं है।''

दिनेश- ''कतरू काका आप अनपढ़ लोग अपनी तकदीर खोलना ही नहीं चाहते सबसे बड़ी बदकिस्मती तो यही है। अब आप जातरू काका के बेटा धीरू को ही देख लो, वह सूट-बूट लगाए फटफटी से घूमता है या नहीं, अब बताओ क्या उसका जमीन आपसे ज्यादा है?''

कतरू- ''जमीन तो ज्यादा नहीं है पर वह होशियार है और शहर कमाने

जाता है।''

दिनेश- ''वह होशियार है यह बात तो सोलह आने सही है पर वह शहर से कमाकर फटफटी खरीदा यह बात सही नहीं है, इसे मैं जानता हूँ।''

कतरू- ''बाबू हम तुम लोगों की तरह होशियार तो है नहीं।''

दिनेश - ''अरे काका तो आप होशियार क्यों नहीं बनते और हमारी तरह ठाट का मौज का जीवन क्यों नहीं जीना चाहते!''

कतरू - ''कौन बदनसीब ठाट और आराम का जीवन नहीं जीना चाहता, पर हमारी किस्मत में यह सब कहाँ!''

दिनेश - ''अरे काका, जिस किस्मत का रोना आप बात- बात पर रो रहे हैं वही किस्मत आपके द्वार आज स्वयं चलकर आयी है और यही किस्मत उन लोगों के द्वार भी आयी है जिनके बच्चे आज फटफटी में घूमते हैं। आप जितना सप्ताह भर में कमाते हैं शरीर घिसकर, उतना का तो वे रोज फटफटी में तेल फूँकते हैं। यही किस्मत उनके द्वार आई है जिनकी स्त्रियाँ गहने पहनने लगी हैं और दिन में दो बार नयी-नयी साड़ियाँ बदलकर टीवी के सामने ठाठ से बैठकर फिल्में देखा करती हैं... यही किस्मत उनके द्वार आयी है जिनके बच्चे बैल बकरियाँ हाँकना छोड़ सुबह उठते- उठते दूध मलाई और मेवे खाते हैं और यही किस्मत उनके द्वार आयी है जिनके बेटे मोबाइल में बातें करते हैं और मोबाइल रखना आम लोगों की बस की बात नहीं। शहर के बड़े- बड़े रईस भी ऐसी मोबाइल से बातें करने को तरसते हैं; उनका भी नसीब ऐसा नहीं कि वे मोबाइल से बातें करें, मैं झूठ बोल रहा हूँ तो कहिए!''

कतरू - ''नहीं बबुआ तुझे झूठ बोलने की क्या आवश्यकता पड़ी है भला इस अनपढ़ गवार काका से; तुम ठीक कहते हो मैं इन दिनों देख रहा हूँ गाँव की आबोहवा में लक्ष्मी की वास नजर आ रही है।गाँव में मिठाई वाले, कपड़े वाले, बर्तन वाले और शृंगार वाले इन दिनों खूब चक्कर लगा रहे हैं और उनकी खूब बिक रही है। सुबह साइकिल भरकर लाते हैं और शाम को बटुए में ठूँसकर जाते हैं। पहले तो इन सबको कभी नहीं देखा। अब गाँव में बकरियाँ चराने वाले चरवाहे फटफटी में फुर ...फूर इधर से उधर फुरफुराते रहते हैं। जिन स्त्रियों के पाँव में एक काली सूत तक न थी, उनके पाँव में अब छम छम की आवाज सुनाई पड़ती है। धोती वाले फुल पैंट पहनने लगे हैं, दो साड़ियों में पूरा साल

गुजारा करने वाली औरतें दिन में दो बार साड़ियाँ बदलकर महकती फिरती हैं। पर यह सब बदलाव अचानक कैसे हो रहा है यह समझ में नहीं आ रहा है, लगता है वनशक्ति माता की दया दृष्टि पड़ी है इस गाँव पर।''

सोहन - ''अरे कतरू काका आप फिर से भाग्य और वनशक्ति माता की दया दृष्टि में अटक गये; यह सब कृपा वनशक्ति माता कि नहीं यह कृपा हमारी है इन बाबुओं की है... देख नहीं रहे कितने भोले भाले हैं एकदम साक्षात कुबेर की मूरत।'' सोहन ने उन खड़े बाहरी लोगों की ओर इशारा किया।

कतरू - ''मैं कुछ समझा नहीं और ये दोनों अतिथि कौन हैं?''

दिनेश - ''मैं समझाता हूँ; यह दोनों हमारे अतिथि नहीं हमारी सेवा के लिए ही वनशक्ति माता ने इन्हें हमारे पास इस गाँव में भेजा है।''

कतरू - ''मतलब?''

दिनेश - ''मतलब यूँ समझ लीजिए ये दोनों साक्षात कुबेर के अवतार हैं और ये अपना खजाना हम पर लुटाने आए हैं।''

कतरू - ''ये अपना खजाना मुफ्त में हम पर क्यों लुटाएँ भला?''

दिनेश - ''मुफ्त नहीं काका, मुफ्त तो आज कोई अपना थूक भी न दे।''

कतरू - ''तो फिर...''

दिनेश - ''ये शहर के लोग हैं और ये हमारी जमीनें खरीद रहे हैं।''

कतरू - ''ये शहर वाले गाँव में जमीन खरीदकर क्या करेंगे? खेती करेंगे?''

दिनेश - ''अब खेती करें या कबड्डी खेलें इससे हमें क्या, हमें तो बस जमीन की अच्छी कीमत मिल जाए तो हमें नुकसान क्या है।''

कतरू - ''क्या कीमत देंगे?''

दिनेश - ''पाँच हजार रुपये डिसमिल।''

कतरू - ''पाँच हजार रुपए डिसमिल, मतलब?''

दिनेश - ''मतलब आपका यह जो घर है गोहाल सहित इतने बड़े टुकड़े का पचीस हजार।''

कतरू आश्चर्य से कहा - "इतना-सा जमीन का पचीस हजार रुपया! यह तो बहुत है; पिछले साल मैंने पत्नी के तबीयत खराब होने पर नौ सौ रुपए में बगीचे के नीचे वाला इससे दोगुना बड़ा खेत गहनू को दे दिया था।"

दिनेश - "अब सोचो जरा, जिसे आपने नौ सौ रुपए में बेचा उसका कीमत आज आपको पचास हजार रुपया मिलता।"

दिनेश - "अगर आप चाहें तो टाड़, ऊसर, झाड़, गढ़ा सब जमीन का पाँच हजार रुपया प्रति डिसमिल का ही भाव करवा दूँगा।"

कतरू - "पर उसमें ये करेंगे क्या? खेती तो होने से रही, फिर भी वही कीमत।"

दिनेश - "अरे काका, अब ये अपनी जमीन में पतंग उड़ाएँ, गोटियाँ खेलें या घास बोएँ हमें इससे क्या।"

कतरू - "सौदा तो बड़े फायदे का है।" भुतहा जत्थे के सभी सदस्यों के चेहरे में एक चमक दौड़ गयी, शरीर में नई ऊर्जा के साथ होठों में एक मंद कुटिल मुस्कुराहट दौड़ गयी। लगा, जाल में बड़ी मछली फँसी है बस जाल खींचने की देर है।

सोहन चक्कर बोला - "तो काका करवा दूँ सारे जमीन का सौदा?"

कतरू - "सारे जमीन का नहीं; जब एक ही दाम मिल रहे हैं तो ऊसर और झाड़ी वाले बंजर जमीन का सौदा करा दो बाकी के उपजाऊ खेत हम जोतेंगे।" कतरू की इस बात से जैसे मछली जाल से छूटना चाहती हो, उन्होंने जल्दी- जल्दी जाल समेटने की कोशिश की।

दिनेश - "अरे काका ये खेत रखकर आप करेंगे क्या?"

कतरू - "खेती करूँगा और क्या।"

दिनेश परेशान होते हुए कहा - "अरे काका आपके सारे जमीन से इतने पैसे मिलेंगे कि फिर जीवन में आपको कभी खेती करने की जरूरत ही न पड़ेगी।"

कतरू - "अरे बाबू खेती नहीं करेंगे तो खाएँगे क्या!"

"तो काका उतने पैसे जो मिलेंगे उसका करेंगे क्या?" दिनेश ने कुटिलता

पूर्वक मुस्कुराते हुए अपनी बत्तीसी चमकायी।

"अरे तो क्या पैसे खाएँगे..." रखेंगे बक्से में जब जरूरत पड़े तो निकालेंगे और जब पैसे समाप्त हो जाएँ तो फिर से कुछ टुकड़े बेच देंगे।" कतरू ने मासूमियत से कहा।

दिनेश - "ऐसे सौदा थोड़े ही न होता है काका, इन्हें आपकी दो टुकड़ी जमीन लेकर मुर्गी नहीं पालना।"

कतरू - "तो फिर ठीक है मुझे भी नहीं बेचना अपने बाप-दादा के अर्जा अमानत।"

सोहन ने बात को सँभालने की कोशिश की। मछली बड़ी है, जाल फाड़कर भी निकल सकती है, यदि ऐसा हुआ तो हाथ मलने के अलावा और कोई चारा नहीं रह जाएगा। इतनी मेहनत के बाद भी एक रुपया कमीशन न मिले तो बुद्धि खपाने का क्या फायदा। बड़े जमीन का मालिक है, बड़ा कमीशन मिलने की सम्भावना है अतः जाल को थोड़ा ढीला छोड़कर हौले से खींचना होगा, थोड़ी और मशक्कत तो करनी ही पड़ेगी। उसने प्यार से कहा - "अरे काका, इन्हें सिर्फ ऊसर,बंजर, बेकार जमीन देंगे तो ये करेंगे क्या ऐसी जमीन का;" इन बेकार सस्ती जमीन की कीमत भी इन्होंने वही लगायी जो उपजाऊ जमीन का कीमत है, यह इसलिए कि इन्हें सारी जमीने चाहिए, ये सिर्फ ऊसर जमीन तो लेंगे नहीं।"

कतरू तमतमाया - "मैंने कह तो दिया कि मुझे उपजाऊ जमीन नहीं बेचना।"

दिनेश - "काका आप नाराज न हों कहें तो उपजाऊ जमीन की कुछ ज्यादा कीमत दिला दूँ।"

कतरू - "कीमत की बात नहीं है बबुआ, कीमत तो इन्होंने जमीन का उम्मीद से दस गुना ज्यादा लगाया, पर बात है कि यदि मैंने सारी जमीनें बेच दी तो मेरी संतान मेरे आने वाली अगली पीढ़ी खाएँगे क्या, रहेंगे कहाँ? परिवार तो बढ़ता ही जाएगा ऊपर से बापदादा की अमानत को एक -एक कर एकबारगी से बेचने का कलेजा होगा किसी और का, मुझमें नहीं। इन पैसे वालों के लिए यह जमीन का टुकड़ा महज एक संपत्ति की इकाई हो सकती है पर

हमारे लिए यह जमीन हमारे पुरखों का आशीर्वाद है, अभिमान है, उनके कल्पनाओं का अरमानों का संसार है। जाने उन्होंने अपने वंशजों के लिए कितने जतन से लाख मुसीबत उठाकर भी सँभालकर एक सौगात के रूप में हमें सौंप गये हैं, जाने कितने अरमान दफन होंगे इस माटी में उनके... ये सारे जमीन बेचकर हम इतना बड़ा पाप नहीं कर सकते, कुल का कलंक नहीं होना चाहते; जमीन के एक-एक कण में मुझे अपने पूर्वजों का स्पर्श, एहसास और आशीर्वाद मिलता है। इसी जमीन में हमारे पूर्वजों ने अपना खून पसीना बहाकर अपने सुख-दुःख का जीवन निर्वाह किया हम भी कर लेंगे, हमें लालसा नहीं मेवे मिठाइयों और गहनों की।''

दिनेश - ''काका मैं समझ गया आपकी परेशानी और चिंता, आप अपने बच्चों को लेकर चिंतित हैं न?'' दिनेश ने प्यार से कहा।

कतरू - ''हाँ बबुआ, किसे चिंता न होगी अपने बच्चों के भविष्य को लेकर; यदि मैंने सारी जमीनें बेच दी तो वे जिएँगे कैसे, खाएँगे क्या, रहेंगे कहाँ... पैसों का क्या है धरा पैसा खाते कब तक चलेगा।''

''बस इतनी सी बात!'' दिनेश ने तसल्ली दी।

कतरू - ''यह तुझे छोटी बात लगती है?''

दिनेश कुटिलता पूर्वक मुस्कुराता हुआ बोला - ''छोटी नहीं बिलकुल छोटी बात है, समझ लीजिए आपकी यह बेवजह की चिंता मैं चुटकी बजाते दूर कर दूँगा।''

कतरू - ''क्या कोई जादू है जो चुटकी बजी और...।''

दिनेश बीच में ही बात काटकर कहा - ''जादू नहीं एकदम हकीकत; मेरी बात ध्यान से सुनिए... ये जो जमीन खरीदी जा रही है इस जमीन में कारखाने लगेंगे और इस जमीन के नीचे दबे कोयला खोदकर निकाले जाएँगे तो जाहिर-सी बात है कि यह क्षेत्र हमारे रहने लायक नहीं होगा।

'' तो क्या हमारे घर भी उजड़ जाएँगे? कतरू ने बीच में ही टोका।

दिनेश - ''हाँ काका हमारे घर नहीं रहेंगे, हमें घर सहित अपने सारे जमीन बेचने होंगे; पर यह कोई चिंता का विषय नहीं क्योंकि कम्पनी हमें रहने के लिए किसी दूसरे स्थान पर एक सुंदर-सा घर देगी जिसमें हर प्रकार की सारी

आधुनिक सुविधाएँ होंगी, न कभी पानी के लिए नदी कुआँ दौड़ना पड़ेगा, न ढ़ोना पड़ेगा, न कभी हमारे लोगों को कुआँ-नदी में डूबने का खतरा होगा; हर वक्त घर के हर कोने में जब चाहे जितना चाहे पानी निकाल लो एक जादू की तरह, बस नल की टोटी घुमाओ और पानी हाथ में वह भी एकदम साफ निर्मल जल के फव्वारे हमारे घर के हर कोने में फूट पड़ेंगे, ऐसे घरों में मानो रात तो कभी होगी नहीं, हर कमरे की दीवाल में चिपके बटन को छूते ही घर रोशनी से जगमगा उठेगा बस दिवाली ही दिवाली। पीने नहाने के लिए जैसा पानी ठंडा गरम चाहो नल खोलकर ले सकते हो। इन घरों में न जाड़े में ठंड होगी न गर्मी में देह झुलसाना पड़ेगा। गर्मी में भी चाहो तो ठंड का मजा लेते कंबल ढँककर सोते रहो। घर से निकलो तो घर के नीचे सबकी अपनी-अपनी गाड़ियाँ तैयार खड़ी होंगी पक्की चमकदार सड़कों पर सैर कराने को, बच्चों को अच्छे महँगे स्कूल ले जाने को। हमारे लिए बड़े बड़े हॉस्पिटल होंगे और घूमने-फिरने की छुट्टियाँ भी।''

कतरू - ''मुझे तो डर लगता है बेटा, कहीं ये महज कोरी कल्पना ही न रह जाए, मुझे तो मेरी यह टूटी झोपड़ी ही भली लगती है।''

दिनेश - ''अरे काका क्या रखा है इस मिट्टी की झोपड़ी में, जो न बरसात के पानी को ठीक से रोक सकती है न गर्मी, न ठंड, ऊपर से रातों में साँप बिच्छू जहरीले कीड़ों का डर। लाख गोबर मिट्टी से घिसो पर कभी इसकी सूरत बदलती नहीं, मिट्टी तो मिट्टी ही रहा। जमीन-दाता को कम्पनी पक्के मकान देगी। न गोबर मिट्टी लीपने की झंझट न साँप बिच्छू का डर; इन दो तल्ले तीन तल्ले रंग बिरंगी मकानों में स्वर्ग-सा सुख न मिले तो कहना।''

कतरू - ''इसकी क्या गारंटी बेटा?''

दिनेश - ''इसकी गारंटी मैं देता हूँ काका, अपने गाँव घर के अपने ही लोगों से क्या हम धोखा करेंगे; हम जैसे पढ़े-लिखों पर आपको विश्वास नहीं! यदि आपको विश्वास नहीं हो तो देख आइए इस कम्पनी के बताए शहरों की रौनक, स्वर्ग बना दिया इस धरती को।''

कतरू - ''ऐसी बात नहीं है बेटा, तुम लोग तो घर के बच्चे हो, पढ़े-लिखे हो, तुम पर विश्वास न करें तो और किस पर विश्वास करने जाएँ, पर पता नहीं क्यों मेरा मन नहीं मानता है; मेरा मन इस चिंता से भी घबरा रहा है कि चलो घर

तो मिल जाएगा पर जब हमारे जमीन ही न रहेंगे तो हमारी जीविका हमारी रोजी-रोटी कहाँ से चलेगी, अब तक तो इसी जमीन से चलती आयी है।''

दिनेश - ''आप इसकी बिलकुल भी चिंता न करें, कम्पनी हर जमीन-दाता को अपने ही कारखाने में नौकरी भी देगी।''

कतरू - ''अरे हम अनपढ़ों को भला क्या नौकरी देगी यह कम्पनी!''

दिनेश - ''देगी काका जरूर देगी, जो जिस लायक होगा उसे उसी तरह की नौकरी मिलेगी।''

कतरू - ''हम तो बस हल चलाने और मवेशियाँ हाँकने जानते हैं।''

दिनेश - ''आप स्वयं को इतना छोटा क्यों आँकते हैं काका और कुछ नहीं तो हमें मजदूर की नौकरी तो मिलेगी ही, फिर ऐसा मजदूर नहीं कि मालिक की हाँक -दाब में पसीना बहाते रहे। कम्पनी के मजदूर भी किसी लाट साहब से कम नहीं होते, फटफटी से आते हैं मजदूरी करने फुलपैंट शर्ट और जूता टोपी लगाकर, मजदूरी भी इतना कि हम स्वयं घर में नौकर रख सकें। हम कहने को मजदूर होंगे पर होंगे तो लाट ही, हमारी ठाट के आगे ये बनिये जमीनदार कहाँ टिकने वाले।''

कतरू - ''ठीक है बबुआ मैंने तुम्हारी बातें समझ ली, इस विषय में मैं जरा गाँव वालों से भी मशविरा कर लूँ।'' कतरू के इस वाक्य से जैसे वहाँ उपस्थित लोगों में भूचाल-सा आ गया हो। सभी असहज भाव से एक-दूसरे की ओर ताकने लगे।

भोगन सिंह तपाक से बोला - ''इसमें गाँववालों के मशविरा की क्या जरूरत, जमीन आपकी, सौदा आपका, मर्जी आपकी फिर बीच में ये गाँववाले...।''

बीच में ही बात काटकर सोहन बोला - ''देखिए काका! हम आपको गाँव का एक सम्माननीय सच्चे ईमानदार और सीधे-सादे इंसान जानकर आपके घर आपके मदद के लिए आए हैं अन्यथा हमें आपके घर आने की कोई जरूरत नहीं थी; आपको अपना मानकर ही हमने जमीन का कीमत पांच हजार रुपए प्रति डिसमिल तय कराया आया है अन्यथा कम्पनी वाले अन्य लोगों की जमीन तीन हजार और चार हजार रुपये प्रति डिसमिल में भी तय कर मोल लिया है,

यदि आप गाँववालों से सलाह-मशविरा करेंगे तो पाँच हजार रुपए प्रति डिसमिल की कीमत सभी जान जाएँगे और फिर वे भी यही कीमत माँग करेंगे... अब ऐसा तो है नहीं कि कम्पनी सबको इतनी अच्छी ऊँची कीमत दे, फिर तो कम्पनी आपकी जमीन को भी तीन हजार या चार हजार रुपया प्रति डिसमिल के दर से खरीदेगी, इससे तो आपको बड़ा नुकसान हो जाएगा, गाँववालों से सलाह लेकर अपने पैरों कुल्हाड़ी मारने को क्यों उतारू हैं।''

सोहन की बातें थमते ही बिना एक क्षण गँवाए दिनेश बोला - ''काका इस स्थिति में कम्पनी या तो आपको तीन चार हजार रुपए प्रति डिसमिल जमीन का कीमत देगी या फिर आपकी जमीन लेगी ही नहीं। यदि जमीन नहीं लिया तो आप और भारी नुकसान में पड़ जाएँगे। कम्पनी के पास तो जमीन की कमी है नहीं, यह कम्पनी आपके जमीन के चारों तरफ खोदकर कोयला निकाल लेगी फिर आपका जमीन एक टापू बन जाएगा। जमीन के चारों तरफ गहरे खदानों में भरा पानी, न रास्ता, न खेती बाड़ी, आपका सारा जमीन इन्हीं विशाल गड्ढों में धँसकर समा जाएगा, जमीन का कुछ पता भी न चल सकेगा। फिर भी यदि आप चाहें तो गाँववालों से मशविरा कर सकते हैं, फिर कभी यह मत कहना कि गाँव के पढ़े-लिखे लड़कों ने हमें सही सलाह न दिया।''

सोहन - ''काका यदि आप हम पर भरोसा कर सके तो ठीक है अन्यथा जमीन आपकी आप जो उचित समझें करें, पर हम कह देते हैं गाँव के सभी लोगों ने हम पर आँख मूँदकर भरोसा किया है। आपके जमीन न देने से कम्पनी को कोई फर्क नहीं पड़ता क्योंकि गाँव के लगभग सभी लोग कम्पनी को जमीन देकर खुशहाल हैं... विश्वास नहीं है तो यह देखिए हमारे हाथों में सारे लोगों के जमीन के कागजात पड़े हैं।''

सोहन ने बैग से बहुत सारे लोगों के जमीन के कागजात निकालकर उनके नाम पढ़े। क्या कागजात थे, सही थे गलत थे यह तो अनपढ़ कतरू को समझ न आया, बस इन काले अक्षरों को टुकुर-टुकुर देखता रहा और उनकी बातें सुनता रहा।

दिनेश - ''काका आप अच्छी तरह सोच-विचार कर लीजिए और यह रख लीजिए कुछ रुपए पचास हजार अग्रिम; यदि जमीन कम्पनी को बेचना हो, तो हम कल फिर आएँगे जमीन बिक्री के सहमति पेपर लेकर अँगूठा लगा दीजिएगा। यदि न बेचना हो तो यह पचास हजार रुपये वापस कर दीजिएगा।''

कम्पनी से आये दोनों कर्मचारियों बैग से पैसे निकालकर कतरू के आगे चटाई पर रख दिया और सभी तेजी से घर के बाहर निकलकर चलते बने।

कतरू चिल्लाता रहा - "अरे ये पैसे यहां क्यों धर दिये! ये पैसे वापस लेते जाओ!" उनमें से किसी ने भी मुड़कर पीछे न देखा, न सुना, न कोई प्रतिक्रिया की।

कतरू घर से बाहर निकलकर उन लोगों को दूर तक जाते देखता रहा मानो वह इस आशा में खड़ा था कि उनमें से कोई उस पर रहम कर वापस लौटकर आता और यह पैसा वापस लेकर चला जाता। जब ऐसा न हुआ तो वह घर के अंदर चला गया, चटाई पर पड़ी नये नोटों की बड़ी-बड़ी गड्डियों को एक नजर देखा और फिर वह रसोई में चला गया।

इन लोगों के जाते ही बच्चे सुगंधित कीमती स्वादिष्ट मिठाई के उन बड़े-बड़े डिब्बों पर इस कदर टूट पड़े मानो भूखे सियारों का झुंड किसी शिकार पर टूट पड़ा हो। लाल-लाल रसीली मिठाई पर बच्चों का इस तरह टूटना उसे ऐसा जान पड़ता था मानो ये बच्चे अपने बुजुर्गों के खून से लथपथ शरीर का मांस नोच रहे हों। वह चाहकर भी इतनी सारे मिठाइयों का स्वाद तक न चख सका न ही वह बच्चों को मना कर सका।

कुछ देर तक वह उन पैसों को घृणित और छूत नजरों से इस कदर देखता रहा जैसे ये पैसे नहीं बल्कि विषपत्र हों। अगले ही पल उसे इतने सारे पैसों की सुरक्षा की चिंता सताने लगी, मन विचलित होने लगा। इतने सारे पैसे इकट्ठे उसने कभी न देखे थे न ही इतने पैसों की कल्पना करने की हैसियत ही थी। मन भयाक्रांत हो उठा यह सोचकर कि यदि कल वे पैसे वापस लेने आये तो सही सलामत सारे पैसे वह वापस कर सके। वह उन पैसों को उठाकर अपने तकिये के नीचे दबाकर सो गया।

आज घर में खाना नहीं बना। नाना प्रकार के मिठाइयों की दावत चलती रही। पत्नी ने थाल में मिठाइयाँ सजाकर परोसा तो कतरू ने आँख उठाकर भी उन मिठाइयों की तरफ न देखा। वह निश्चय कर सो गया कि कल उनके आते ही वह सारे पैसे वापस कर देगा।

वह रात भर उन पैसों की चिंता में करवटें बदलता रहा ताकि वह किसी तरह रात भर इन पैसों की सुरक्षा कर सके। पैसों को लेकर मन में तरह-तरह की

भावनाएँ उठती गिरती रहीं। वह रह रहकर स्वयं को समझाता और बार-बार उन पैसों को तकिये के नीचे समेटने की कोशिश करता रहा जैसे ये पैसे सोये-सोये चलते रहे हों।

कतरू सुबह उठा और पैसों की पोटली बनाकर चावल की हाँड़ी में पत्नी तक से छुपा दिया और नित्यक्रिया के लिए चला गया। जब वापस आया तो फिर पैसों का वही पहरा और उनके आने का इंतजार। इंतजार होता रहा। वह हाँड़ी के इर्द-गिर्द दिनभर मँडराता रहा। आज न वह घर से निकला न किसी तरह का कोई काम किया। इंतजार होता रहा शाम हो गयी। फिर वही पैसों की सुरक्षा के भार लिए शंका भरी करवटें बदलती रात... इंतजार में फिर सुबह, फिर शाम। वे न तो पैसे लेने आये न दस्तखत कराने।

इस भुतहा जत्थे के दलालों को बखूबी पता था कि एक गरीब का धैर्य कितना मजबूत होता है। यदि इन पैसों की गड्डियों में से एक भी पत्ता निकल जाए तो फिर इसे जुटाते गरीब की जिंदगी समाप्त हो जाती है। एक के बाद एक पत्ता खिसकता ही चला जाता है और एक दिन पैसों की गड्डी में बँधी रस्सी ही शेष रह जाती है भरी गड्डियों के अतीत की दास्तान सुनाने को... और हुआ भी ऐसा हीं। गड्डियाँ देखकर कतरू की पत्नी गाँव की अन्य दूसरी औरतों को देखकर मन ही मन साड़ी और गहनों की लिस्ट बना बैठी थी, बस देर थी गड्डियों की गाँठ खुलने की। आखिर कब तक कतरू इन गड्डियों की सुरक्षा में अपनी रातें चिंता भरी करवटों में गुजारता। बच्चों की रसीली मिठाई खाने की ज़िद से शुरू हुआ गड्डियों से नोटों की पत्तियों का खिसकने का सिलसिला जो शुरू हुआ तो फिर कभी थमा नहीं। घर में पत्नी-बच्चों के नये-नये कपड़े, मिठाइयाँ, बर्तन, गहने और फिर अन्य लोगों की तरह रंगीन शाम। हर दिन मांस-मदिरा की होली दिवाली। आखिर जी ही लिया जी भरकर जिंदगी को। कितने अरमान थे सारे पूरे होते गये। बस अब एक अरमान शेष रह गया फटफटी का। अगले किस्त में यह अरमान भी पूरा कर लेगा कतरू।

जब कतरू ने अगले किस्त की माँग की तो वे कतरू को एक बड़ी ही सुंदर गाड़ी में उठाकर कचहरी ले गये और लिखा ली सारी जमीन। आज कतरू को एहसास हुआ जैसे किसी ने उसका बलात्कार कर छोड़ दिया हो। उसका सब कुछ लुट गया था। पर वह रोया नहीं, न पछताया... उसने इस गम को भुलाने के लिए शराब का सहारा जो ले लिया था।

आज कतरू अपने ही घर में किसी किरायेदार की तरह मकान मालिक के निकाल देने की भय में दिन काट रहा है विराम

देखते ही देखते शादी के दिन नजदीक आ गये। माटी शादी के लिए छुट्टियाँ लेकर गाँव चला आया। लखु कई दिनों से सोच रहा था कि रमियाँ से मिल आए, पर जैसे ही उसे पता चला कि माटी शहर से आया है तो वह तुरंत दूसरे सुबह ही उठते-उठते रमियाँ के पास जा पहुँचा। इतनी सुबह लखु को आया देख रमियाँ ने अभिवादन की औपचारिकता के बाद घर के अंदर बुलाया और आदर पूर्वक बिठाते हुए पूछा - "इतनी सुबह सुबह! क्या कुछ खास बात है?"

लखु - "बात तो खास ही है, कई दिनों से सोच रहा था कि आपसे मिल आऊँ।" उसने अपनी लाचारी छुपाने की कोशिश की।

रमियाँ - "कहिए क्या बात है?"

लखु - "आपको तो पता है ही कि कम्पनी वाले गाँव में जमीन के पैसे दे रहे हैं; मैंने भी अपनी जमीन दिया है बस पैसे मिलना बाकी है। कम्पनी वालों के अनुसार पैसे मिलने में अभी लगभग एक महीना देर है तो मैं सोच रहा था अपनी इकलौती बेटी के शादी में अपने सारे अरमान पूरी कर लूँ, शादी बड़ी धूमधाम से करूँ कि जमाना देखे। खुशी की कोई कसर बाकी नहीं रख छोड़ना चाहता।"

रमियाँ - "कौन-सी कम्पनी पैसे दे रही है और किसके-किसके जमीन के?"

लखु - "आपको नहीं पता! पूरे गाँव की जमीनें बेची जा रही हैं पर उन्हीं के मुँह से मैंने सुना है कि आप भी अपनी सारी जमीनें बेच रही हैं।"

रमियाँ आश्चर्य से बोली - "गलत कहा जिसने भी कहा, मैं अपनी जमीन क्यों बेचने लगी भला; नहीं मैं अपनी जमीन बेच रही हूँ न भविष्य में कभी बेचूँगी न हीं मुझे इस विषय में कुछ पता है।" रमियाँ ने दृढ़तापूर्वक निर्णायक शब्दों में कहा।

लखु - "कहीं माटी बेटा ने...।"

"नहीं माटी तो ऐसा करने की सोच भी नहीं सकता, वह लाख परिस्थितियों से लड़कर भी अपनी जमीन की एक इंच भी नहीं बेचेगा, वह तो मुझसे इस धरती की, इस गाँव-सेवा और उत्थान की बातें करता है। यहाँ तक कि अपनी नौकरी छोड़कर इस गाँव की सेवा के लिए गाँव लौटना चाहता था।" रमियाँ ने फिर अपनी दृढ़ता दोहराते हुए कहा।"

लखु - "बेचने की न सही पर हो सकता है कम्पनी वाले इस नीयत से माटी बेटा से मिले हों।" उसने आशंका व्यक्त की।

रमियाँ - "मेरी जानकारी में तो नहीं क्योंकि माटी तो कल शाम में शहर से आया है और तबसे कहीं गया भी नहीं है न घर पर कोई आया है।"

लखु - "हो सकता है तब फिर वे दो एक दिन में इस विषय पर आपसे मिलने आएँ।"

रमियाँ - "देखिए ये कम्पनी वाले एक-दूसरे का नाम लेकर झूठी बातें बता कर ये हमारी जमीन हड़पना चाहते हैं, उनका इस तरह झूठ बोलकर जमीन खरीदना उनकी नीयत में खोट दर्शाता है, उनकी मंशा ठीक नहीं लगती।"

लखु - "खैर जो भी हो मेरे विचार से शादी की तारीख एक महीने के लिए आगे बढ़ा दिया जाए, तब तक मुझे मेरे जमीन के पैसे मिल जाएँगे और मैं बेटी की शादी धूमधाम से कर सकूँ यही मेरी आपसे प्रार्थना है।" उसने हाथ जोड़ दिये।

रमियाँ - "महीने भर के लिए शादी की तारीख आगे बढ़ाना बड़ी बात नहीं है पर माटी कह रहा था बड़ी मुश्किल से छुट्टियाँ मिल पायी हैं, हो सकता है फिर से छुट्टियाँ मिलना सम्भव न हो।"

लखु - "आपकी बात भी सही है पर शादी का खर्च कहाँ से लाऊँ?"

रमियाँ - "हमारी आदिवासी परम्परा में तो बिन खर्चे की शादियाँ होती हैं। फिर बीच में खर्च और पैसों की बात कहाँ से आयी?"

लखु - "ये तो सही बात है पर इकलौती संतान के शादी में भी न खर्च कर सकूँ तो लोग क्या कहेंगे, फिर हमारे अपने अरमान भी तो हैं बेटी को कुछ दे -

लेकर विदा करेंगे।''

रमियाँ - ''हम अपनी परामपरागत तरीके से बिना खर्च के शादी करें इसी में हम आदिवासियों की भलाई और लोकरीति है, हमारा समाज कुछ नहीं कहेगा और बात रही बेटी के प्रति अरमानों की तो हमें कुछ नहीं चाहिए बल्कि यदि कहीं कमी-बेशी हो तो हम मिलकर इसे पूरा करेंगे, यदि पैसों की जरूरत हो तो हमसे उधार ले लीजिए पैसे मिलते ही वापस कर दीजिएगा।''

लखु - ''हम इतने भी बेगैरत नहीं कि उलटा लड़के वालों से लें, हमारी अपनी मर्यादा भी तो है यह कुकर्म मुझसे नहीं होगा।'' लखु ने कड़ी नाराजगी जतायी। उसके हाव-भाव से ज्ञात हुआ कि उसे इस बात से ठेस लगी, छोटेपन का एहसास हुआ।

रमियाँ - ''मेरा मकसद आपको हेठी दिखाना नहीं न हमारी मंशा महान बनने की है, बस मैंने तो सद्भावना वश आपके सामने एक विकल्प रखा ताकि हम अपने आपसी परेशानियों का मिलकर सामना कर सकें, फिर हमने खैरात में देने की बात तो न कही; आपका काम चल जाएगा फिर पैसा मिलते ही वापस कर दीजिएगा... फिर भी यदि आपको मेरी बातों से ठेस पहुँची हो तो मैं क्षमा चाहती हूँ और इस विषय में मैं माटी से सलाह विचारकर आपको खबर भिजवाती हूँ।''

लखु सँभलकर बोला - ''नहीं भौजी माफी माँगकर हमें और शर्मिंदा न करें, बस आपसे मेरी यही प्रार्थना है कि आप मेरी जगह में खड़े होकर सोचें और ऐसा करें कि मुझ गरीब की लाज भी बच जाए और जीवन में अपने संतान के प्रति सारे अरमान भी पूरे हो जाएँ।'' लखु ने हाथ जोड़कर विदा लिया और सीधा अपने घर की राह ली।

माटी लेटे-लेटे माँ और लखु की आपसी बातें सुन रहा था पर बीच में बोलना उसे उचित न जान पड़ा। वह चुपचाप कम्बल ढककर और ऐसे सोये पड़ा रहा जैसे वह गहरी नींद में हो। शरीर बिस्तर पर स्थिर पड़ा था पर उसकी अंतश्चेतना उद्वेलित हो उठी जैसे किसी ने सुषुप्त सिंह को छेड़ दिया हो। वह अन्य सामान्य दिन की भाँति उठा, नित्यक्रिया से निवृत्त होकर नाश्ता किया और निकल पड़ा गाँव की गलियों में उद्वेलित चित को शांत करने। उसने कई लोगों से राम सलाम अभिवादन के साथ बड़े प्रेम और अदब से बातें की और

जमीन खरीद-फरोख्त के विषय में गाँववासियों से जानना चाहा पर किसी ने खुलकर माटी से बातें न की न ही किसी ने सच्चाई बताने की जहमत उठायी... पर कुछ ने वास्तविक बातें घुमाते हुए भी इशारों ही इशारों गाँव में चल रही गतिविधि की ओर जाने-अनजाने संकेत कर दिया। उसे पहले से ही पूर्वाभास था पर अभी भी इसकी पुष्टि नहीं हो पायी थी। उसका अंतःसचेतन और उद्वेलित हो उठा। रात उसकी तरह-तरह की शुभाशुभ शंकाओं में गुजरी। पुनः वह दूसरी सुबह उठकर अपनी शंकाओं की निवृत्ति के लिए गाँव में लोगों के बीच जाने को तैयार खड़ा था। तभी रमियाँ ने उसे शादी की तारीख महीने भर के लिए टल जाने की सूचना दी ताकि अगले माह शादी में आने के लिए अपनी छुट्टियों का प्रबंध कर ले।

रमियाँ - "बेटा माटी! कल सुबह लखु आये थे और...।"

माटी ने बीच में ही बात काटते हुए कहा - "मुझे सब मालूम है।" और वह गाँव और की ओर निकल पड़ा। रमियाँ विस्मित खड़ी उसे देखती रही। माटी गाँव में कई लोगों से मिला और इस विषय में बातें की पर सभी दबी जबान से माटी की बातों को टालने की कोशिश करते नजर आये। माटी स्पष्ट जान चुका था कि उसके गाँव को जरूर किसी की बुरी नजर लग गयी है। उसे मालूम हो चला था कि गाँव में सच्चाई बयान करने वाला शायद कोई नहीं है। उसे सुरती का ध्यान आया और वह तत्क्षण उसके टोले की ओर चल पड़ा। संयोगवश सुरती घर पर अकेली थी। उसने इस मौके को औपचारिकता या अन्य बातों में गँवाने के बजाय सीधा अपेक्षित बातें छेड़ दी। सुरती ने बिना लाग-लपेट के बिना किसी के दबाव या भय के सारी बातें स्पष्ट कर दी और गाँव के उन लोगों का भी नाम बताया जो दलाल और कम्पनी के अगुआ थे, जिसमें प्रमुख सोहन, दिनेश और भोगन सिंह थे। सुरती के मुँह से सच्चाई जानकर माटी के पाँव तले जमीन खिसक गयी। उसे जिस बात की शंका थी वही हुआ। उसे समझ में न आ रहा था कि वह इस गाँव को इस अभिशाप से कैसे बचाए। उसके दिमाग में कम्पनी की स्वार्थगत नीति, अमानवीय परिस्थितियाँ, छल-प्रपंच, गाँव का विस्थापन, विनाशकारी दृश्य आदि बातों को सोचकर वह सहम उठा। उसके दिलो-दिमाग में आँधी सी चलने लगी, बिजलियाँ-सी कौंधने देने लगीं। वह कम्पनी के चंगुल से बच निकलने का उपाय ढूँढ़ने लगा पर उसे कोई युक्ति कोई विकल्प, कोई विधान न सूझता था।

उसकी सारी बुद्धि,विद्या, धर्य एक साथ जवाब देने लगे थे। उसके बौद्धिक ज्ञान, डिग्रियाँ कोई काम न आती थीं। उसे सूझ न रहा था कि इस समय वह क्या करे। एकाएक वह मुड़ा और कम्पनी के चमचे सोहन, दिनेश एवं भोगन सिंह से मिलने चल पड़ा।

शाम हो चली थी। ये तीनों एक ही जगह कम्पनी के कर्मचारियों के साथ आज किसी नये शिकार के तलाश में सांठगाँठ और षडयंत्र में अपने-अपने बुद्धि- बल एवं कुटिल कौशल आजमा रहे थे। माटी पर नजर पड़ते सभी सावधान हो गये और उत्पन्न होने वाली सम्भावित परिस्थिति से निपटने का जौहर दिखाने को तत्पर हो गये।

नजदीक आते ही माटी बिना कोई औपचारिकता के उन पर बरस पड़ा - "क्या चल रहा है आजकल गाँव में?"

"भैया राम राम! आइए बैठिए, कब आए शहर से?" दिनेश ने बड़ी अदब से पूछा।

"चलो यह सब औपचारिकताएँ रहने भी दो मैं तुम...।"

"भैया हाल-चाल तो बताइए, पानी वानी पीजिए फिर बैठकर इतमीनान से बातें करेंगे भागा कौन जा रहा है," सोहन ने सद्भावना जताते हुए कहा।

"सही कहा तुमने, बातें तो बैठकर ही होंगी आओ बैठो।" माटी ने इशारा किया। सभी खाट पर बैठ गये। कम्पनी के कर्मचारी भी साथ बैठे।

"कहिए कैसे दर्शन दिया आपने! दिनेश ने लाड जताया।

"आप महानुभावों से ही मिलने आया हूँ।"

"तो फिर बताइए हम आपकी क्या सेवा करें?"

"ये सब क्या चल रहा है गाँव में, लोगों की जमीन...।"

दिनेश बीच में ही बोला - "हाँ माटी भैया इस विषय में हम सब आपसे भी मिलना चाह ही रहे थे कि आप स्वयं पधार गये।"

"फुरसत कहाँ है तुम्हें जमीन की दलाली से।" माटी ने तान दिया।

"देखो भैया यह तो सरासर इल्जाम है हम पर, यदि हम दो पैसे कमा लें

तो आपको इस पर कोई आपत्ति नहीं होनी चाहिए।'' सोहन चिढ़कर बोला।

''तुम्हारी कमाई से हमें क्यों आपत्ति होने लगी भला, मेरी तो शुभकामनाएँ हैं कि तुम लोग खूब दौलत इज्जत शोहरत कमाओ। चलो छोड़ो इन बेकार की बातों को, हम यहाँ बेवजह बेमतलब का विवाद करने नहीं आए हैं, बताओ क्या माजरा है यह जमीन के खरीद-फरोख्त का!''

''भैया यह कोई खरीद - फरोख्त नहीं है, सौदा है वह भी मर्जी का।''

''बताओ भी कैसा सौदा है?'' माटी ने पूछा।

''यहाँ हमारे गाँव ही नहीं बल्कि आसपास के कई गाँव की जमीन लेकर एस्सार कम्पनी इस क्षेत्र में फैक्ट्री लगाना चाहती है और हम हमारे लोगों की भलाई के लिए इनके जीवन स्तर में सुधार के लिए, समाज की सेवा करते हुए कम्पनी और लोगों की मदद कर रहे हैं और इससे ज्यादा कुछ भी नहीं।'' सोहन ने बड़े अदब से समझाया।

''यहाँ न लोगों की भलाई है न समाज सेवा, यह जमीन की दलाली है और कुछ नहीं।''

''भैया आपने फिर से हम पर आरोप लगाये; आप तो शहर में सरकारी मास्टर की नौकरी करते हैं आपका तो जीवन सेट है, हम कहाँ जाएँ जीने खाने... हम भी पढ़े-लिखे हैं, हमने अपने बुद्धि बल और मेहनत से दो पैसे क्या कमाना शुरू किया हम तो जैसे आपके बैरी हो गये; यदि हम गँवारों की तरह खेतों में कीचड़ में काम करें, बकरियाँ मवेशियाँ चराते फिरें, मजदूरी करें तभी आपको कल पड़ेगा।''

''किसने मना किया था तुम्हें सरकारी नौकरी करने से; मेरे दादाजी के पैसों से तुमने पढ़ाई के नाम पर खूब ऐश-मौज किये हैं मुझे शहर जाकर सब पता चल गया; यदि तुम इन पैसों का सदुपयोग करते, मेहनत से पढ़ाई करते तो आज मुझसे कहीं ऊँचे ओहदे पर विराजमान होते, मैंने गर्दिश में भी कैसे नौकरी पा ली।''

''भैया अब आपके जैसा नसीब वाले तो हम हैं नहीं।''

''मेहनत करते तो नसीब वाला जरूर हो जाते।''

“यही तो विडम्बना है, मेहनत कर रहे हैं खून-पसीना एक कर दो पैसे कमा रहे हैं तो हम पर दलाली का कलंक लगा दिया आपने।”

“यह दलाली नहीं तो और क्या है? गाँववालों को बरगलाकर, बहला-फुसलाकर, मैंने भी अपनी सारी जमीनें बेच दी है ऐसा झूठ सच बोलकर थोड़े से स्वार्थ के लिए थोड़े से पैसों की लालच में तुमने गाँव को ही नहीं आसपास के पूरे क्षेत्र को विनाश का न्योता दे रखा है।”

“कभी किसी को नहीं बरगलाया न ठगा, लोग अपनी जमीन की पूरी कीमत पा रहे हैं, बाद में फैक्ट्री लग जाने पर उन्हें इसी फैक्ट्री में नौकरियाँ दे दी जाएँगी; क्या आपको नजर नहीं आ रहा, जहाँ हमारे गाँव में एक ढंग की साइकिल तक न थी वहाँ आज लोगों के घरों में नयी-नयी मोटरसाइकिल हैं, अच्छा खा पहन रहे हैं आराम का मनचाहा जीवन जी रहे हैं, यह तरक्की नहीं तो और क्या है! आप क्या चाहते हैं कि हमारे गाँव के लोग धूल मिट्टी कीचड़ में पड़े पसीना बहाते रहें, मवेशी हाँकते-हाँकते जानवर बने रहें; क्या उनका सुख-समृद्धि आपको रास नहीं आ रहा, क्या आप यही चाहते हैं कि लोग अपना जीवन इसी जंगल में जंगली जानवरों की भाँति जीते रहें?” दिनेश की साँसे तेज चलने लगी थीं।

“तुमने तो आज बड़ी-बड़ी बातें सुना दी, पर तुम्हें शायद यह अंदेशा नहीं कि इन क्षणिक सुखों और दिखावे की जिंदगी हमारे आने वाले दिनों के लिए विनाशकारी सिद्ध होगी, आज से भी कहीं ज्यादा दुःखी परेशान और बीमार होंगे, हमारा सब कुछ छिन जाएगा; हम आदिवासियों के अस्तित्व को अपनी इस तथाकथित समाजसेवा की वेदी पर बलि मत करो, मुझे तो तुम्हारे इस समाज सेवा के पाखण्ड से आदिवासी अस्तित्व के लिए खतरे की घण्टी सुनाई पड़ रही है, तुम्हारी इस करतूत पर आदिवासी अस्मिता के ऊपर विनाश के बादल मँडराते नजर आ रहे हैं।”

“भैया! आपकी ये सब बातें महज सैद्धांतिक ही हैं, आप लोगों से जाकर पूछ लें कि वे आज से पहले ज्यादा खुश और सुखी हैं कि नहीं।”

“लोगों को तो अभी जमीन के मुआवजे के पैसे हाथ में रहते खुशी और सुख का भ्रम, मिथ्याभास होगा ही, वे तो अनपढ़ नासमझ ठहरे, पर तुम तो पढ़े- लिखे हो तुम तो अपने समाज को, अपने गाँव को, अपनी जाति संस्कृति

को अपने हाथों चंद स्वार्थ के लिए विनाश की खाई में मत धकेलो।''

''भैया हमारी बुद्धि, विद्या और समझ तो यही कहती है कि हम जो कर रहे हैं वह ठीक कर रहे हैं बल्कि हमारी आपको भी यही सलाह है कि आप भी अपनी सारी जमीन बेच दें; झाड़-जंगल, ऊबड़-खाबड़ जमीन का इतना अच्छा कीमत इस जन्म में तो मिलने से रहा।''

सोहन के मुँह से ऐसी बातें सुनकर माटी उत्तेजित होकर उठ खड़ा हुआ मानो किसी ने उसकी छाती को बींध डाला हो।

''मैं अपनी एक इंच भी जमीन न बेचूँगा न ही अन्य लोगों को बेचने दूँगा चाहे मुझे लाख मुसीबत ही क्यों न झेलना पड़े या फिर मेरी जान ही क्यों न चली जाए।'' माटी की इस दृढ़ हुंकार से सभी सहम से गये। उसके इस प्रचण्ड हुंकार को सुन आसपास के घरों से कई लोग वहाँ आ जुटे यह देखकर सोहन, दिनेश, कम्पनी के कर्मचारियों के साथ यहाँ से खिसक लेने में ही बुद्धिमानी समझी और यहीं से माटी की क्रांति का आगाज हुआ।

माटी ने वहाँ उपस्थित लोगों को गाँव में फैक्ट्री लग जाने की विभीषिका के मार्मिक चित्र दिखाये। नौजवान तो इतनी आसानी से समझने को तैयार न थे इसलिए वहाँ से एक-एक कर खिसकते चले गये, पर गाँव के बड़े अनुभवी बुजुर्गों को इस विभीषिका का, विनाश का आभास पहले से ही था जो आज माटी की बातों से स्पष्ट हो गया।

माटी की यह क्रांति की हुंकार पूरे क्षेत्र में आग की तरह फैल गयी। इस क्रांति के आगाज से कम्पनी की नींद उड़ गयी। कम्पनी को हाथ में आयी मछली छूटती दिखाई देने लगी। यह क्षेत्र कम्पनी के लिए सोने के अंडे देने वाली मुर्गी के समान था क्योंकि इस क्षेत्र में वे सारे संसाधन कम्पनी को उपलब्ध थे जो उन्हें चाहिए था। कोयले की बड़ी-बड़ी खाने, नदी, जल-स्रोत समेत मेहनती सीधे-साधे मजदूर, प्राकृतिक वन संपदा सस्ती जमीन और अन्य तमाम सुविधाएँ।

माटी गाँव -गाँव जाकर लोगों से मिलता, बैठकें करता और फैक्ट्री के स्थापित हो जाने से होने वाले शारीरिक, मानसिक, सामाजिक, सांस्कृतिक, स्वास्थ्य सम्बन्धी नुकसान के साथ-साथ अन्य तरह के नुकसान के बारे में लोगों को जागरूक करता और कम्पनी का विरोध करने के लिए प्रेरित करता। कम्पनी

वालों ने तो पहले माटी को एक साधारण ग्रामीण समझकर हलके में लिया पर उन्हें कुछ ही दिनों में यह आभास हो गया कि माटी उनके सारे मंसूबों पर पानी फेरने में सक्षम है। लोग अब कम्पनी को जमीन देने में आनाकानी करने लगे थे और पढ़े लिखों की तरह सवाल भी करने लगे थे। कम्पनी माटी जैसे नासूर से निपटने में ही अपनी भलाई देख रही थी। कम्पनी को समझ आ गया कि माटी कम्पनी के लिए काल साबित हो सकता है।

माटी को लेकर कम्पनी ने सोहन दिनेश जैसे शिक्षितों, आसपास के तथाकथित समाजसेवियों, बुद्धिजीवियों के साथ शहर में एक गुप्त मीटिंग बुलायी। निर्धारित तिथि को तय जगह और समय पर आमंत्रित लोग जुटे। नाश्ता पानी और औपचारिक सम्बोधन के साथ मीटिंग शुरू हुई। कम्पनी के बड़े कर्मचारी ने सभा को सम्बोधित करते हुए कहा - "सम्माननीय जनों! आप लोगों की सहयोग और सद्भावना से चयनित क्षेत्र में कम्पनी का पचास प्रतिशत काम संपन्न हो चुका है इसके लिए कम्पनी आप सभी का आभार व्यक्त करती है। आपका प्यार और कल्याणकारी विचार ही कम्पनी को वहाँ खींच ले गया। कम्पनी ने इतने कम समय में अब तक जो सफलता हासिल की है इसका सारा श्रेय आप सभी सज्जनों को जाता है; परंतु आप सभी महानुभावों को ज्ञात है कि आज की यह मीटिंग बुलाने की आवश्यकता क्यों पड़ी है। आप जानते हैं कि माटी नाम का आपके ही गाँव का आपका ही बंधु-बांधव हमारे सारे किये कराये पर पानी फेरने पर उतारू है। हालाँकि कम्पनी का मानना है कि वह कोई बुरा आदमी नहीं है न ही पेशेवर कोई अपराधी है, न वह बड़ा पावरफुल कोई राजनेता है, न ही वह सरकार का उच्चाधिकारी है, वह आपकी ही तरह सीधा-सादा इंसान है; मुझे विश्वास है आप इतने सारे लोग मिलकर उसे समझा सकेंगे, सही राह पर ला सकेंगे। उसे सही राह लाने के लिए चाहे जितना खर्च करना पड़े कम्पनी उसके लिए तैयार है और साथ ही यदि आप उसे सही राह लाने में सफल होते हैं तो ठीक इसी जगह अगले माह को आज ही के दिन एक भव्य पार्टी होगी जिसमें आप सबों के साथ-साथ माटी भी कम्पनी की ओर से आमंत्रित है और यदि ऐसा हुआ तो आप सबों के साथ-साथ माटी को भी चार चक्के वाली गाड़ी की चाभियाँ एक साथ कम्पनी भेंट करेगी। आप माटी को किस तरीके से राह पर लाएँगे यह आपकी जिम्मेवारी है। यदि कम्पनी की तरफ से आपको कुछ और सुविधा चाहिए तो वह भी मिलेगी। यदि माटी को राह में लाने के लिए पुलिस सहायता, पैरवी, सरकारी दबाव, भय आदि की भी

जरूरत हो तो बेफिक्र होकर कहें... इस विषय में यदि आपमें से किसी को कुछ बोलना हो तो कहें।''

सोहन - ''यह सब कुछ ठीक है पर माटी तो माटी ही है।''

''क्या मतलब?'' कम्पनी के उच्चाधिकारी ने संदेहास्पद नजरों से सोहन की ओर देखकर पूछा।

सोहन - ''मतलब यह कि माटी ने यदि कह दिया है कि वह अपनी एक इंच भी जमीन कम्पनी को न बेचेगा तो वह किसी भी कीमत पर नहीं बेचेगा।''

कम्पनी का उच्चाधिकारी - ''उसकी जमीन लेने की जरूरत भी न पड़ेगी, यह कोई समस्या नहीं।''

इस बात से सारे लोग अचम्भित थे। लोगों की जिज्ञासा भरी नजरों को पढ़कर, उनके भकुवाये चेहरे को देखकर उच्चाधिकारी ने उनके मनोभावों को ताड़ते हुए कहा - ''आप आश्चर्य न करें, यदि माटी कम्पनी को जमीन न भी दे तो इससे कम्पनी के कार्यों में रत्ती भर भी बाधा न होगी, मुझे पता है कि आप जानना चाहते हैं कि यह कैसे सम्भव है?''

''हाँ-हाँ हम जानना चाहते हैं क्योंकि उसकी जमीन तो प्रोजेक्ट के बीच में पड़ती है!'' सभी ने एक साथ कहा।

उच्चाधिकारी ने कहा - ''सुनिए! यदि माटी के साथ कुछ और भी लोग कम्पनी को जमीन देने से इंकार करें तो भी कोई बात नहीं, यह बड़ा मुद्दा नहीं है क्योंकि जो जमीन नहीं देने वाले लोग बचेंगे वे या तो कोयले की धूल से परेशान होकर जमीन छोड़ भाग जाएँगा या फिर चिमनी के ताप और धूल से उनकी खेती मारी जाएगी या फिर मारे धूल धुएँ के जहर से बीमार होकर स्वयं मर जाएँगा उसी जमीन पर; वह जमीन बिनमोल हमारी ही है, अब दो गज जमीन के टुकड़े के लिए हमारे रहमोकरम पर चलने वाली सरकारें फैक्ट्री को तो हटाएँगी नहीं। समय साक्षी है, जिसने भी फैक्ट्री हटाने की नाकाम कोशिश की वह स्वयं या तो कुर्सी से हट गया या फिर दुनिया से, चाहे वह आमजन हो सरकारी अधिकारी हो या फिर स्वयं नेता सरकार हो... खैर आप लोग इसकी चिंता न करें उसे प्यार से समझाए; इस हथियार का प्रयोग हम अंतिम में करते हैं।'' कम्पनी के उच्चाधिकारी ने राहत भरी साँस ली।

एक समाजसेवी - "ये सब सोचने करने की नौबत नहीं आएगी, पैसा देख तो बड़े बड़ों की नीयत डोल जाती है फिर यह माटी क्या चीज है, ठहरा तो दो टके का मास्टर ही... जरा पढ़ लिख गया है तो थोड़ी अकड़ तो दिखाएगा ही, यदि बुद्धि न बघारे तो फिर पढ़े-लिखे की क्या पहचान; देख लेना पैसों की गड्डियाँ देखकर नाचने न लगे तो कहना।"

दूसरा समाजसेवी - "आप निश्चिंत रहें, हम उसे मनाकर साथ जश्न में शामिल होंगे, आप जश्न की तैयारी करें।" समाजसेवी ने उच्चाधिकारी को आश्वस्त किया।

सबों के दिलो-दिमाग में चार चक्के की चमचमाती गाड़ी उमड़ती - घुमड़ती रही। किसी किसी ने तो कल्पनाओं में नई चमचमाती गाड़ी की सैर भी कर लिया और महीना पूरे होने का बड़ी बेसब्री से इंतजार भी करने लगे। अगले माह ठीक इसी जगह वे सभी जश्न में दावतें उड़ाकर अपनी- अपनी नयी गाड़ी में बैठकर वापस घर जाने को निकलेंगे। बस एक छोटा-सा काम रह गया था माटी को मनाना। सभी ने अपनी-अपनी सुखद कल्पनाओं में खोये बड़े उत्साह के साथ अपने- अपने घर की राह ली। आज वे सभी आखरी बार ऑटोरिक्शा और बसों में धक्के खाकर गाँव पहुँचेंगे।

चार चक्के वाली गाड़ी की लालसा ने अगले ही दिन सभी तथाकथित समाजसेवियों को एक साथ जुटने को विवश कर दिया। वे किसी चुम्बक की भाँति एक-दूसरे की तरफ खिंचे चले आये। सभी ने मिलकर माटी को रास्ते पर लाने की रणनीतियाँ बनानी शुरू कर दी।

किसी ने कहा - "अरे वह एक सरकारी नौकर है, छुट्टियाँ खत्म होते ही वह शहर भाग जाएगा।"

किसी दूसरे ने कहा - "यदि नहीं गया तो वह नौकरी से भी हाथ धो बैठेगा।"

तो किसी ने तर्क दिये- "माटी को समझाने से अच्छा उसकी माँ रमियाँ को समझाया जाए।"

तो किसी और ने कहा - "इन बातों का पैसे के सामने कोई मोल नहीं अतः सीधा उसके सामने बातों से पहले पैसे डाल दिए जाएँ।"

किसी ने कहा - "पैसों से भरे दो में से एक थैला माटी को दिया जाए और एक थैला अपने मेहनताना के रूप में आपस में बाँट लिया जाए।" सबने अपने -अपने तर्क दिये और अंत में यह तय हुआ कि माटी के घर जाकर रमियाँ की उपस्थिति में सीधा माटी को पैसों से भरा थैला थमा दिया जाए। यदि एक थैला से न माने तो दूसरा थैला भी थमा दिया जाए, आखिर पैसा तो कम्पनी का जाएगा, उन्हें तो बस किसी तरह माटी को मनाकर चार चक्के वाली गाड़ी चाहिए थी। तय रणनीति के आधार पर दूसरे गाँव के समाजसेवियों को तो अपनी कामयाबी नजर आ रही थी पर माटी को जो लोग नजदीक से जानते थे उन्हें इस रणनीति पर अभी भी संदेह था। सभी मन में उल्लास उत्साह लिये माटी फतह के लिए कूच कर गये।

शाम का समय था। माटी मवेशियों को पुआल डालकर खाट पर बैठा था कि तभी भुतहा जत्थे का पदार्पण हुआ। माटी का एक-दूसरे के साथ राम-सलाम हुआ। माहौल ऐसा जैसे इकलौते बालक अभिमन्यु को चक्रव्यूह में फँसाने के लिए दिग्गज कौरव जुट गये हों। आँगन छोटा होने की वजह से माटी ने घर के बाहर ही खाट निकाल दी और सबको आदर के साथ बैठाते हुए कहा - "आज सभी महानुभाव कहाँ चले इधर?"

समाजसेवी - "बस तुमसे ही मिलने आया हूँ।"

माटी - "मुझ नाचीज से इतने सारे महानुभावों को मिलने की क्या जरूरत आ पड़ी भला?"

समाजसेवी - "जरूरत नहीं बेटा भलाई।"

माटी - "भलाई? किसकी भलाई?"

समाजसेवी - "तुम्हारी भलाई।"

माटी - "सारे गाँववालों की भलाई तो आप सभी मिलकर कर ही रहे हैं, अब आप मेरी भी भलाई करने आ गये।"

समाजसेवी - "देखो बेटा तुम चाहे हमें जितने ताने दो हमें बुरा नहीं लगेगा, तुम हमारे दुश्मन नहीं अपने हो, अपने ही खून माटी के हो, घर के बच्चे हो; हाँ यह बात अलग है कि हम तुम्हारे जितना पढ़े-लिखे होशियार नहीं, पर हमारे बाल भी महज धूप में ही सफेद नहीं हुए हैं, हमें भी दुनियादारी का

अनुभव है, हाँ यह तय है कि हमारे विचार मेल नहीं खा रहे। हमारा मानना है कि तुम अपनी जगह गलत नहीं हो, पर हम एक ग्रामीण के नाते से यह कहने आए हैं कि नदी के उफान के विपरीत चलकर किनारा नहीं मिल सकता बल्कि तूफान के साथ बहकर ही किनारे लगने की सम्भावना होती है, शायद किनारा मिल जाए।''

माटी - ''काका आप जीवन के उतार-चढ़ाव के अनुभव में हमसे बहुत ऊंचे हैं, मुझसे साफ-साफ कहा जाए कि आप लोग क्या कहना चाहते हैं।''

समाजसेवी - ''बेटा बात बिलकुल सीधी है और तुम्हें भी पता है, फिर भी हम कहना चाहते हैं कि तुम अपनी जमीन कम्पनी को बेच दो इसी में तुम्हारी भलाई है, कहो तो हम तुम्हारे जमीन की दोगुनी कीमत दिला दें।''

माटी- ''काका! ऊबड़-खाबड़ ऊसर जमीन की कीमत कम्पनी ने बहुत ही ज्यादा लगा दी है, मुझे इससे और ज्यादा कीमत की लालसा भी नहीं, पर मुझे अपनी जमीन बेचना ही नहीं; मुझे जब अपनी जमीन बेचना ही नहीं तो फिर कीमत की बात आती कहाँ है, चाहे इसकी कीमत सौ गुनी भी लग जाए तो भी मैं अपनी जमीन नहीं बेचूँगा; कीमत उसी की लगती है जो बिकाऊ हो, आप मुझे जमीन बेचने की बात कहकर और आहत न करें।''

दूसरा समाजसेवी - ''चलो कोई बात नहीं, तुम्हारी जमीन तुम्हारी मर्जी, तुम जमीन का मालिक बने रहो हम तुम्हें दबाव भी नहीं देते, पर तुम जो दूसरों को अपनी जमीन न बेचने की बातें करते फिर रहे हो यह ठीक नहीं।''

माटी - ''काका ये अपने लोग हैं और मैं अपनों के भले के लिए ही यह सब कर रहा हूँ।''

समाजसेवी - ''देखो बेटा, हम तुम से तर्क में नहीं जीत सकते हैं इसलिए तुमसे तर्क करने से रहे।'' उसने सोहन को इशारा किया। सोहन ने रुपयों की हड्डियों से भरा थैला माटी के आगे रख दिया, फिर समाजसेवी ने कहा - ''लो सँभालो इसे और कम्पनी के काम को बाधित न करो।''

माटी - ''क्या है काका इसमें?''

समाजसेवी - ''हम चलते हैं खोलकर देख लेना, यह प्रचार का विषय नहीं है।''

माटी - "ठहरिए काका! यह पोटली वापस अपने साथ लेते जाइए हमें इसकी जरूरत नहीं।"

समाजसेवी - "अरे खोलकर देख तो लो, कम नहीं है और यह जमीन का मुआवजा नहीं है, तुम्हारी जमीन तुम्हारे पास ही रहेगी।"

माटी - "काका कहा न मुझे इसकी जरूरत नहीं।" समाजसेवी ने फिर इशारा किया तो दिनेश ने दूसरी थैली भी परोस दी।

समाजसेवी ने फिर कहा - "यदि और चाहिए तो कहो, अगले महीने कम्पनी से एक चार चक्के वाली नयी गाड़ी भी दिला दूँगा अब तो संतुष्ट हो न! इतना तो सात पुश्तों में भी नहीं कमा पाएगा।"

जाने माटी को अचानक क्या हुआ, उसने थैला उठाकर ऊपर हवा में फेंक दिया। सारे नोट क्यारियों में पत्ते की तरह बिखर गये।" दफा हो जाइए आप सभी यहाँ से अन्यथा आज मैं अपनी मर्यादा खो बैठूँगा!" वह घायल नाग की तरफ फुफकारने लगा।

यह घटना गाँव ही नहीं दूर-दूर के गाँवों में भी आग की तरह फैल गयी। यह घटना चलते-चलते जब लखु के कानों में पड़ी तो उसने माथा ठोंक लिया। मन ही मन माटी को उसने लगा - सोचता हूँ पढ़ा-लिखा होशियार मास्टर है पर यह माटी तो महामूर्ख निकला। मूर्खता की भी हद है जो किस्मत को ठोकर मार बदनसीबी का दामन थाम लिया। कहाँ चली जाती है ऐसे समय में इतने पढ़े लिखों की बुद्धि। वह मन ही मन माटी जैसे पढ़े-लिखे बेवकूफ बदनसीब के हाथों अपनी इकलौती सुरती को ब्याहने से घबराने लगा। इससे तो अनपढ़ गँवार ही भले।

महीना बीत चुका था पर अभी तक लखु की ओर से शादी की कहीं कोई सुगबुगाहट न थी। रमियाँ इस आशा में थी कि पैसे मिलते ही लखु वादे के मुताबिक स्वयं आकर शादी की तारीख पक्की कर जायेगा और लगे हाथों शादी संपन्न भी करा देंगे। महीना कबका गुजर गया, कोई खोज-खबर न देखकर रमियाँ एक दिन स्वयं लखु के घर जा पहुँची। आदर-सत्कार तो हुआ पर इस बार व्यवहार में वह आत्मीयता अपनत्व की महक न थी। घर में भी चमक दमक कुछ ज्यादा ही थी। वास्तव में यह शादी की सजावट या तैयारियाँ न थीं बल्कि उसमें दिखावट के रंग घुले हुए थे। यह पूछने की जरूरत भी न थी कि लखु को

कम्पनी से पैसे मिले कि नहीं। स्पष्ट परिलक्षित हो रहा था कि पैसे ही नहीं बल्कि काफी पैसे मिले हैं, फिर भी रमियाँ ने औपचारिकतावश पूछ लिया - ''कम्पनी से जमीन के मुआवजा मिल तो गया न!''

लखु - ''हाँ भौजी आप लोगों की दुआ आशीर्वाद से कबका मिल गया।''

रमियाँ - ''तो भी आपने सूचित न किया, हम आशा देखते रहे खैर जाने दीजिए बताइए कब का तिथि रखा जाए?''

लखु - ''अब तिथि रखने की जरूरत नहीं भौजी।'' रमियाँ सशंकित हुई।

रमियाँ - ''मतलब ...!''

लखु - ''मतलब यह कि... आप दुःखी न हों तो कहूँ।''

रमियाँ - ''इसमें दुःखी होने की क्या बात है, अब हम दोनों रिश्तेदार हुए, सम्बंधी हुए, अब हम एक-दूसरे की नहीं सुनेंगे तो कैसे चलेगा।''

लखु - ''सुना है बिना जमीन बेचे ही कम्पनी ने माटी को दो थैले भरकर पैसे भिजवाये थे, ऊपर से बड़ी गाड़ी भी दे रहे हैं परंतु माटी ने पैसे फेंक दिये।''

रमियाँ - ''हाँ बिलकुल सही सुना है आपने।''

लखु - ''सुना है उसने मास्टरी भी छोड़ दी।''

रमियाँ - ''छोड़ी नहीं पर पूरी सम्भावना है कि वह छोड़ दे क्योंकि इन दिनों वह अपनी मातृभूमि की सेवा में ज्यादा ही व्यस्त रहने लगा है।''

लखु - ''अब आपही बताएँ यह बेवकूफी है कि नहीं।''

रमियाँ - ''बेवकूफी? यह तो उसका फर्ज है, यह गर्व की बात है।''

लखु - ''भौजी! नजरिया अपना-अपना, पर इस हालत में मैं अपनी बेटी का विवाह माटी से नहीं कर सकता।''

रमियाँ - ''यह आप क्या कह रहे हैं लखु!''

लखु - ''ठीक ही तो कह रहा हूँ; मैं तो क्या कोई भी पिता अपनी इकलौती संतान की ऐसे व्यक्ति के साथ विवाह नहीं कर सकता।''

रमियाँ - "आखिर दिक्कत क्या है?"

लखु - "दिक्कत है भौजी... एक तो बिना जमीन बेचे ही उसे इतने सारे पैसे मिल रहे थे, ऊपर से नयी गाड़ी... सरकारी नौकरी थी ही। फिर मेरी इतनी बड़ी संपत्ति सबकुछ उन्हीं का तो था, पर अब माटी के पास कुछ नहीं सिवाय बदनसीबी के। भाग्य ने उसे दोनों हाथों धन, ऐश्वर्य, सुख- शांति थमाये थे पर उसने उसे सहज ही फेंक दिया, अब ऐसी स्थिति में मैं अपनी बेटी का ब्याह उससे नहीं कर सकता... आपको शायद यह भी नहीं पता कि कम्पनी और गाँववाले उसकी जान के दुश्मन बन बैठे हैं उसे हर पल जान का खतरा है।"

रमियाँ - "पर वे एक-दूसरे से प्रेम करते हैं, वे एक दूसरे के ...।"

"नहीं भौजी, जिंदगी का अनुभव हमें भी है और आपको भी; महज प्रेम के फूल से जिंदगी नहीं गुजारी जा सकती, इस फूल को आलम्ब देने के लिए मजबूत शाखाएँ हरी-भरी पत्तियाँ और जड़ों का होना आवश्यक है। फूल हवा में नहीं खिलते और हम सब कुछ देखते-सुनते हुए भी ऐसी बेवकूफी नहीं कर सकते। मैं रिश्ते से खुश था कि माटी को जीवन यापन के लिए सरकारी नौकरी है और गाँव की जमीन के मुआवजे से शहर में जमीन-जगह लेकर रच-बस सकता है। ऊपर से हमारी भी संपत्ति इन्हीं के काम आती... पर अब ऐसा कुछ भी नहीं है। हाँ अब भी कुछ बिगड़ा नहीं है, यदि वह नौकरी पकड़ ले, कम्पनी थैले भरकर पैसा दे रही है, चाहे तो कम्पनी उसे बिना जमीन बेचे और पैसे देने को तैयार है, मनपसंद गाड़ी देने को तैयार है। यदि माटी अपनी जमीन बेचे तो उसके भी पैसे मिलेंगे; फिर मेरी भी संपत्ति है। सुखी जीवन के लिए क्या कुछ नहीं है उसके पास... आप कहें तो मैं फिर से उसे कम्पनी से सब कुछ दिलवाने की पैरवी करूँ। उसे हाँ भर कहने की देर है, कम्पनी उसे राजी-खुशी फिर से सब कुछ देने को तैयार हो जाएगी। आप जाकर उसे ठंडे दिमाग से समझाएँ, यदि वह मान गया तो हम सुरती का विवाह राजी-खुशी से उससे करने को तैयार हैं अन्यथा मैं दूसरे वर की तलाश में हूँ; फिर कभी मुझे आप दोषी नहीं ठहरा सकती हैं, एक मौका है उसके पास।"

रमियाँ हतप्रभ मूर्तिवत लखु की बातें सुनती रही। जब लखु चुप हुआ तो वह भारी अवसाद के बीच विचलित-सी सीधा घर की राह ली। भर रास्ते वह द्वंद्व युद्ध करती आयी थी। कौन सही कौन गलत उसे सब पता था। वह किंकर्तव्यविमूढ़-सी भारी द्वंद्व के बीच यह निर्णय नहीं कर पा रही थी कि वह

सही का साथ निभाए या गलत का। शादी टूटने की बात से वह काफी दुःखी थी... इसलिए नहीं कि उसे सुयोग्य बहू नहीं मिल सकती थी, बल्कि इसलिए कि पैसों के मद में आज किसी ने पहली बार उसकी बातों की अवहेलना ही न की बल्कि ठुकरा दिया। ऐसा उसके जीवन में पहली बार हुआ, अन्यथा इस परिवार की बातों पर लोग आँख मूँदकर पूरे भरोसा के साथ स्वीकारते ही नहीं बल्कि आशीर्वाद समझकर उस पर अमल भी करते थे। सुरती भी इसी परिवार के जगन के कहने पर अपनी जाति बिरादरी की परम्पराओं को तोड़कर आसपास के गाँव के उलाहना तानों को ताक में रखकर स्कूल भेजी गयी थी। जगन की स्वीकृति जानकर स्कूल जाती सुरती पर किसी ने उँगली उठाना तो दूर चूँ तक न की थी बल्कि देखा-देखी उन्होंने भी अपनी बच्चियों को स्कूल भेजना शुरू कर दिया था। इस घर में कदम रखना लोग मंदिर में कदम रखने के बराबर समझते थे और इस घर में रिश्ता करना तो मानो अपना परम सौभाग्य और कई जन्मों के तप का फल समझते थे पर आज लखु ने धन के मद में इस घर के इज्जत को ही धुति न दिखायी बल्कि अपने कुल परम्परा के मर्यादा को भी लाँघ गया। यदि रमियाँ चाहे तो सुरती को उसे बहू बनाने से कोई नहीं रोक सकता क्योंकि अपनी जाति परम्परा में लोटा-पानी (सगाई) के बाद शादी से कोई इनकार नहीं कर सकता और यह रिवाज अब तक कायम है। आज से पहले किसी ने भी लोटा- पानी कर शादी नहीं तोड़ा है। रमियाँ चाहे तो समाज के सामने लखु को नीचा दिखाकर सुरती को अपनी बहू बना सकती है।

इन्हीं चिंताओं में घुलती कुण्ठित मन से वह माटी के पास जाकर बोली - "बेटा! यह सब छोड़ दे।"

माटी - "क्या छोड़ दूँ माँ?"

"जल जंगल जमीन की चिंता, इस मिट्टी की सेवा, आदिवासी अस्मिता, लोक संस्कृति की रक्षा, लोगों की भलाई, आदिवासी जाति का उत्थान, जाति के लिए संघर्ष।" रमियाँ दीर्घ निःश्वास के साथ आसमान की ओर ताकती हुई एक ही साँस में बोल गयी जैसे वह वर्षों की संघर्ष से बहुत थक चुकी हो। उसके अंदर की गहरी वेदना एक टीस उसके चेहरे और आँखों की व्याकुलता से स्पष्ट झलक रहे थे।

माटी - "यह तुम कह रही हो मां!"

"मैं नहीं एक माँ कह रही है।"

"तुम इतना कमजोर तो न थी माँ! इतनी कमजोर तो तुम तब भी न थी जब पिताजी अँग्रेजों से लड़ते हुए शहीद हो गये थे। तुम तो स्वयं संघर्ष की देवी हो, पिताजी के बाद उनके संघर्ष को तुमने ही तो गति दी थी पर आज तुम इतनी कमजोर कैसे पड़ गयी हो?"

"कमजोर नहीं बेटा हतोत्साहित हो गयी हूँ थक गयी हूँ।" रमियाँ ने किसी शून्य पर नजरें टिकाने की कोशिश करती हुई बोली।

"अगर तुम ही थक जाओगी माँ तो इस माटी में उर्वरता कैसे होगी? माटी की शक्ति ही छिन जाए तो फिर वह माटी किसी काम की नहीं। नहीं माँ, अभी इतनी भी तपन नहीं की माटी को कोई पकाकर उसकी उर्वरता छीन सके और इतनी थोड़ी तपन तो माटी को और उर्वरक बनाता है।" माटी ने रमियाँ को अपने कुल मर्यादा की कृति गाथा याद दिलायी।

"यह बस सैद्धांतिक बातें हैं बेटा।" रमियाँ ने निराशा भरे स्वर में कहा।

"माँ, दादाजी ने सिद्धांत मात्र से बुढ़ापे तक लोगों की भलाई करते हुए अपना जीवन-संघर्ष कायम रखा। जीवन के सारे सुखों की बलि दे दी। क्या सिद्धांत मात्र के लिए ही पिताजी ने खुशी-खुशी अपना जीवन बलिदान कर दिया। क्या तुमने सिद्धांत मात्र के लिए हर दुःख को हर आँसू को छुपाए रखा। यह महज सिद्धांत नहीं हो सकता माँ।"

"वह समय दूसरा था बेटा अब समय बदल गया है।"

"यह तो एक बहाना है कायरता का आलम्बन है, मैं इसे नहीं मानता। समय की अनुकूलता प्रतिकूलता लगी रहती है। निर्भर इस बात पर है कि हम समय की प्रतिकूलता से किस हद तक लड़ सकते हैं; अभी तो हमारी लड़ाई शुरू हुई है तुम अभी से ही थकान महसूस करने लगी हो माँ।"

"बेटा मैं एक माँ भी हूँ मुझे माँ ही रहने दो, संघर्ष की वेदी पर मुझे योद्धा मत बनाओ।"

"आखिर ऐसी क्या आफत आ पड़ी कि तुम टूटने लगी हो।" माटी ने पूछा।

“आज मै लखु के घर गयी थी तुम्हारी शादी की तारीख पक्की करने पर उसने शादी से इनकार कर दिया, किंतु हम पर तरस खाकर उसने एक मौका हमें दिया है।” माटी मुस्कुराया।

“क्या हम इतने गये -बीते हैं कि हमारे मार्गदर्शन में चलने वाले लोग ही हमें मार्ग दिखा रहे हैं हम पर तरस खा रहे हैं।” माटी ने व्यंग्य किया।

“बेटा मुझे भी परिस्थितियों का कुछ ऐसा ही आभास हो रहा है, लखु गलत नहीं है।” रमियाँ हतोत्साहित सी बोली।

“कैसी परिस्थिति माँ?” माटी ने पूछा।

“तुम लोगों के भले के लिए, जाति संस्कृति को बचाने के लिए, अपनी जातीय मर्यादा की रक्षा के लिए अपनी जान जोखिम में डाले इस मिट्टी की कर्ज अदा करते हुए अपना सब कुछ न्योछावर कर संघर्ष कर रहे हो, पर लोग पैसों के मद में अज्ञानता में तुम्हारी बात नहीं मान रहे हैं तुम्हें एक पढ़ा-लिखा बेवकूफ समझ रहे हैं क्या तुम्हें इसका आभास नहीं?” रमियाँ ने गंभीरतापूर्वक पूछा।

“हाँ माँ मुझे यह सच्चाई बखूबी पता है, लोग मेरी बात नहीं मान रहे, उलटा उपहास कर रहे हैं, पर मुझे इसका कोई मलाल नहीं; मुझे इस बात की संतुष्टि है कि मैं जाति के लिए,आदिवासी समुदाय के लिए जहर नहीं बोल रहा बल्कि उन्हें उन मीठे जहरीले फल को खाने से बचा रहा हूँ, पर ये इतने भूखे हैं कि इन मीठे जहरीले फलों में आज इन्हें स्वाद मिल रहा है किंतु जब यह जहर धीरे-धीरे अपना असर दिखाएगा तब इन्हें मेरी बात खयाल होगी।” माटी ने समझाया।

“तब खयाल करने से क्या फायदा बेटा जब सब कुछ लुट जाएगा, तुम स्वयं मिट जाओगे।” रमियाँ ने सच्चाई बयाँ की।

“जननी जन्मभूमि की रक्षा करने वाले लाभ-हानि का हिसाब नहीं रखते माँ।” माटी ने जोश से भरकर कहा।

“बेटा मेरी बात मान, अपने हाथों अपनी विनाश गाथा मत लिख, सौभाग्य ने हमारे द्वार भी दस्तक दिये हैं इसका तिरस्कार मत कर, सौभाग्य की देवी मुक्त हस्त हम पर सब कुछ लुटाने को तैयार है, तुम अपनी नौकरी में पुनः

वापस लौट जाओ; कम्पनी तुम्हें मुँहमाँगा रुपया, मनचाही गाड़ी देने को तैयार है। यदि चाहो तो अपने जमीन के पैसे भी काफी मिल जाएँगे ऊपर से लखु की सारी संपत्ति पड़ी हुई है, ऐसा अवसर, इतना बड़ा सौभाग्य किस्मत वाले को ही मिलता है, ऐसे सौभाग्य की देवी का अनादर कहीं हमारी विनाश की नीव न साबित हो।'' रमियाँ ने निराश कुंठित मन से माटी को समझाया।

''नहीं माँ, मेरे जीते जी ऐसा कदापि नहीं हो सकता; इससे भी बड़ा सौभाग्य ईश्वर ने मुझे अपनी धरती माँ की सेवा, आदिवासी अस्मिता और अपनी जाति संस्कृति की रक्षा का दायित्व सौंपकर प्रदान किया है। क्या मैं भी चंद स्वार्थ, क्षणिक सुख के खातिर अपने आदिवासी अस्तित्व को दाँव पर लगा दूँ, क्या मैं भी अपने सीधे-सादे आदिवासी बंधु-बांधवों को छोड़कर अपने कुल मर्यादा को कलंकित करूँ। रुपये की गठरी लेकर शहर के किसी कोने में दुबक जाऊँ कायरता का कीर्तिमान स्थापित करूँ, जल जंगल जमीन को इन आतताईयों के हाथों लूटते उजड़ते और छिनते देखता रहूँ, अपने बाप-दादा की जमीनें लूटने दूँ, इसे लहूलुहान होते देखता रहूँ, अपने पूर्वजों के अरमानों को तिलांजलि दे दूँ। आदिवासियों की गौरव गाथा, अपनी लोक संस्कृति को दम तोड़ते, घुटते देखता रहूँ... नहीं, नहीं मुझसे यह सब देखा न जाएगा, मैं इतना बेगैरत नहीं कि अपने मिट्टी की गंध को कायम न रख सकूँ। मिट्टी की रक्षार्थ मेरी जान भी चली जाए तो मुझे इस सुखी जीवन से कहीं ज्यादा खुशी व आत्म संतुष्टि होगी; मैं मर सकता हूँ पर अपने जमीर को मरता नहीं देख सकता।'' माटी फड़क उठा।

एक ओर जहाँ माटी जैसे पुत्र को पाकर रमियाँ धन्य हो उठी, माटी के मुँह से कुल की गौरव गाथा, लोक हितकारी ओजस्वी विचार सुनकर उत्साह से भर उठी वहीं दूसरी ओर एक माँ की ममता तड़प उठती था हाय! यह कैसा द्वंद्व है, कैसी विडंबना है। हृदय बिंधा जाता है जाता है।

आखिर महीने की वह तारीख भी आ गयी जब माटी सहित कम्पनी के दलालों और तथाकथित समाजसेवियों को अलीशान भवन में एक समारोह में सभी को आदर व सम्मान के साथ चार चक्केवाली गाड़ियों की चाभियाँ उपहार-स्वरूप कम्पनी के द्वारा भेंट की जानी थीं। लेकिन इतने बड़े उत्सव को माटी ने मिट्टी में मिला दिया था। यह उत्सव का दिन किसी मातम व मनहूस दिन में बदल गया था। सभी माटी को कोसे जा रहे थे साथ ही उलाहना गालियाँ

और फिर श्राप।

उत्सव सम्मान-समारोह और डिनर पार्टी तो न हो सकी पर उपस्थिति दर्ज कराकर अपना अपना रिपोर्ट प्रस्तुत करने का आदेश हुआ। सभी सुधारक मुँह छुपाये हाथ जोड़े कम्पनी के सभागार में उपस्थित हुए, बहुत से विषयों में सलाह मशविरा और चर्चाएँ हुईं माटी की समस्याओं पर मंथन हुआ और अंत में यह निर्णय हुआ कि माटी को मिट्टी में मिलाना अति आवश्यक हो गया है, उसके रहते कम्पनी स्थापित करने में बड़ी बाधा है और इसकी जिम्मेवारी गाँव के ही सोहन, दिनेश और भोगन सिंह आदि को एक गुप्त कमरे में सौपीं गयी और इस कार्य के सम्पन्न होते ही बड़े-बड़े ईनामों कि घोषणा की गयी। उनको पुलिस प्रशासन, अफसरों और नेताओं की पूर्ण सहयोग और सहानुभूति का आश्वासन के साथ उनको इस कार्य के लिए भय-मुक्त करने की पुरजोर कोशिश की गयी साथ ही कम्पनी को सहयोग करने पर कम्पनी में पद व नौकरी देने का प्रलोभन भी दिया गया।

दूसरी तरफ माटी को जितना प्रलोभन और धमकियाँ मिलती रहीं, माटी उतना ही किसी घायल साँप की तरह फुफकार मारता। लोगों के बीच जाता, सभाएँ करता और आदिवासियों की आने वाली पीढ़ी के बरबादी का, विनाश की सच्ची किंतु नंगी तस्वीर प्रस्तुत करता, कम्पनी से होने वाले नफे-नुकसान का हिसाब बताकर लोगों को जागरूक करता और कम्पनी के विरोध में जन समुदाय को खड़ा करने की कोशिश करता तथा कारखाना स्थापन का बहिष्कार करता। माटी के पास लोगों की भीड़ जुटने लगी थी और माटी इस भीड़ को क्रांति के लिए प्रेरित करता, उत्साहित करता। हाँ यह अलग बात थी कि माटी की बातें, क्रांति और जागरूकता युवा वर्ग को समझ नहीं आती थीं। माटी की सभाओं में युवा वर्ग मात्र उसकी बातें सुनकर उसे कोसने ही आते थे। बड़े-बुजुर्गों को बहकाने, बरगलाने का आरोप ही माटी पर लगाते आये थे। युवा वर्ग को सिर्फ अपने वर्तमान की चिंता थी, मौज-मस्ती ऐशो आराम को महत्व देते थे। उनकी भौतिकवादी नजरें भविष्य में आने वाली महाविनाश को देखने-परखने में सक्षम न थीं न ही युवा वर्ग को अपनी लोक संस्कृति, परम्परा, धर्म, अपनी आदिवासी अस्मिता का ही खयाल था। एक तरह से ये आदिवासी गाँव दो वर्गों में बँट गया था- एक वृद्ध आदिवासी वर्ग जिसका प्रणेता युवा माटी था तो दूसरा युवा आदिवासी वर्ग जो घोर भौतिकवादी मानसिकता से ग्रसित सोहन

और दिनेश के साथ आ खड़े हुए थे जो भविष्य के सुनहरे सपनों में जी रहे थे।

माटी रोज ही लोगों के बीच जाता, उन्हें अपनी गौरवमयी परम्परा, लोक संस्कृति, आदिवासी अस्मिता का भान कराता, आने वाले विनाश के हाहाकार से अवगत कराता, लोगों को अपनी जमीन कम्पनी को बेचने से मना करता और कम्पनी के विरुद्ध एकजुट होकर लड़ने को आग्रह व प्रेरित करता। किंतु उसके इस कार्य से बहुत से उसके अपने ही लोग विरोधी हो गये थे। उसके भाषण की ओजस्विता ऐसी थी कि बड़े-बुजुर्ग व विचारशील लोग बड़े ध्यान से सुनते।

एक ओर जहाँ माटी अपनी मिट्टी को बचाने में लगा था वहीं दूसरी ओर सोहन, दिनेश, और भोगन सिंह के साथ-साथ अन्य कई तथाकथित समाजसेवियों की टोलियाँ जत्था बनाकर चंद स्वार्थ की खातिर जन्मभूमि की दलाली करने में जुटे थे। यह भुतहा जत्था जब एक किसान जोखू के घर पहुँचा और उसे अपनी जमीन कम्पनी को बेचने के लोकलुभावन फायदे गिनाने में जुटा था तभी जोखू अचानक से भड़क उठा।

जोखू - "यह मिट्टी हमारी माँ है, जल जंगल और जमीन की रक्षा करना हमारा धर्म है परम कर्तव्य है, हम जान दे देंगे पर जमीन नहीं देंगे।"

सोहन - "काका! भावुकता एवं जमीन के प्रति मोहबस तुमने तो नाहक ही लम्बी सुना दी।"

जोखू - "हाँ बबुआ, इस जमीन में मोह है हमारी, मोह है हमारे पुरखों का; इसी मोह की वजह से तो हम जुड़े हैं इस मिट्टी से, तभी तो हम घाटा-नफा की चिंता किये बगैर इस जमीन पर कड़ी धूप और पानी में भीगकर भी इसकी सेवा कर पाते हैं, इसी माटी के कारण तो हमारा अस्तित्व बचा हुआ है, यही मोह हमें हर परिस्थितियों में जिंदा रहने की प्रेरणा प्रदान करती है अन्यथा रखा क्या है इस मिट्टी के टुकड़े में। इसी मोह के कारण तो हम जाड़ा गर्मी बरसात धूप, धूल, कीचड़ से लड़ पाते हैं और इसी मोह के कारण इस मिट्टी का तिलक कर हम चंदन की शीतलता पाते हैं। इसी मोह की शक्ति से हम जेठ की अग्नि वर्षा और पूस की हाड़ कँपा देने वाली ठंड को भी हँसते-हँसते झेल लेते हैं। यदि इस मिट्टी के प्रति यह मोह नहीं होता तो हमें भी शहरवासियों की तरह धूल से एलर्जी, इनफेक्शन और तरह-तरह की बीमारी हो जाती, कड़ी धूप में लू

लग जाता, बारिश के पानी छूते ही सर्दी जुकाम और बुखार हो जाता... पर इसी मोह ने हमें इनसे लड़ने और सुरक्षित बच निकलने की शक्ति प्रदान किया है।

दिनेश - "काका तुम तो फिर सुनाने लग गये।"

जोखू - "बबुआ तुम तो शहर में पले-बढ़े हो, मिट्टी की आत्मीयता, मिट्टी की महक, मिट्टी की ताकत और मिट्टी की कीमत क्या जानो; मुझे अफसोस होता है तुम्हें देखकर कि तुम इस मिट्टी के जन्मे इसी मिट्टी की दलाली कर रहे हो.लानत है मुझे तुम दोनों की शिक्षा और बुद्धि पर।

जोखू के मुँह से ऐसी बातें सुनकर उन दोनों की हालत किसी खिसियायी बिल्ली-सी हो गयी थी। इस छोटे अनपढ़ गँवार किसान जोखू के मुँह से माटी की भाषा सुनकर वे दोनों जल भुन गये। वे दोनों माटी को गालियाँ देते उलटे पाँव घर को भागे। इन्हें आज स्पष्ट मालूम हो गया था कि माटी के रहते गाँव में फैक्ट्री स्थापित करना इतना आसान काम नहीं। उन्होंने महसूस किया माटी का प्रभाव गाँव में बढ़ता ही जा रहा था, लोग जल जंगल जमीन की बातें करने लगे थे। माटी जैसे मर्ज की दवा किये बगैर उनकी दाल गलने वाली न थी, माटी के रहते उनके मंसूबे पर पानी फिरता रहेगा।

लखु को उम्मीद थी कि माटी सुधर जाएगा और रमियाँ शादी की तारीख पक्की कराने मिठाइयों के डब्बे लेकर आएगी, पर यहाँ तो स्थिति ठीक विपरीत थी, माटी दिनानुदिन कम्पनी को बड़ी बड़ी चुनौतियाँ देने लगा था। कम्पनी के अलावा एक बड़ा ग्रामीण-समूह माटी का दुश्मन बन गया था। लखु को हर रोज लगता था कि माटी अपनी मास्टरी की नौकरी वापस पकड़ लेगा और कम्पनी के साथ हाथ मिलाकर समझौता कर लेगा पर लखु की आस हर रोज टूटती जाती थी।

सोहन को पता चला कि लखु अपनी इकलौती बेटी सुरती की सगाई माटी के साथ करके भी विवाह के लिए सहमत नहीं है। सोहन की दुष्ट बुद्धि ने माटी से अपनी ईर्ष्या द्वेष और वैमनस्यता के निमित्त माटी को नीचा दिखाने के लिए लखु की नब्ज टटोली और लगे हाथों सुरती से विवाह के लिए प्रस्ताव भेज दिया। लखु ने इस प्रस्ताव को ठुकराकर फिर से माटी की ओर रुझान दिखाया, आखिर माटी तो माटी था सोहन से सौ गुणा बेहतर। भले ही वह सुरती का ब्याह माटी से करने का साहस न कर पा रहा था पर लखु के मन में

भी माटी के प्रति एक आदर्श भाव स्थापित था। माटी अपनी मिट्टी के लिए संघर्षरत था और सोहन मिट्टी की दलाली में। लखु मन ही मन माटी की बहुत इज्जत करता था या यूँ कहें इस क्रांति से उसके मन में माटी के प्रति इज्जत और श्रद्धा कहीं अधिक प्रगाढ़ हो चुकी थी। माटी का खानदान जितना आदर्श गौरवमयी था, माटी में भी अपने खानदान की मर्यादा को, कुल परंपरा को कायम रखने की क्षमता थी व वहन करने की दक्षता हासिल था। पर लखु का द्वंद्व यह था कि वह एक आदर्श भूख कष्ट संघर्ष को बेटी के लिए चुने या उसका सुखमय भविष्य।

गाँव में ही नहीं बल्कि आसपास के गाँव में भी सुरती के विवाह को लेकर अँगुलियाँ उठने लगी थीं। महिलाओं के बीच बतकही होने लगी थी। यह सब बातें लखु को टीसने लगी थीं उसके कानों को चुभने लगी थीं। हृदय में बेटी के सुख और स्वयं की इज्जत को लेकर वेदना बढ़ती ही जाती थी।

लखु, माटी के आगे झुकना चाहता था, उसके आदर्श-पथ पर चलना चाहता था, पर धन के बुलबुले उसे उस गहरे सागर की तली में शांत बैठने ही नहीं देते थे, न पानी में घुलने ही देते थे। लखु की हार्दिक इच्छा थी कि सुरती को माटी से ब्याहकर आदिवासी कुल परम्परा, मर्यादा और लोटा-पानी (सगाई) का मान रह जाए किंतु नियति को कुछ और ही मंजूर था।

आखिर वही हुआ जो न लखु चाहता था, न सुरती, न रमियाँ, न माटी और न हीं माटी के शुभचिंतक; न ही आदिवासी कुल-परम्परा ही इसकी इजाजत देती थी... बस चाहता था तो सोहन; यह चाहत दिल की नहीं बल्कि माटी के प्रति द्वेष से प्रेरित थी।

लखु ने बहुत इंतजार किया पर सुरती को माटी के साथ ब्याहकर विदा करने का अरमान धरा का धरा रह गया। इंतजार की तपिश जब सहन न हो सकी तो लाचारीवश सुरती का ब्याह सोहन से जल्दबाजी में तय कर दिया गया। कारण था पैसों से सम्पन्न सोहन के लिए कई रिश्तों का ताँता लगा हुआ था, साथ ही लखु बदनामी और अज्ञात बुरी शंकाओं से विचलित होने लगा था।

शादी की बात सुनकर रमियाँ अपने आदिवासी मान्यता परम्परा को आधार मानकर इस शादी को रोककर सुरती की शादी माटी से कराने को तत्पर

हो उठी और यह सम्भव भी था, पर माटी ने रमियाँ को समझा-बुझाकर रोक लिया।

यह शादी न तो आदिवासी परम्परा के अनुकूल थी न ही इस शादी में गाँव की वनशक्ति माता के आशीर्वाद का ही खयाल रखा गया। गाँव की यह पहली शादी थी जब वनशक्ति माता को नजरअंदाज किया गया और न ही उनकी परम्परानुकूल स्वीकृति की आवश्यकता ही समझी गयी, न ही वनशक्ति माता के आशीर्वाद को महत्व दिया गया, न आदिवासी परंपरा को तोड़ने की ग्लानि, न गलती का पश्चाताप, न ही आदिवासी समाज की परवाह की गयी, न वनशक्ति माता के प्रकोप का भय ही चेहरे पर दिखा... बस कुछ प्रतिष्ठित बुजुर्ग इस शादी को दबी जुबान से बेहयाई की हद कहकर चुप हो लिये।

जैसे-तैसे शादी तो हो गयी, किंतु इस शादी से दोनों प्रेमियों की आत्मिक मृत्यु भी तय हो गयी। आदिवासी समाज में लड़की की मर्जी के बगैर शादी असम्भव होती है, पर इस आदिवासी तरुणी को वह अधिकार न मिल सका, न ही सुरती की इच्छा जानने की आवश्यकता समझी गयी न ही कुछ सोचने समझने का मौका ही दिया गया और तो और उससे अपनी शादी के विषय में बात तक करने का अधिकार भी छीन लिया गया।

शादी के बाद तो लगा सब कुछ सामान्य हो जाएगा पर न तो माटी सुरती की यादें हृदय से निकाल पाया न ही सुरती माटी को भुला सकी। दोनों एक दूसरे के प्यार के लिए विकल हो उठे थे। यदि सुरती किसी दूसरे जगह ब्याही जाती तो शायद यादों का प्रवाह मंद होता, पर यदा-कदा सुरती से भेंट होते ही माटी और उद्वेलित हो उठता था। सुरती मर्यादा का पालन करते हुए अपने भावी जीवन को पति सोहन के चरणों में अर्पित कर एक कुशल और आदर्श नारी की मर्यादा पालन में कोई कसर नहीं रख छोड़ना चाहती थी। वह हर पल माटी को भुला देने की जद्दोजहद में संघर्षरत थी। ऊपर से तो सब कुछ सामान्य दिखता, पर कभी-कभी वह विवश होकर माटी के साथ बिताये पुराने पलों में खो जाया करती थी जो उसके जीवन में एकमात्र सुखानुभूति का आधार था।

इस प्रेम-कहानी की भनक सोहन को पहले से ही थी पर द्वेषाग्नि में वह विचार-शून्य हो चला था। वह जब भी सुरती को मौन देखता या उसके मुँह से माटी के लिए कोई भी शब्द निकलता तो उसके अंदर की पशुता जाग उठती थी। सुषुप्त हृदयाग्नि धधक उठती थी और फिर क्या था, वही गाली-गलौच

मारपीट। इस नारकीय जीवन से तंग आकर जब सुरती अपनी दुखड़ा पिता लखु को सुनाती तो लखु पश्चाताप से व्याकुल होकर तड़प उठता था। बेटी की खुशी के लिए उसने जो हीरा चुना था वह चमकदार कीमती तो था, पर इतना जहरीला होगा इसकी कल्पना वह न कर सका था।

सुरती की शादी के बाद तो जैसे माटी का संसार ही लुट चुका था। वह अपनी तन्हाई और विरह-वेदना से उबरने के लिए अपना सारा समय और ध्यान इन उजड़ते गाँवों में केंद्रित कर लिया था। वह दिनानुदिन कम्पनी के लिए नासूर साबित होता जा रहा था। लोग माटी के पक्ष में जुटने लगे थे। उसके पक्ष में अब कुछ युवा भी खड़े थे। माटी के पक्ष में खड़े होते लोगों को देख कम्पनी घबरा उठी। कम्पनी को सबसे ज्यादा भय युवा-वर्ग से था। कम्पनी को समझ आ गयी कि इस नासूर बने माटी के रहते कम्पनी कभी चैन की साँस नहीं ले पाएगी। वह अपनी मर्जी की नहीं कर पाएगी। अतः कम्पनी माटी को रास्ते से हटाने में ही अपना सुखद भविष्य देख रही थी।

कम्पनी ने गाँव के अपने शुभचिंतकों की आपातकालीन बैठक बुलायी और स्पष्ट शब्दों में तय कर दिया कि अब माटी का जीवित रहना कम्पनी की सेहत के लिए ठीक नहीं है। कम्पनी सीधे तौर पर माटी पर वार नहीं कर सकती थी, कारण कि माटी के पीछे बहुत सारे लोग आ खड़े हुए थे। यदि सीधा वार किया गया तो विद्रोह फैलने का खतरा था और माटी से परेशान कम्पनी अपने बाल्यावस्था में कोई विवाद या खतरा मोल नहीं लेना चाहती थी। कम्पनियाँ कूटनीति से ही अपना काम निकालने में माहिर होती हैं। कूटनीति एक ऐसा मंत्र है जिससे साँप भी मर जाए और लाठी भी न टूटे। माटी से निपटने की जिम्मेवारी कम्पनी ने पैसों की कीमत पर गाँव के ही अपने शुभचिंतकों को सौंपी। हालाँकि यह काम इतना आसान न था, न ही इतना जरूरी की अपनों के प्राण हर लिए जाएँ। पैसों की बढ़ती लालच में इन तथाकथित शुभचिंतकों ने अपने जमीर की हत्या कर दी। इस भुतहा जत्थे के तैयार होते हीं कम्पनी में बैठे विद्वानों, कुटिल ज्ञानियों ने जत्थे को एक योजना बतायी।

योजना थी इतिहास की एक घटना की पुनरावृत्ति। इतिहास की उस घटना को जीवंत करने में सभी जुट गये। घटना थी कि इंद्र ने विश्वामित्र की तप-साधना से घबराकर विश्वामित्र को डिगाने के लिए अपनी सबसे सुंदर अप्सरा को धरती पर भेजा। और हुआ भी यही... विश्वामित्र ने नारी के रूप-लावण्य में

फँसकर अपनी तप-शक्ति का सर्वनाश कर डाला। योजना के मुताबिक किसी भी तरह रूप और धन के लालच में माटी का विवाह एक ऐसी युवती से करा देना जो शादी के बाद माटी को मौत की नींद सुलाकर उसकी सारी सम्पत्ति हासिल करे और सारा जमीन कम्पनी को बेचकर जीवन का सुख भोग लूटे।

काफी विचार मंथन और जद्दोजहद के बाद भी जब कोई स्वजातीय युवती न मिली तो शहर की एक युवती को पैसे के बूते तैयार किया गया और माटी पर डोरे डालने के उसे पर्याप्त संसाधन उपलब्ध कराया गया। सिलसिला महीनों चला। त्रेता के परम ज्ञानी तपस्वी विश्वामित्र डिगे होंगे पर कलयुग का माटी तो माटी था। उसने स्पष्ट शब्दों में उस रूपवती को सुना दिया कि उसके मन-मंदिर में जिस देवी की प्रतिमा स्थापित है उसकी जगह कोई और नहीं ले सकती। और स्थिति यह हुई की शादी की फाँस से फंसाकर मारने आयी रूपसी, माटी के सच्चे हृदय से इतनी प्रभावित हुई कि उसने माटी को सारा षड्यंत्र बता दिया।

माटी चौकन्ना तो जरूर हो गया था, पर उसे इस बात का गहरा दुःख हुआ कि जिसके मेहनत के पैसों से उन्होंने शहर में सुख-सुविधाओं में रहते तालीम हासिल की आज वही उसकी जान के दुश्मन हैं। जिस माटी ने अपने दादा के साथ मिलकर अपनी खुद की पढ़ाई और भविष्य की परवाह किये बिना उसके परिवार को दिए वचन निभाने के लिए खेतों में हाड़तोड़ मेहनत कर उनको पैसे पहुँचाते रहे, सुख-सुविधाओं का ध्यान रखा, खून-पसीने से सींचा संरक्षण दिया, आज वही विषवृक्ष का विषैला फल उसे प्राप्त हो रहा है।

जब उनका यह कुटिल षड्यंत्र विफल हुआ तो कम्पनी ने अपने सारे शुभचिंतकों की सारी सुविधाएँ वापस लेने और भविष्य में किसी तरह का कोई सम्बंध न रखने की धमकी दे डाली तो इस भुतहा जत्थे में खलबली मच गयी। यदि कम्पनी ने उनकी ओर से नजरें फेर ली तो वे सड़क पर आ जाएँगे। कम्पनी का क्या जाएगा हमारे जैसे वे सैकड़ों खड़े कर लें। फिर तो उन्हें कटोरा थामने के अलावा और कोई अन्य विकल्प ही न रह जाएगा। वे विचलित हो उठे और इसी घबराहट में उन्होंने एक दूसरी ही साजिश रच डाली।

संयोग से वह घड़ी भी आ पहुँची जब रमियाँ जोरो की बीमार पड़ी। सुरती का विवाह माटी से न हो पाने पर वह गहरे सदमे में थी। वह इसी चिंता में घुली जाती थी कि अब उसका वंश आगे कैसे बढ़ेगा। जबसे उसे ज्ञात हुआ था कि

किशोरावस्था के दौरान माटी की जेब से निकलने वाली हरी चूड़ियाँ, बिंदियाँ उसके लिए नहीं बल्कि सुरती के लिए होती थीं, तब से वह और विकल रहने लगी थी। अब माटी का क्या होगा इसी चिंता में वह न समय से खाती-पीती न ही अपनी सेहत का ध्यान ही देती थी। कई बार तो उसे लगा कि माटी के सामने मत्था टेककर उसे गाँव और कम्पनी समाज, विकास के घन-चक्र से दूर जाकर अपनी आजीविका चलाने और घर बसाने को कहे, पर कुल गौरव मर्यादा और शौर्य का खयाल आते ही उसके बढ़े कदम ठिठक जाते थे। आखिर क्या होगा माटी का जीवन... क्या वह इसी तरह आदिवासी अस्मिता के लिए संघर्ष करते अपना जीवन आहूत कर देगा... क्या कभी उसके जीवन में भी सुख शांति समृद्धि आ पाएगी। कम से कम अब तो ऐसा सम्भव प्रतीत होते नहीं दिख पड़ता क्योंकि माटी ने तो नौकरी, धन, ऐशो आराम, सुख-समृद्धि छोड़ मिट्टी की सेवा और संघर्ष का ही रास्ता अख्तियार किया है, तो क्या उसका जीवन...!

रमियाँ इसी तरह की चिंताओं में और अज्ञात अनहोनी की आशंकाओं से घिरी बिस्तर पर पड़ी जो भी उससे मिलने आता, हालचाल लेने आता वह सभी से आँखों में आँसू लिए एक ही बात कहती - "क्या मेरे माटी का विवाह अब न होगा? क्या वह कँवारा ही रह जाएगा? इस खानदान के आशीर्वाद से सब के घर फूले फले और अब मेरा ही वंश समाप्त हो जाएगा... आप माटी को समझाएँ उससे बातें करें और जरा अपनी और अपने वंश की भी चिंता कर लेने को कहें; मेरी तो वह सुनता नहीं, मैंने कई बार हाथ जोड़े हैं उसके सामने, क्या मैं अपने वंश के मुँह देखे बगैर मर जाऊँ, मुझे तो परलोक में भी कल न पड़ेगा, मैं क्या करूँ किसके आगे माथा टेकूँ। वनशक्ति माता ने भी इस परिवार से जाने क्यों मुंह मोड़ लिया है, जाने क्या गलती हो गयी है हमसे। थोड़ी दया कर, तरस खा वनशक्ति माता इस खानदान पर... हमने तो जानबूझकर किसी का नहीं बिगाड़ा, जहां तक हो सका भला ही किया, फिर भी यदि कहीं भूल चूक हुई हो तो क्षमा करो माता! क्षमा करो!" और वह बिलखकर रो पड़ती थी। उसके इस करुण रुदन से मिलने आयी स्त्रियाँ साथ दो आँसू बहाने के अलावा और कर भी क्या सकती थीं। लोग रमियाँ से मिलने आते थे और उसके हृदय-विदारक दुःख सुनकर भारी मन से लौट जाते थे। कुछ ने माटी को समझाने का प्रयास भी किया पर माटी ने तो जैसे आदिवासी अस्मिता की रक्षा का सारा दायित्व अपने ही कंधों उठा रखा था।

रमियाँ के बीमार पड़ने से घर तितर-बितर हो गया था जैसे कोई भुतहा खँडहर हो। न ढंग से झाड़ू होता न दिये जलते। माटी जैसे-तैसे खाना बनाता और माँ को खिलाता। माटी, रमियाँ को शहर से भी दिखा लाया पर उसे कोई बीमारी न थी। डॉक्टर ने उसे चिंता से दूर रहने की सलाह दी, कोई दवा न दिया।

माटी को न खाने की परवाह थी न भविष्य की चिंता, वह तो बस अपनी धरती को दलालों और बलात्कारियों से बचा लेना चाहता था। सुबह उठते ही वह अपने सभा हड़ताल और विरोध-प्रदर्शन में लगा रहता, न खाने का ठिकाना न कभी आराम। हट्टा-कट्टा मजबूत शरीर वाले माटी की मुरझायी काया और भुखायी सूरत देखकर लोग सहानुभूतिवश खाने को निमंत्रित भी करते पर जाने क्यों उस घटना के बाद माटी अपनों पर भी विश्वास खो बैठा था। जाने किस भोजन से यम दर्शन दे बैठें। रोज के भूख और संघर्ष से उसके शरीर ने जीर्णावस्था को प्राप्त कर लिया था।

मौका मिलते ही सोहन ने अपना अस्तित्व बचाने के लिए अपनी कुटिल चाल चल दी। इन दिनों उसके पास कोई काम न था, कम्पनी ने भी लताड़ लगा रखी थी। कम्पनी की ओर से सेवा पानी बंद था। उधर माटी की क्रांति, विद्रोह चरम पर थी और इस कारण वह गाँववालों के बीच जमीन हड़पने वाले दलाल के रूप में कुख्यात हो चुका था। पर जाने क्यों उसकी बातों से ऐसा प्रतीत होता था कि उसका सोया जमीर जागने लगा है उसे सद्बुद्धि आने लगी है। वह घर में भी बड़े प्यार से रहता, गाँववालों से राम सलाम करता; अब न वह कम्पनी की बातें करता न जमीन की।

एक दिन सोहन ने अपनी गर्भवती पत्नी सुरती से कहा - ''माटी अपनी जगह सही है मैं ही लालच में अंधा हो चला था।'' यह बात सुनकर तो मानो सुरती को अपने कानों पर विश्वास ही न हुआ हो।

सुरती ने जोर देकर पूछा - ''किसकी बातें कर रहे हो?''

सोहन - ''माटी की और किसकी... वह गलत नहीं है, हमें भी उसका साथ देना चाहिए।'' सोहन के मुँह से यह बात सुनकर सुरती की तो मानो ईद हो गई हो। उसका मन झूम उठा। उसे लगा जैसे पति ने पहली बार उससे प्यार से बातें की हो अन्यथा माटी की बात से तो ऐसा तड़पता था जैसे घायल नाग।

एक दिन सोहन ने सुरती से बड़े प्यार से कहा- ''माटी तो दिन भर कूद-फाँद में लगा रहता है, जाने बीमार काकी क्या खाती-पीती होगी; सुना है आसपास के लोग रात का खाना उन दोनों के लिए बना आते हैं या फिर अपने ही घर से बनाकर ले जाते हैं, क्यों न तुम भी उन दोनों के लिए आज रात का खाना बनाकर दे आओ इसी बहाने काकी से मिलकर उनका हाल-चाल भी पूछती आओ, मैं तो जाने से रहा, माटी आज भी मुझसे नफरत करता है।''

सुरती - ''सुबह का भूला शाम को लौट आए तो उसे भूला नहीं कहते, इसकी चिंता आप न करें मैं सब सँभाल लूंगी, आप साथ चलें।'' सुरती ने बड़े प्यार से कहा।

सोहन के कुटिल मन ने चिढ़कर कहा - सँभालोगी क्यों नहीं प्रेमिका जो ठहरी उसकी। सोहन मन के ऊपर शराफत का मुखौटा लगाये मृदु स्वर में कहा - ''नहीं नहीं यह ठीक न होगा आज तुम अकेली ही चली जाओ मैं फिर किसी दिन तुम्हारे साथ चलूँगा।'' सोहन के इस कुटिल अभिनय से सुरती का मन पुलकित होकर झूम उठा। महीनों से घुमड़ते कुण्ठा के बादल मन-मस्तिष्क से छँट गये। सोहन पर प्यार उमड़ पड़ा और थिरकती उँगलियाँ स्वादिष्ट भोजन बनाने में तल्लीन हो गयीं। मन सोचने लगा काकी और माटी का मनपसंद खाना क्या है।

सुरती ने बड़ी तन्मयता और उल्लास के साथ खीर और पूरी तैयार किया और सोहन को माटी के घर साथ चलने का आग्रह किया - ''आप भी साथ चलते तो अच्छा होता, अँधेरा भी हो चला है।''

सोहन - ''कहती हो तो चलता हूँ अँधेरा हो गया है इसीलिए, पर आधे रास्ते तक ही जाऊँगा साथ देने। यदि मंजूर हो तो चलूँ।''

सुरती - ''काकी से मिल ही आओगे तो क्या बिगड़ जाएगा?''

सोहन - ''जब तुम सब कुछ जान ही रही हो तो फिर बेवजह विवाद करने पर क्यों तुली हो।'' सोहन ने नाराजगी व्यक्त की।

सुरती - ''अच्छा अब कुछ नहीं कहती मैं, चलो ...।''

सुरती ने खाने की पोटली बनायी और चल पड़े दोनों। माटी के घर से थोड़ी दूर पहले ही सोहन रुक गया। अँधेरे के कारण सुरती के मन में आया कि

सोहन थोड़ी दूर और चले पर वह कह न सकी। सुरती यहाँ से आगे बढ़ी ही थी कि मन में एक अजीब-सी उमंगें जाग पड़ीं। मर्यादावश दिल के दरवाजे तो न खुल सके पर दिल की गहराइयों में दफ्न अरमान मन की खिड़की से झाँकने लगी थी। चित चंचल हो उठा, मन पुलक उठा और प्रफुल्लित जज्बात नाचने लगे। अरसे बाद आज उसकी मुलाकात माटी से होगी उससे बातें होंगी। पर अगले ही पल एक गहरी अवसाद में वह डूब गयी- ये सब आखिर क्यों... क्या फायदा... ये क्षणिक उल्लास ये भ्रम क्यों पालूँ मैं? मैं इस घर की बहू नहीं सोहन की पत्नी हूँ और रहूँगी पूरा जीवन... ऐसा खुश होना मिलन की लालसा पाल रखना पाप है, पतिव्रता धर्म के विरुद्ध है। राम! राम! मैं भी कहाँ बहकी जा रही हूँ। यहाँ यदि माटी मिल भी जाए तो बातें न करूँगी। मैं माटी से मिलने थोड़े ही न जा रही हूँ, मैं तो काकी का हालचाल जानने जा रही हूँ, बीमार काकी को खाना खिलाने जा रही हूँ बस और कुछ नहीं।

ये रास्ते इतने मनोरम इतने सुहाने क्यों जान पड़ते हैं, शायद इसलिए कि यह मेरा परिचित रास्ता है। ये रास्ते मुझे अपनेपन का एहसास कराते हैं। कराएँगे क्यों नहीं, इसी रास्ते तो मैं अक्सर माटी के घर आया-जाया करती थी... कभी दूध पहुँचाने तो कभी माँ के साथ खेती-बाड़ी के लिए बिहान (बीज) लेने। उस दिन तो मैं डर ही गयी थी जब दादाजी से आगे पढ़ने की बात करने आयी थी ताकि मैं माटी का सान्निध्य पा सकूँ। यह पढ़ाई तो माटी से मिलने का एक बहाना मात्र था... कहीं मैं फिर से बहकी तो नहीं जा रही हूँ। नहीं - नहीं इसमें बकने की क्या बात है। यह तो सत्य घटना है जो अनायास ही याद हो आयी है। आखिर इस सुनसान में कुछ तो दिमाग में आएगा ही। कहा था साथ चलो, इनकी तो बनती नहीं किसी से; करनी ही किया है ऐसा। मुझे तो डर लगा था तब, कहीं दादाजी यह न कह दें कि बेटी सुरती आगे की पढ़ाई के लिए कहने आयी थी मेरे घर। पता नहीं मैंने माटी के लिए जाने क्या-क्या खतरे उठाये हैं। दादा को शायद यह सब पता होगा तभी तो उन्होंने स्कूल आने- जाने के सुनसान रास्ते में मेरी सुरक्षा के लिए माटी को बड़ी होशियारी से लगा दिया था। ऐसे दिलदार और आत्मीय इंसान अब कहाँ होते हैं संसार में। अब तो दादाजी भी नहीं रहे... यदि रहे होते तो आज मैं इस घर की बहू होती, संसार की सबसे खुशकिस्मत और सुखी बहू, पर...

अरे रास्ते में यह घर कहाँ से आ टपका। नया घर है, नयी दीवारें हैं,

लगता है हाल ही में किसी ने बनाया है। बड़ा सुंदर घर है। अरे हाँ, याद आया, बिगन की तो हाल ही में शादी हुई है। इसी तोले का तो है बिगन। कम्पनी से जमीन के पैसे मिले तो बड़े ठाठ से ब्याह किया है इसने। सुना है किसी शहर वाली को पैसों का रुतबा दिखाकर फँसा लाया है। क्या वह शहर वाली गाय गोबर कर पाएगी। अरे अब करेगी भी क्यों; पैसे इतने हैं कि अब इस गाँव में गाय-बकरी पालकर जीवन गुजारा करने की आवश्यकता भी कहाँ है। अब तो जैसे सारे गाँव का शहरीकरण हो गया है। लोग फटफटी में उड़ने लगे हैं। लड्डू, गोपो (स्थानीय मिठाई) की जगह बड़ी-बड़ी रंग-बिरंगे मिठाई की दुकानें खुल गयी हैं। कपड़े - लत्ते, बर्तन- बासन, गहने सब कुछ गाँव में ही मिलने लगा है। पकौड़ी की जगह जोंकौड़ी (जोंक की तरह दिखने वाला चौमिन) आ गये हैं... छिः छिः कैसे खाते हैं लोग जीभ निकाल-निकालकर। सुना है बड़ी सुंदर गोरी है शहर वाली, कभी देखने का मौका भी तो न मिला। मिलता भी कैसे... इतना खर्च किया शादी में पर सब बेकार। न रीत-रस्म, न नाच गान, ना रिझ रंग, बस एक रात बुलाया और खाना खिलाकर भेज दिया। आदिवासी परम्परा लोक संस्कृति समाप्त होता जा रहा है। सुना है गाँव की औरतें और बुजुर्ग भी शादी के भोज में न आये। आखिर आते भी क्या करने? इनका खाना खाने? न बुलावा, न बड़े बुजुर्गों का मान-सम्मान, न वनशक्ति देवी के मंदिर में होने वाले परंपरागत पूजा अनुष्ठान, न आदिवासियों के रीत-रस्म। बूढ़े-बुजुर्ग तो इसी नाराजगी से नहीं आये शादी में। बस भाँय-भाँय एक बाजा टाँग दिया आँगन में और हो गयी शादी। यह भी कोई शादी है। लड़की पक्ष की ओर से आयी दो- चार औरतें दो दिनों तक गोबर माटी कहकर नाक भौं सिकोड़ती फिरीं और वापस चली गयीं। शादी समाप्त।

सुरती एकाएक ठिठक गयी और उस घर को दूर खड़ी ही निहारने लगी, जिस घर में वह बहू बनकर कदम रखने का अरमान पाल रखी थी। मन बैठा जाता था, हाय! यह क्या हो गया, जिस घर की दीवारों को वह अपने हाथों से लीपटी सजाती-सँवारती आज उन दीवारों की लिपाई कौन कहे जमीन में ढंग से झाडू भी नहीं हो रही। मन विकल हो उठा था। सुरती अज्ञात सुखद कल्पनाओं में डूबती चली जाती थी। कल्पनाओं का संसार इतना सुखद भी हो सकता है इसकी कल्पना भी उसने न की थी। इन कल्पनाओं की सुखानुभूति को वह आंखें मूंदकर जैसे वह रोम रोम में आत्मसात कर लेना चाहती हो। मन पुलकित हो उठा। शरीर रोमांचित हो उठा, कदाचित स्वर्ग में भी ऐसी सुखानुभूति दुर्लभ

होती होगी। एक अज्ञात भावावेश! आत्मीय! सुंदर! सुखद! अलौकिक! जाने कौन सी आनंदानुभूति है यह।

अचानक कुत्ते की कर्कश आवाज ने एकाएक उसके इस मोहपाश को खण्डित कर दिया। अरे इतने मीठे स्वर्गिक कल्पनाओं के संसार में यह कुत्ते की भौंकने की आवाज कैसी... अरे नहीं नहीं यह तो वास्तव में कुत्ता है। मन में आया कि ख्वाबों के इस संसार को उजाड़ने वाले इस तुच्छ प्राणी को श्राप दे डाले। नजरें श्राप के लिए कुत्ते पर टिक गयीं, हाथ खड़े हो गये। अरे अरे यह तो माटी का कुत्ता है, यह श्राप का नहीं स्नेह का पात्र है। सुरती की क्रुद्ध दृष्टि से एकाएक दया ममता की बौछार होने लगी। श्राप के लिए उठे हाथों से वह कुत्ते को पुचकारने लगी। जाने माटी की हर चीज से उसे क्यों इतनी आत्मीयता है। सुरती का क्रुद्ध मन सहानुभूति में बदल गया। उसके स्नेहिल मन ने कुत्ते के प्रति आभार व्यक्त करते हुए कहा- "अच्छा किया जो तुमने मुझे उस अलौकिक सुखानुभूति की तंद्रा से जगा दिया अन्यथा मैं खड़े- खड़े ही मोक्ष को पा लेती और तू मेरी मृत काया पर यूँ ही भौकता रह जाता।

कुत्ते ने खाने की पोटली पर झपट्टा मारा और पोटली गिरा दी। सुरती ने सोचा खाने की स्वादिष्ट गंध से कुत्ता खाना खाने के लिए उछल रहा है। कुत्ते के मनोभाव ऐसे थे जैसे वह पोटली छीनकर दूर भाग जाना चाहता हो पर सुरती ने कुत्ते के पोटली पकड़ने से पहले ही खाने की पोटली उठा ली और कुत्ते को एक मीठी उलाहना देते हुए कहा - "अरे बड़े जतन से खाना बनाया है मैंने और एक तू है कि मेरे सारे मेहनत पर पानी फेर देना चाहता है, इसमें तुम्हारा भी हिस्सा है... पहले अपने मालिक को तो खा लेने दो फिर जो बचे वह सब तुम्हारा ही तो है; बड़ा स्वादिष्ट खाना बना लायी हूँ खीर और पूरियाँ लार मत टपका जरा इंतजार कर।"

यह कहकर जैसे ही सुरती आगे बढ़कर टाट खोलना चाही। कुत्ते ने उसका रास्ता रोक लिया। सुरती ने जैसे ही आँगन में प्रवेश के लिए टाट खोला। कुत्ते ने फिर से खाने की पोटली पर झपट्टा मारकर उसे गिराने का असफल प्रयास किया। इस बार सुरती ने उसे डाँटा - "अरे बड़ा बदतमीज हो गया है तू! क्या मुझे नहीं पहचान रहा है, बस खाने के लिए मरा जा रहा है। पहले तो ऐसा नमकहराम नहीं था तू, जब मैं आती थी तो मेरे कपड़े पकड़कर आँगन में ले आया करता था और आज मेरा रास्ता रोके खड़ा है।" उसने

हल्की-सी धक्का देकर कुत्ते को हटाया और लकड़ी के खूँटो से घिरे आँगन में प्रवेश कर गयी। वह सोच रही थी कि घर के अंदर कैसे जाए और क्या कहे। तभी आँगन में उसे वह अड़हुल का पौधा नजर आ गया जो आज बड़ा होकर पूरे आँगन की शोभा बढ़ा रहा था। इस पौधे को देख सुरती के मानस में पुरानी यादें उभर आयीं - यह फूल का पौधा मेरे ही घर के आँगन का पौधा था जिसे रमियाँ काकी ने जब मैं दूध देने आती थी तब मुझसे डाल कटवाकर मँगाया था। जिस दिन मैं इस फूल का डाल लेकर आयी थी तब काकी ने कहा था - "बेटी तुम ही इसे अपने हाथों से लगा दो; तब माटी ने कुदाल से गड्ढे खोदे थे और मैंने यह पौधा लगाया था और तभी माटी ने मेरे दूध के डब्बे के सारा दूध से इस पौधे को सींच दिया था। जब रमियाँ काकी ने इस हरकत का कारण पूछा तो माटी ने बड़ी मासूमियत से कहा था - "तुम ही तो कहती हो दूध पीने से मैं जल्दी बड़ा हो जाऊँगा इसलिए मैंने पौधे में दूध डाला ताकि वह जल्दी बड़ा होकर फूल देने लगे।"

माटी के इस निश्छल बालमन की करनी पर सभी लोग ठहाका लगाकर हँस पड़े थे। आज मेरे घर के आँगन के फूल से पैदा हुआ यह फूल पूरे घर आँगन की शोभा बढ़ा रहा है। यह फूल पुलकित है, खुश है, पर मैं इस आँगन की इस घर की शोभा न बन सकी... क्या मेरे मन के फूल भी इस जीवन में कभी खिल सकेंगे।

सुरती की आँखों में आँसू छलक पड़े। उसने अपने आँचल से आँसू पोंछते हुए कुत्ते को देखा। जाने क्यों जानवर कहे जाने वाले इस कुत्ते की आँखों में भी आँसू छलक पड़े थे। सुरती आँसू पोंछते हुए भारी मन से अपने कदम घर के दरवाजे की ओर बढ़ा दी। जैसे ही उसने पहला कदम चौखट पर रखा, सारा बदन सिहर उठा। जाने यह कैसी मनोदशा है। इस घर की चौखट वह जाने किस रिश्ते से लाँघ रही है। लगा जैसे यह घर उसे मुँह चिढ़ा रहा हो।

कुत्ते ने फिर से पोटली पर झपट्टा मारने का असफल प्रयास किया, इससे सुरती के मुँह से चीख निकल आयी साथ ही कुत्ते ने भौंकना शुरू किया और सुरती का नहीं बल्कि पोटली का पीछा करते घर के अंदर घुस आया।

माटी रसोई में खाना बनाने के लिए चूल्हा जला रहा था जिससे आँखों में धुआँ लगने के कारण दरवाजे पर किसी की आवाज सुनकर झुँझलाता हुआ

बाहर आया। देखा तो उसकी आँखें विस्मित हो उठीं पर कोई विशेष प्रतिक्रिया नहीं और न ही कोई औपचारिकता, न बातें... बस, दोनों ने एक-दूसरे को देखा और सुरती, रमियाँ के बिस्तर की ओर बढ़ गयी। हाँ कुत्ता घर के अंदर जोर-जोर से भौंकता रहा जिससे सुरती और रमियाँ की बातों में बाधा पड़ रही थी। यह देख माटी ने कुत्ते को घर के बाहर बलपूर्वक निकालकर दरवाजा बंद कर लिया।

सुरती को आया देख रमियाँ जैसे धन्य हो गयी हो। एक पल के लिए उसे लगा जैसे उसकी बहू आ बैठी हो। स्थिर शरीर चंचल हो उठा। वह बिस्तर से उठना चाहती थी। सुरती ने सहारा देकर उसे उठाया और बिस्तर पर ही बिठा दिया। कुशल समाचार हुआ। माटी चूल्हा फूँकता रहा। तभी सुरती को खयाल हुआ। उसने अनायास ही माटी को सूचित किया - "चूल्हा मत जलाइए मैं खाना लेकर आयी हूँ।"

माटी कुछ बोला नहीं चुपचाप चूल्हे से लकड़ी निकालकर बरामदे में आकर बैठ गया।

रमियाँ - "कैसी हो बेटी!" कैसे याद किया इस अभागन को?"

सुरती - "आपने तो बेटी कहकर तसल्ली कर लिया काकी, पर अभागन तो मैं हूँ जो आपको माँ न कह सकी।"

रमियाँ - "बेटी नहीं तुझे तो बहू बनाने की हसरत थी जो बेटी से बढ़कर मान-सम्मान और सेवा कर पाती।"

सुरती ने आँख बंदकर अपने होंठ भींच लिये। हाय...! यह विडम्बना! कुछ देर तक दोनों शांत नियति को रोते रहे। यह शांति तो बस रुलाए जाती है। सुरती ने रूँधे गले से ताकत लगाकर बोलने की कोशिश की और कहा- "यह सब कैसे हो गया काकी!" और वह रो पड़ी।

रमियाँ - "यह न तेरा किया है न मेरा, नियति के आगे हम छोटे प्राणियों की क्या बिसात।

सुरती - "आपकी तबीयत भी तो अब ठीक नहीं रहती...।"

रमियाँ - "नहीं बेटी, यह तबीयत तो शुभ लक्षण है इस दुःख से छुटकारा पाने का... हमने जीवन भर संघर्ष किया; जीना शुरू ही किया था कि जिंदगी

पति को छीन गयी... माटी को देख फिर से जीने की अरमान जगे। अब माटी का जीवन भी... अब सहा नहीं जाता; बस अब एक ही इच्छा है यह बिस्तर पकड़े-पकड़े मैं परलोक पधार जाना चाहती हूँ, इहलोक मुझे रास नहीं आ रहा, अब मैं छूटना चाहती हूँ संसार के दुःख से।

सुरती - "ऐसा न कहें काकी, ऊपर वाले के यहाँ देर है अंधेर नहीं, धैर्य रखें आपके घर-आँगन में भी सुख-शांति के साथ मधुर किलकारियाँ...।

रमियाँ - "बस कर बेटी बस कर, ऐसे मीठे आश्वासन से जिया जलता है मेरा; इन्हीं आशा अरमान की भूलभुलैया में अब तक मैं जिंदा थी। सारे आस टूट चुके हैं, उम्मीद के सारे दरवाजे बंद हो चुके हैं... यदि होना ही होता तो तुम बहू बनकर इस घर में क्यों नहीं आयी? माटी मेरी क्यों नहीं सुनता? क्या नहीं था हमारे पास, पुरखों का दिया शौर्य, मान- सम्मान, इज्जत, माटी की नौकरी, जमीन-जायदाद; पर इस डायन कम्पनी ने सब कुछ लील लिया और माटी भागा जा रहा है उसे मारने; जाने इस डायन कम्पनी को मार भगाने में सफल होता है या स्वयं..." सुरती ने माटी की ओर एक नजर देखा। माटी सिर झुकाए चुपचाप हाथ जकड़े खाट पर बैठा था।

सुरती - "ऐसा अशुभ न कहें काकी।"

रमियाँ - "शुभ का अब कहीं कोई आसार नहीं है बेटी, सब मिट गया, सब समाप्त हो गया, सारे अरमान बिखरकर रह गये।"

"काकी खाना लायी हूँ खा लीजिए, आपको खाना और दवा खिलाकर मैं भी जाऊँगी, ये मेरी राह देखते होंगे।

"मायूसी के इस माहौल से बाहर निकलने के खयाल से सुरती ने कहा।

रमियाँ - "बेटी तुम जाओ देर होती होगी, माटी मुझे खिला देगा।"

सुरती - "नहीं काकी बड़ी मुद्दत से आ पायी हूँ। सेवा के इस शुभ अवसर से मुझे वंचित न करें, अरमान तो धरे रह गये ताउम्र पुण्य कमाने का एक अवसर हाथ आया है, इस पुण्य को तो मेरी झोली में आने दें।" कुआँ न सही, एक लोटा जल से ही अपनी पुण्य प्यास बुझा लूँगी। सुरती ने मन ही मन कहा।

रमियाँ - "अच्छा जैसी तुम्हारी मर्जी।"

सुरती रसोई में जाकर लोटे भर पानी और थाल ले आयी। उसने थाल में खीर और पूरियाँ बड़े श्रद्धा से परसी जैसे वह पूजा की थाल सजा रही हो। उसने रमियाँ को कुल्ला कराया, हाथ धुलाया और बड़े प्यार से बिठाकर अपने हाथों से खीर और पूरियाँ बड़े आत्मीय संतोष के साथ रमियाँ को खिलाए जा रही थी। इस समय सुरती के मुख मण्डल पर वही भाव थे जो एक भक्त का भगवान के प्रति होता है। उसे लग रहा था जैसे वह साक्षात भगवान को भोग लगा रही हो। पर जाने क्यों यह कुत्ता जोर - जोर से भौंककर पूजा के एकांत में बाधा डाले जा रहा था। पूजा की शुभ घड़ी में कुत्ते का भौंकना शुभ नहीं माना जाता है, पर उस जानवर को कौन समझाए ठहरा तो जानवर ही, यदि इतनी ही बुद्धि होती तो हाथ जोड़ पूजा में शामिल नहीं हो जाता। उसकी नीयत तो बस खाने की है। स्वाद की गंध से वह लार टपका रहा है। कई बार इस दुष्ट ने खाना छीनने की कोशिश की।

सुरती खिलाए जाती थी और रमियाँ भाव विह्वल धीरे-धीरे खाए जाती थी। इतना प्यार इतनी आत्मीयता इतनी श्रद्धा से आज तक किसी ने नहीं खिलाया हो।रमियाँ नहीं छोटे पलों में अपना एक सुखद संसार बसा बैठी, जहां सुरती उसकी बहू रोज की तरह आज भी अपने हाथों बड़े प्यार से खाना खिला रही है। सारा घर प्यार और खुशियों से जगमग है। और माटी खाने के लिए तरह-तरह के चटपटे चोखा चटनी अचार चिल्ला चिल्लाकर मांग रहा हो, जैसे बचपन में चिल्ला कर मांगा करता था।

खाना समाप्त हो चुका था। सुरती ने मुँह धुलाकर पानी पिलाया और रमियाँ के बताए अनुसार दवा भी खिला दी। रमियाँ तो मानो ख्वाबों हीं ख्वाबों अपनी पूरी सुखमय जिंदगी इन दो पलों में जी ली हो। सुरती को ध्यान आया सोहन बीच रास्ते उसका इंतजार करते गुस्सा कर रहा होगा। उसने रमियाँ को सहारा देकर सुला दिया और ऊपर से चादर ढँक दिया।रमियाँ मानो सुख की पराकाष्ठा पार कर गयी हो। वह बड़े सुकून से आँखें मूँदकर सो गयी।

सुरती ने रसोई से एक दूसरी थाली निकालकर उसमें खीर पूरियाँ परोसी और खाट पर बैठे माटी को थमा दिया। किसी ने कुछ न कहा पर सुरती ने देखा गठीला बदन, रूप लावण्य का धनी, खुशमिजाज चहकने वाले चेहरे पर वह ताजगी वह कांति न थी। शरीर ढीला पड़ गया था, चेहरे पर चिंता की एक गहरी लकीर झलक रही थी। पर सुरती ने महसूस किया कि उसके चेहरे पर

आत्म गौरव, जाति मर्यादा की आभा स्पष्ट झलक रहे थे और शायद यही वह तत्व है जिससे माटी का अस्तित्व जिंदा है।

सुरती को समय का ख़याल हुआ। वह जाने को उद्यत हुई तो माटी ने हौले से कहा - ''ठहरो मैं तुम्हें घर तक छोड़ देता हूँ।'' और उसने सुरती की ओर एक नजर उठाकर देखा।

सुरती - ''दो वर्षों तक तुमने स्कूल आते-जाते मेरी रक्षा की, मुझे घर तक सुरक्षित ही नहीं बल्कि पवित्रता पूर्वक छोड़ा क्या यही कम नहीं मेरे लिए।''

माटी - ''ठीक ही कहा तुमने, अब तो घर तक छोड़ने का मेरा न कोई अधिकार रहा और न ही औचित्य।''

सुरती - ''खाना खा लेना और माँ के साथ-साथ अपना भी खयाल रखना; यदि किसी दिन फुरसत मिली तो मैं फिर खाना लेकर आऊँगी, अब मैं चलती हूँ।'' यदि सुरती कुछ देर और यहाँ रुकती तो माटी की मौन दशा देख अपनी भावुकता और आँसुओं को शायद न रोक सकेगी।

वह मुड़ी और सीधा रमियाँ के बिस्तर के पास गयी। उसने देखा रमियाँ बड़े शांत भाव से लेटी है। शायद वह गहरी नींद में सो रही थी। उसने रमियाँ को जगाकर विदा लेना ठीक नहीं समझा और थाल में बचे रमियाँ के जूठन को भगवान के भोग का प्रसाद समझकर अपने आँचल में बाँधा फिर वह रमियाँ के पाँव छूकर घर से बाहर निकल गयी। जैसे ही सुरती दरवाजा खोलकर बाहर निकली, दरवाजा खुलते ही वह कुत्ता कूदकर अंदर दौड़ पड़ा। सुरती उसे उलाहना देती अपनी राह ली - ''भुक्खड़ को जरा भी सब्र नहीं।''

घर के अंदर माटी पुराने खयालों में खोया था कि काश! सुरती उसके लिए पत्नी के रूप में रोज स्वादिष्ट खाना परोसती खाने का निवाला जैसे ही मुँह में डालने जा रहा था कुत्ते ने एक जोरदार झपट्टा मारकर सारा खाना गिरा दिया और स्वयं खाने के बजाय पैरों से तितर- बितर कर दिया और जोर-जोर से भौंकने लगा। माटी को एक पल के लिए कुत्ते पर गुस्सा भी आया। बड़ी मुद्दत से सुरती के हाथ का बना स्वादिष्ट खाना खाने को भाग्य हुआ तो इस कुत्ते ने सारा खाना गिराकर तितर-बितर कर दिया। उसे हैरानी इस बात की थी कि उसकी हर एक बात को मानने वाला कुत्ता आज ऐसी बेतमीजी कैसे कर गया, अब तक तो इसका इस तरह का उग्र व्यवहार कभी न देखा। आज कुत्ते का

व्यवहार बड़ा विचित्र है। जब से सुरती आयी है तब से वह उग्र है। इससे पहले तो वह बिलकुल शांत था। लगता है सुरती का आना उसे बुरा लगा हो उसे गैर समझ रहा हो। फिर भी उसके आने के बाद से ही अब तक कूद-फाँद करता भौंकता रहा है, जाने क्या हो गया है इसे। किसी ने शरारत वश खाने में भाँग मिलाकर खिला तो नहीं खिला दिया।

इतने में कुत्ते ने दौड़कर रमियाँ के शरीर को ढँका चादर खींच लिया और बिस्तर में ऊधम मचाने लगा। इत्मीनान से सो रही माँ को परेशान करता देख माटी डण्डा लेकर कुत्ते के पीछे दौड़ा। माटी कुत्ते को डण्डे से मारकर भी भगाने या पकड़ने में असफल रहा। कुत्ता पिटता रहा किंकियाता रहा पर वह रमियाँ के शरीर पर उछल- कूद करता उसे जगाने की पुरजोर कोशिश करता रहा मगर रमियाँ न जगी। माटी को ध्यान आया, इतनी उछल-कूद के बाद भी माँ न जगी, न कुछ बोल रही। माटी के होश उड़ गये। वह कुत्ते को बलपूर्वक दूर हटाकर स्वयं रमियाँ को जगाने लगा पर असफल रहा। फिर क्या था, माटी के मुँह से एक करुण चीत्कार फूट पड़ी- "मा!!" माँ, बेटे की हृदयविदारक पुकार न सुन सकी, वह तो अब भी निर्द्वन्द्व, निश्चिंत, सुकून भरी नींद सो रही थी। शरीर ठंडा पड़ गया था, मुँह से झाग आने लगे थे। माटी छाती पीटकर बिलख उठा। वह विवेकसुन्न हतप्रभ मृत माँ के चेहरे को एकटक देखता रहा। अभी-अभी तो सब कुछ ठीक था अचानक यह क्या हो गया। पल भर में सब कुछ लुट गया।

रात में अचानक माटी की चीत्कार सुनकर आस-पड़ोस से सभी स्त्री-पुरुष आये। कानाफूसी के बीच मामले की तहकीकात होने लगी। अंत में बुजुर्ग महिलाओं ने दुःख भरी खबर सुनायी कि रमियाँ परलोक गयी थी पर मुँह से आ रहे झाग ने कौतूहल पैदा कर दिया था।

अभी भीड़ के बीच अटकलबाजियाँ चल ही रही थीं कि किसी प्रबुद्ध बुजुर्ग ने स्पष्ट किया कि घर के बरामदे में जहाँ माटी खाना खाने बैठा था बिखरी खीर पूरी और थाली के समीप एक बिल्ली तड़प रही है और उसके मुँह से भी झाग आ रहा है। सम्भवतः वह भी जहरीला खाना खाने के कारण तड़प रही थी। बिल्ली के मरते ही माटी को समझते देर न लगी कि सारा किया कराया सुरती का है, पर उसे यह समझ न आ रहा था कि सुरती हम माँ-बेटे को मारकर क्या हासिल करना चाहती है... क्या सुरती को यह सब पता है या फिर वह बस

एक मोहरा है जिसे कोई और इस्तेमाल कर रहा है। हमारे परिवार के मौत के पीछे किसका षड्यंत्र हो सकता है यह माजरा उससे कुछ- कुछ समझ आने लगा था। शोक संताप के बीच वह गुस्से से व्याकुल सीधा सुरती की घर के ओर दौड़ पड़ा।

सुरती घर लौटकर रमियाँ और माटी के विषय में सोच रही थी कि किसी के दरवाजा पीटने की आवाज आयी। सुरती ने अंदर से ही पूछा - "कौन है?"

"सुरती दरवाजा खोलो!" आवाज से तो माटी जान पडत़ा था फिर भी उसने निश्‍चिंतता के लिए पूछ लिया।

"कौन?"

"मैं माटी बोल रहा हूँ।" सुरती ने लपककर दरवाजा खोला। देखा सामने माटी बदहवास खड़ा है। माटी की सूरत देखकर एक बार तो सुरती सहम गयी। मन में आया पूछ ले बात क्या है, पर माटी की भाव-भंगिमा देखकर वह कुछ पूछने का साहस न कर सकी। वह माटी की ओर भयभीत नजरों से देखती रही। माटी ने बेहद गुस्से में किंतु धीमी आवाज में सुरती से पूछा - "क्या बिगाड़ा था माँ ने तुम्हारा, जो तुमने उसे जहर देकर मार डाला?" उसने क्रूर नजरों से सुरती को देखा। यह वाक्य सुनकर सुरती मतिशून्य खड़ी एकटक माटी को देखती रही। उसे समझ में नहीं आ रहा था कि माटी क्या बोल रहा है। सुरती ने खुद को सँभालते हुए कहा - "माटी यह तुम क्या कह रहे हो, तुम्हें पता भी है!"

माटी - "क्या कह रहा हूँ यह समझ नहीं आ रहा, क्या माँ की लाश लाकर दिखाऊँ तब तुम समझोगी।" माटी गरजा। सुरती सहम उठी।

सुरती - "अभी-अभी तो मैं तुम्हारे घर से आयी, काकी को खाना खिलाया, तुम्हें खाना परोसा तब तो सब कुछ ठीक था।"

माटी - "हाँ मैं भी तो यही कह रहा हूँ, खाने में जहर देकर माँ को मार डाला और मुझे मारने के लिए खाना परोसकर भाग निकली।" सुरती मृत्यु को सहर्ष स्वीकार कर सकती थी पर इस कलंक के सहारे जीवित रहना असंभव था।

सुरती - "माटी मेरी बातों का सारे संसार में कोई भी यहाँ तक कि मैं भी

विश्वास नहीं करूँगी क्योंकि मैंने काकी को खाना खिलाया है और उसी खाने में जहर था; लेकिन मुझे पता है तुम मेरी बातों का जरूर विश्वास करोगे, मैंने काकी को देवी मानकर उनकी श्रद्धापूर्वक सेवा की है।''

माटी - ''मुझे पता है यह सब तुमने अपनी मर्जी से नहीं किया है, पर मुझे बताओ कि किसके कहने पर किसके दबाव में तुमने मेरी माँ की जान ली है और मुझे मारने की कोशिश की।''

सुरती - ''न ही मैंने अपनी मर्जी से किया न ही किसी के कहने पर और न ही किसी के दबाव में आकर मैंने ऐसा किया है। यह महज एक इत्तेफाक हो सकता है। यह ईश्वर का दिया मेरे माथे का कलंक है और कुछ नहीं।''

माटी - ''तुमने नहीं किया यह तो मैं जानता हूँ पर तुमने अपने मक्कार पति सोहन के दबाव में आकर ऐसा कुकर्म किया है, क्योंकि मेरे रहते सोहन की दाल कभी गलती नहीं थी। इस कारण उसने मुझे एक शहरी लड़की के चंगुल में फँसकर उसी से मेरी हत्या कराकर मेरी सारी जमीने कम्पनी को बेच डालने की षड्यंत्र वह पहले भी कर चुका है और यह सब तुझे पता भी है कि तुम्हारा पति कितना मक्कार और मेरा दुश्मन है यह तुम भी जानती हो पर इस वक्त तुम अपने पति को बचाने के लिए झूठ बोल रही हो।''

सुरती बिलख पड़ी - ''हाँ मैं अभागन यह जरूर जानती हूँ कि मेरा पति मक्कारी की सारी हदें पार कर सकता है; तुम्हारा दुश्मन है, पर जहर की जानकारी मुझे नहीं थी, यदि फिर भी तुम्हें विश्वास न हो तो इस कलंक को माथे में लेकर मैं जीना भी नहीं चाहती। मैं काकी को देवी मानकर उनके जूठन को भोग का प्रसाद समझकर अपने साथ आँचल में बांधकर लायी हूँ, यदि मेरे हाथों यह हत्या हुई है तो मैं इस कलंक के साथ जीवित नहीं रहना चाहती, मैं उसी प्रसाद को खाकर अपने माथे का कलंक मिटाने में अपना सौभाग्य समझूँगी।'' इतना कहकर उसने आँचल में बँधे जूठन को खोलकर खाने की कोशिश की। माटी ने लपककर उसके हाथ से वह जूठन छीनकर अँधेरे में कहीं दूर फेंक दिया। उनका आपसी विवाद और शोरगुल सुनकर आस-पड़ोस के लोग भी इकट्ठा हो चले थे। माटी गुस्से में सुरती के ऊपर चिल्लाया - ''न चाहते हुए भी मैंने तुम्हें मरने से बचा लिया, पर तुम्हारे सुहाग को मैं मार डालूँगा उसे कोई नहीं बचा सकता मुझसे, कोई नहीं।''

भीड़ में अफरा तफरी मची थी कि जाने इस जंगल में पुलिस का जत्था कहाँ से आ टपका। पुलिस ने बिना कुछ सोचे- विचारे, बिना किसी से कुछ तहकीकात किये माटी को पकड़कर ले जाने लगी। यह सब देखकर सुरती गाँव के आखिरी छोर तक जब तक कि गाँव की महिलाओं ने उसे नहीं पकड़ लिया, जोर- जोर से चिल्ला कर कहती रही - "काकी को मैंने खीर में जहर देकर मारा है, माटी निर्दोष है उसे छोड़ दो, हत्यारन मैं हूँ मुझे थाने ले चलो, माटी को छोड़ दो।" पर किसी ने कुछ न सुना, न ही दारोगा ने पीछे मुड़कर देखा। माटी को किस अपराध में पुलिस पकड़ ले गयी यह अब तक एक रहस्य ही रहा। यहाँ उपस्थित सभी को पता था कि यह सब कम्पनी की मिलीभगत से सोहन की चाल है।

गाँव के कुछ बुजुर्ग माटी को छुड़ाने थाने पहुँचे और माटी का अपराध जानना चाहा, पर दारोगा ने उन्हें कुछ न बताया उल्टे उन्हें डाँट डपटकर भगा दिया। कुछ बुजुर्गों ने मिन्नतें की कि रमियाँ के अंतिम-संस्कार के लिए माटी को छोड़ दिया जाए, अंतिम-संस्कार के बद वे स्वयं माटी को थाना के हवाले कर देंगे पर दारोगा ने इतने कानून बघारे कि किसी की एक न चली। सभी बुजुर्ग मुँह लटकाए गाँव की ओर वापस लौट पड़े। सुरती ने भी साहस दिखाया और थाने जाकर रमियाँ की मौत की जिम्मेदारी स्वयं लेते हुए खुद को गिरफ्तार करने की प्रार्थना की पर दरोगा ने सोहन को बुलाकर सुरती को उसके साथ वापस भेज दिया। दरोगा ने न ही कभी किसी को माटी से मिलने जुलने दिया न ही माटी के अपराध के विषय में किसी को कुछ बताया।

माटी को पता था कि कम्पनी ने सोहन को मोहरा बनाकर यह सब षड्यंत्र किया है। उसे इस बात का मलाल न था कि वह किसी अपराध में गिरफ्तार हुआ है पर उसे इस बात की पीड़ा टीसती रही कि वह मृत माँ के ममतामयी आँचल में अंतिम बार सर रखकर रो भी नहीं सका। इतना बड़ा अभागा है वह कि माँ को मुखाग्नि भी न दे सका।

माटी ने दारोगा से लाख मिन्नतें की, हाथ जोड़े आँसू बहाये कि उसे माँ के क्रियाकर्म के लिए छोड़ दिया जाए फिर चाहे तो उसे जीवन भर जेल में रखे या फाँसी पर चढ़ा दे पर दारोगा ने एक न सुनी। माटी के छूटने के कोई आसार न रहे तो माटी ने पूछ लिया - "दारोगा साहब मुझे नहीं छोड़ते न सही पर चालान करने से पहले यह तो बता दीजिए कि मैंने कौन-सा जुर्म किया है ताकि जेल में

बैठे-बैठे अपने उस अपराध के लिए ईश्वर के समक्ष पश्चाताप कर सकूँ।''

दारोगा ने स्पष्ट कहा - ''माटी तुम्हें पश्चाताप करने की आवश्यकता नहीं, मुझे पता है तुम एक पढ़े-लिखे ईमानदार, मिट्टी के रक्षक, सच्चे इंसान हो, तुम्हारे दादा एक प्रतिष्ठित स्वतंत्रता सेनानी थे; जिस तरह तुम्हारे दादा ने अँग्रेजों से लड़कर अपने बेटे यानी तुम्हारे पिता के साथ अन्य दो लोगों की आहुति से पूरे गाँव की लगान और जमीन बचायी उसी तरह तुम भी अपने गाँव, जल- जंगल- जमीन और आदिवासी अस्मिता के लिए लड़ रहे हो। तुमने इस मिट्टी के लिए अपनी नौकरी छोड़ी, सुखमय जीवन को त्याग कर अपने लोगों के लिए संघर्ष का रास्ता चुना, तुम जैसे माटी के लाल के लिए मेरे दिल में सच्ची श्रद्धा और सहानुभूति है, पर मैं लाचार हूँ, मुझे अपनी नौकरी बचाने के लिए तुम जैसे निश्छल महान इंसान पर अन्याय कर जेल भेजना पड़ रहा है। मुझे तुम्हें गिरफ्तार करने के लिए मोटी रकम की पेशकश की गयी थी पर मैंने मना कर दिया किंतु इस काम के लिए मना नहीं कर सका; यदि मैं इस काम के लिए मना करता तो मेरी नौकरी जाती या अन्यत्र ट्रांसफर कर दिया जाता, किंतु मेरे जगह जो भी दारोगा आता वह तुम्हें शारीरिक-मानसिक यातनाएँ देता और तरह-तरह की आपराधिक धाराओं में षड्यंत्र कर फँसा देता, कम से कम मेरे हाथों तुम पर इतने जुल्म नहीं होंगे। वैसे तुम्हें क्यों गिरफ्तार किया गया मुझसे बेहतर तुम स्वयं जानते हो, हो सके तो मुझे माफ करना, मैं तुम्हें लम्बे समय के लिए जेल भेज रहा हूँ। हाँ तुम जानना चाहते थे न कि तुम्हारा अपराध क्या है तो सुनो, तुम्हारा अपराध है कि तुम एक अच्छे इंसान हो। अपने लोगों के लिए, अपनी जाति परम्परा, आदिवासी अस्मिता के लिए अपना सब कुछ निछावर करके इन भोले-भाले आदिवासियों के कल्याण के लिए संघर्ष कर रहे हो; तुम्हारा सबसे बड़ा अपराध यह है कि तुमने अपने लोगों के लिए कुटिल कम्पनी से टकराने की जुर्रत की।''

माटी - ''पर दारोगा साहब आप तो मेरे ऊपर कम्पनी से टकराने के अपराध को लेकर केस न बनाएँ।''

दारोगा - ''नहीं यह केस नहीं बनाऊँगा।''

माटी - ''तो फिर?''

दारोगा - ''जानना चाहते हो तो सुनो - तुम्हारे ऊपर अपनी माता रमियाँ

देवी की हत्या कर सारी जायदाद हड़पने के केस बनेंगे, लोगों को बेवजह भड़काने और बरगलाने के केस बनेंगे; तुम्हारे और सुरती के बीच प्रेम-प्रसंग, अवैध सम्बंध और दुर्भावनावश सुरती को जहर खिलाकर मार डालने की असफल कोशिश के केस बनेंगे, सोहन की सम्पत्ति हड़पने और सोहन को जान से मार डालने की धमकी का केस बनेगा और इन सब के गवाह होंगे वे तुम्हारे अपने लोग जिनके लिए तुमने अपना सब कुछ लुटाकर अपना जीवन नरकमय बना डाला है और यह सब अपराध मैं अपने हाथों नहीं लिखूँगा, यह अपराध कई महीने पहले लिखे जा चुके हैं बस मेरा हस्ताक्षर छूटा हुआ था आज वह भी पूरा हो जाएगा।'' दरोगा ने मारे ग्लानि के सिर नीचा कर लिया।

माटी - ''दारोगा साहब! मुझे आपसे कोई शिकायत नहीं, बस एक प्रार्थना है कि मुझ पर चाहे जितनी दफा लगाओ, हत्या, चोरी, डकैती संगीन से संगीन अपराध मेरे सिर मढ़ दो, इतनी दफा लगाओ कि मैं जीवन भर काल-कोठरी में सड़ता बिलबिलाता रहूँ या फिर मुझे फाँसी हो जाए, पर माँ की हत्या के कलंक से बचा लो अन्यथा पुलिस प्रशासन और कानून पर से लोगों का भरोसा उठ जाएगा, क्योंकि माँ की हत्या कोई भी नहीं कर सकता खूँखार से खूँखार जानवर भी नहीं।''

दारोगा - ''घबराओ नहीं तुम्हें किसी तरह की कोई सजा होने वाली नहीं है, बस तुम्हारे ऊपर तब तक झूठे मुकदमे चलेंगे जब तक तुम्हारे गाँव में कारखाना स्थापित न हो जाए। कम्पनी का काम पूरा होते ही साक्ष्य के अभाव में तुम निर्दोष करार दिये जाओगे, तुम सारे कलंक से स्वतः मुक्त हो जाओगे; लेकिन हाँ इसके लिए तुम्हें चार -पाँच वर्ष जरूर इंतजार करना पड़ेगा। इस बीच तुम्हारा किसी भी कीमत पर बेल भी नहीं होने दिया जाएगा। वर्षों बाद जब तुम बाहर आओगे तब तक कम्पनी का सारा काम सम्पन्न हो चुका होगा और तब तुम कम्पनी का कुछ नहीं बिगाड़ पाओगे और तब तुम्हारे आंदोलन, सभा, जागरूकता आदि के लिए न कोई जगह होगी और न ही लोग होंगे। यदि फिर भी तुम आंदोलन, विद्रोह की बात करोगे तो अपने ही लोगों के बीच पागल की उपाधि पा जाओगे।''

माटी - ''दरोगा जी क्या आप भी मेरे माथे के कलंक को...।'' दारोगा बीच में ही बोल पड़ा।

"यह सब मेरे हाथ का नहीं, सारा खेल ऊपर से होता है, हम तो बस अफसरों के हाथों की कठपुतली हैं, जब जो आया, जैसा चाहा, जिसे चाहा नचा गया... ये कानून और ये कानून के रखवाले, कानून के आका और इसके ठेकेदार सब के सब इन पैसे वालों के रखैल होते हैं और रही बात कानून पर से विश्वास उठने की तो विश्वास कबका उठ चुका है। होशियार,चतुर- चालाक धूर्त लोग हर रोज कानून की खरीद-फरोख्त करते हैं इसलिए कहता हूँ कभी कानून पर विश्वास मत करना न किसी को करने की सलाह देना; मैं स्वयं नहीं करता। तुम क्या सोचते हो तुम्हारे और सुरती के बीच विवाद सुनकर हम वहाँ पहुँचे थे। हमें दो दिन पहले से ही पता था कि उस दिन तुम्हारी लाश उठाने मुझे अपने टीम के साथ जाना है इसलिए हम सुबह से ही गाँव के आसपास मँडरा रहे थे, पर दुर्भाग्य कहें या सौभाग्य तुम्हारी जगह तुम्हारी माँ उठ गयी। धन्यवाद करो भगवान का तुम अब तक जिंदा हो। सुरती ने भीड़ के बीच और स्वयं थाने में आकर कहा कि जहर देकर तुम्हारी माँ को उसने मारा पर किसी ने सुना क्या; यही है कानून इसलिए अब और मुझे परेशान मत करना, मुझे तुम्हारे अलावा और भी कुछ काम है।"

कुछ ही दिनों में सुरती को ज्ञात हो गया कि रमियाँ की मौत और माटी की बरबादी का जिम्मेवार उसका पति सोहन ही है तभी तो वह प्यार का दिखावा कर रमियाँ के घर उन माँ - बेटे के लिए खाना बनाकर ले जाने का दिखावा ऐसा किया जैसे वह सुधर गया है और उसे अपनी गलतियों का एहसास हो गया है। उसकी इस चाल में फँसकर जहर मिला खाना उन दोनों को परोस आयी... शुक्र है माटी दैवयोग से बच गया। तभी तो सोहन वापसी में बार-बार पूछे जा रहा था कि खाना किसने-किसने खाया या दोनों ने खाया। उसने स्वयं खाते देखा या फिर खाना रखकर आ गयी। इस तरह की कई बातें सोहन जानने की कोशिश करता रहा। दुष्ट अपनी दुष्टता कभी नहीं छोड़ सकता।

गर्भवती सुरती दूसरे ही दिन अपराधबोध से व्याकुल होकर रमियाँ की मौत का कलंक लिये अपने मायके आकर रहने लगी।

उधर महीना पूरा होते-होते सोहन नयी-नयी गाड़ियों में घूमता नजर आने लगा। कम्पनी ने उसे अच्छे कार्यकर्ता के सम्मान से सम्मानित भी किया।

माटी के जेल जाते ही कम्पनी दिन दूनी रात चौगुनी अबाध गति से गाँव के जंगलों को उजाड़कर कारखाना बनाने लगी। एक तरफ प्राकृतिक जंगल

उड़ते गये दूसरी तरफ लोहे और कंक्रीट के जंगल बढ़ते गये। माटी के जाते ही माटी का आंदोलन समाप्तप्राय हो गया। जैसे- बाढ़ में तिनका बह गया हो। माटी के बाद किसी ने भी कम्पनी से उलझने या उसके विरुद्ध खड़े होने का साहस न दिखाया। देखते ही देखते बड़ी-बड़ी लोहे की इमारतें खड़ी हो गयीं, नदी का जल रोक दिया गया, लोगों की जमीनें बड़े- बड़े कोयले के खदानों में तब्दील होने लगीं। चारों तरफ रन -रन करती बड़ी-बड़ी गाड़ियाँ चौड़ी सड़क पर दौड़ने लगीं।

गाँव का वह मध्य भाग जो आदिवासियों का अखरा स्थल है, जहाँ गाँव के लोग हर मौके पर लोक संस्कृति का जश्न मनाकर आनंद लेते नहीं थकते। यह अखरा आदिवासी समुदाय में एक शक्ति-स्थल के रूप में प्रतिष्ठित है। इसी अखरा में त्योहारों के मौकों पर मांदर की थाप और नगाड़ों की गड़गड़ाहट से सारा का सारा गाँव थिरकने लगता था। क्या बच्चे, क्या बूढ़े, क्या जवान, स्त्रियाँ तरुणियाँ और नयी- नवेली बहुएँ सभी मदमस्त होकर थिरकने लगते थे और सारे लोग मिलकर पूरी रात झूमर खेलते, नाचते -गाते हँड़िया (झारखंड का प्रिय पेय) का लुत्फ उठाते। ऐसे ही हँसी-खुशी से उनका जीवनचर्या सदियों से व्यतीत होता आया है। इस अखरा में आदिवासी कानून के अनुसार बड़े- बड़े मामले बनते- बिगड़ते, आपसी लड़ाई-झगड़ों का निपटारा होता और आदिवासी एकता अस्मिता को अक्षुण्ण बनाए रखने के लिए बड़े-बड़े निर्णय लिये जाते हैं। शाम होते ही सारे आदिवासी परिवारों के बड़े-बुजुर्गों का जमावड़ा होने लगता और पूरे दिन के घटनाक्रम की चर्चाएँ होतीं। किसकी शादी, किसके घर नया जन्म, किसके साथ किसका झगड़ा, गाँव में आने वाली नयी-नवेली बहूओं की चर्चाएँ प्रतिक्रियाएँ होतीं। एक तरह से यह गाँव की सूचना स्थली था। यहाँ सिर्फ सूचनाएँ ही नहीं मिलतीं बल्कि गाँव के खेती-बाड़ी, अनाजों और बीजों का आपसी विनिमय, सिंचाई के उपाय, हल-बैल का बँटवारा कर आपसी सहयोग से खेती-बाड़ी का निपटान यह सब कुछ होता है इस अखरा में। यदि किसी के बैल मर गये हों बीमार पड़ गये हों या किसी जंगली जानवर ने मार दिया या फिर घायल कर दिया हो तो ऐसा नहीं है कि साल भर की खेती सम्पन्न नहीं होगी बल्कि उसके सहयोग के लिए कई हाथ खड़े हो जाते हैं। सभी एक-दूसरे का सहयोग करने में तत्परता दिखाते। शाम के इन्हीं अखरा-सभा में जंगल रक्षा, जंगली उत्पादों के बराबर-बराबर बुद्धिमतापूर्ण सदुपयोग की चर्चा होती। ऐसा नहीं कि जिसके घर बलिष्ठ व्यक्ति

हो वह एक ही दिन में जंगल के सारे उत्पादों का क्रूरता पूर्वक दोहन कर ले, स्वार्थवश कच्चे-पक्के उत्पादों को तोड़कर अपना घर भर ले या पेड़ों को नष्ट कर दे। पेड़ों और उत्पादों के स्रोतों को सुरक्षित करते हुए इन उत्पादों के उपयोग की सलाह दी जाती थी ताकि जंगल से वे लम्बे समय तक पलते-बढ़ते रहें। एक दिन में विभिन्न प्रकार के उत्पादों के उपयोग के लिए प्रत्येक परिवार की एक निश्चित मात्रा थी... यही कारण था कि इस गाँव के सारे लोग सुखपूर्वक जंगल में मंगलगान करते अपना जीवन व्यतीत कर रहे थे। इस अखरा-सभा में देश-दुनिया की खबरें, राजनीति की बातें, सरकार के कामकाज और उनकी नीतियाँ, सरकार बनाने, सरकारी सुविधाओं आदि की भी चर्चा होती थी। रेडियो में आने वाले समाचार, कृषि कार्यक्रम और गानों का भी लुत्फ उठाया जाता था। यह रेडियो किसी की व्यक्तिगत सम्पत्ति न होकर अखरा समिति की थी जिस पर प्रत्येक ग्रामीण का हक था।

आज यह अखरा अपनी लोक-परम्परा की विरासत से कोसों दूर हो गया था। अब शाम को यहाँ गाँव के बड़े-बुजुर्ग कम ही आते हैं, कुछ आते भी हैं तो वह पुरानी अखरा की यादें ताजा करने इस आशा में कि गाँव के अन्य बुजुर्ग साथियों से मुलाकात हो जाए।

धीरे-धीरे इस अखरा में गाँव के बुजुर्गों का नहीं युवाओं का आधिपत्य हो गया है। पहले भी इस अखरा में गाँव के युवाओं का जमावड़ा होता था पर आज की तरह नहीं। आज इस अखरा के चारों ओर चौमिन, शराब, सिगरेट की दुकानें लगती हैं। युवा मुँह में गुटखा चबाते जहाँ-तहाँ पच-पच थूकने में ही अपनी शान समझते हैं। जो जितनी ज्यादा पुड़िया चबाकर थूक सकता है वह उतना ही रईस समझा जाता था। यहाँ अब गाँव की समस्याओं की नहीं बल्कि सिगरेट की नयी-नयी और महँगी ब्रांड की चर्चा होती है, इसके स्वाद और धुएँ के गंध की चर्चाएँ होती हैं। अँग्रेजी शराब की खासियत और अमीरों से खुद की तुलना की जाती जो जितनी महँगी शराब की बोतलें खरीदता वह उतना ही अमीर समझा जाता है। महँगी शराब खरीदने की एक प्रतिस्पर्धा की चलन सी चल पड़ी है। अपने पास महँगी शराब की खाली बोतलें रखकर इसका प्रदर्शन और फिर महीनों इसका गुणगान और महिमामण्डन होता।

अखरा पर जहाँ सारा गाँव मांदर की थाप और नगाड़ों की गड़गड़ाहट से अपने लोकनृत्य पर थिरका करते थे, अब वहाँ मोटरसाइकिलों की प्रदर्शनी

होती। गाँव के युवा अपनी-अपनी महँगी मोटरसाइकिल को बीच अखरा खड़ी कर बड़े शान से उतरते और उसकी चाबियाँ उगलियों में घुमाते अपनी शानो-शौकत का प्रदर्शन करते। जिसे ठीक से धोती पहनने का शऊर न था, गरीबी के कारण जो एक धोती को दो टुकड़े कर पहनता था, आज वह जींस पहनने लगा है। तन ढकने से ज्यादा महत्व जींस के प्रचार और चर्चाओं की है। प्रकृति की कृपा से गाँव के बुजुर्गों के आँखों में चश्मे चढ़े न थे, उनके बेटे-पोते तीन-तीन चश्मा लेकर घूमते हैं और बदलते रहते हैं।

गाँव के किसी बुजुर्ग ने सुनसान पड़े अखरा को देखकर अपने दूसरे बुजुर्ग साथी से पूछा - ''आज अमीरजादों की पच्चा- पच्ची (गुटखा खाकर थूकना) प्रतिस्पर्धा नहीं चल रही, दो-चार आयेवे भी सरपट भाग निकले, इन लड़कों ने कहीं नया ठिकाना तो नहीं तलाश लिया है!''

दूसरा बुजुर्ग - ''ऐसी बात नहीं है; कम्पनी अपने अधिकार क्षेत्र के सारे पेड़ तो अधिकारवश काट ही रही है पर अधिकार क्षेत्र से बाहर के जंगल से भी साल के मोटे-मोटे पेड़ काट लिये गये हैं।''

पहला बुजुर्ग - ''तो इससे क्या?''

दूसरा बुजुर्ग - ''वन विभाग के रेंजर फॉरेस्टर आए थे तहकीकात करने पता तो ना चला पर केस गाँववालों पर हुआ है।''

पहला बुजुर्ग -''गाँववालों पर। यह तो अन्याय है, किस-किस पर हुई है?''

दूसरा बुजुर्ग - ''किसी का नाम नहीं है बस गाँव के अज्ञात लोगों पर केस दर्ज किया गया है।''

पहला बुजुर्ग - ''अब क्या होगा?''

दूसरा बुजुर्ग - ''होना कुछ नहीं है, रेंजर फॉरेस्टर को सब पता है बल्कि यह काम उनकी मिलीभगत से ही हुई है अन्यथा तीस -तीस विशाल पेड़ काट कर बाहर भेज दिया गया और किसी को पता न चला। जब हम आदिवासियों का आधिपत्य था तो लोग अनावश्यक एक पेड़ भी नहीं काटते थे; पेड़ क्या कच्चे फल तक नहीं तोड़ते थे। अब देखो एक ही रात में बड़े-बड़े पेड़ काटे जा रहे हैं। इसी तरह बाहरी लोग आकर हमारे जंगल से पेड़ काटकर ले जाएँगे

और यह जंगल बहुत ज्यादा बंजर हो जाएगा, पेड़ की जगह पेड़ से भी ऊँची इमारतें, धुएँ की चिमनियाँ या फिर खान की गहरी खाइयाँ मिलेंगी।''

पहला बुजुर्ग - ''पेड़ काटे कोई और आरोप लगे गाँववालों पर यह तो सरासर अन्याय है।''

दूसरा बुजुर्ग - ''ये तीसों पेड़ मशीन वाले बड़े आरा से काटे गये हैं। यह वन-विभाग के अधिकारी भी जानते हैं कि हम आदिवासियों के पास पेड़ काटने के लिए कुल्हाड़ी के अलावा और कुछ नहीं है, हम पेड़ काटने के लिए इतनी बड़ी और महँगी मशीन कहाँ से लाएँगे फिर भी आरोप हम आदिवासियों पर हैं, यह सब मिलीभगत है, हमारे सर्वनाश के दिन अब दूर नहीं।''

पहला बुजुर्ग - ''एक माटी था जो सही कहता था कि कम्पनी के आते ही हमारा विनाश शुरू हो जाएगा, उसकी बातें सत्य हुईं।''

दूसरा बुजुर्ग - ''वह पढ़ा-लिखा विद्वान आदमी है, हमारी तरह जाहिल गँवार नहीं, उसे सब पता था इस कम्पनी के पैंतरे।''

पहला बुजुर्ग - ''एक वह था जो हमारे कल्याण के लिए, आदिवासी अस्तित्व और अस्मिता के लिए लड़ता हुआ अपना सब कुछ लुटा दिया, स्वयं को बरबाद कर आज वह जेल में पड़ा है और इन आज के नौजवानों को देखो, पैसों की चकाचौंध में गुटखा, शराब, सिगरेट और फैशन के लत में फँसे हुए हैं। एक दिन ऐसा आएगा जब इन फटफटी में उड़ने वाले नालायकों को नाक पकड़कर किंकियाना (रोना) पड़ेगा तब पता चलेगा इन्हें; यदि यह युवा पीढ़ी माटी का साथ देती तो कदापि हम आदिवासी समुदाय के ऊपर विनाश के बादल न मँडराते।''

दूसरा बुजुर्ग - ''इनका क्या दोष है?''

पहला बुजुर्ग - ''दोष कैसे नहीं, इन्हीं नालायकों ने तो सबसे ज्यादा विरोध किया माटी का और उसे फँसाकर जेल भिजवाया। इन कमीने नालायकों कम्पनी के कर्मचारियों के साथ बैठकर उनकी लोकलुभावन बातों में आकर भले बुरे का विचार किए बगैर अपना और पूरे आदिवासी समुदाय का सर्वनाश कर दिया।''

दूसरा बुजुर्ग - ''क्या सिर्फ इन्हीं युवाओं का दोष ह, हमारा कोई दोष

नहीं! ये तो अपने किशोरावस्था के बहाव, कच्ची उम्र की नादानी, पैसों की चकाचौंध में, जवानी के जज्बात में तूफानी वेग से उड़ चले, पर क्या हम कम दोषी हैं... हम तो किशोरावस्था के जोश में नहीं थे हम बुजुर्गों को तो अपने आदिवासी अस्मिता और अस्तित्व के बारे में सोचना चाहिए था।''

पहला बुजुर्ग - ''तुम शायद ठीक हीं कहते हो, यदि हम सब मिलकर माटी का हाथ मजबूत करते तो शायद हमारा यह दुर्दिन प्रारंभ न होता। हमारी भी मति मारी गयी थी, हमने अपने लड़कों को नये-नये महँगे कपड़े पहनकर फटफटी में घूमता देखकर, अपने घर की बहुरिया के गहने, हार-शृंगार देखकर यही मान लिया था कि हमारा जीवन इसी तरह हँस-खुशी से गुजरता रहेगा। बिना मेहनत के आराम से घर बैठे क्या मांस के दो टुकड़े मिलने लगे, हम भी मान बैठे कि हमारा शुभ दिन आ गया है, हमारे भाग्य खुल गये हैं। हमने कभी सोचा भी नहीं था कि हमारी आने वाली पीढ़ी के लिए यह विनाश का न्योता है। क्या हम अब फिर से आंदोलन कर कम्पनी को नहीं हटा सकते? पुराने जीवन में वापस नहीं लौट सकते? अपनी आदिवासी लोक परम्परा और अस्मिता को पुन : प्राप्त नहीं कर सकते? हम आदिवासियों का गौरव पुनः प्राप्त नहीं किया जा सकता हम इस समय को पीछे नहीं ले जा सकते जहाँ हम सुकून भरी जिंदगी जीते थे... क्या हमारी आदिवासी संस्कृति, लोक-परम्परा और हम आदिवासी क्या इसी तरह रोज दिन कुचलते रहेंगे। क्या हमारी अस्मिता इसी तरह रोज हमारे आँखों के सामने लुटती रहेगी!'' एक ही साँस में कई सवालों को पूछता वह भावुक हो उठा।

दूसरा बुजुर्ग - ''अरे राम-राम! कभी भूलकर भी ऐसी बातें मुँह से न निकालना, कहीं किसी ने सुन लिया तो आफत आ पड़ेगी; कम्पनी के खिलाफ एक शब्द भी बोलना खतरा मोल लेना है। देखा नहीं तुमने माटी की क्या हालत हुई। माँ की हत्या के जुर्म में जेल में बंद है बेचारा... इतना पढ़ा-लिखा होशियार होकर भी खुद को न बचा सका तो हम किस खेत की मूली हैं।''

पहला बुजुर्ग - ''तो क्या अब माटी वापस नहीं आएगा हम आदिवासियों का मसीहा बनकर?''

दूसरा बुजुर्ग - ''कौन जाने वह कभी जिंदा वापस आएगा भी या नहीं।''

पहला बुजुर्ग इस बात से तड़प उठा, बोला - "नहीं नहीं उस बेचारे भले आदमी के लिए ऐसा अशुभ न कहो, उसने हम आदिवासियों के लिए सर्वस्व निछावर कर दिया, वह हमारे लिए आदरणीय है श्रद्धेय है।"

गाँव में हाहाकार तो तब मच गया जब एक सुबह गाँव के लोग तड़के उठकर शौच आदि के लिए नदी की ओर गये। शौच तो कर लिये जंगल झाड़ियों के बीच... जब पानी की आवश्यकता पड़ी तो देखा नदी तो सूखी पड़ी है। किसी को कुछ समझ न आ रहा था कि आखिर यह माजरा क्या है, क्या यह ईश्वरीय प्रकोप है या सारा पानी इस पहाड़ ने लील लिया। नदी का सारा का सारा पानी आखिर गया कहाँ! कहीं ऐसा तो नहीं कि रात धरती फटी हो और सदियों से बहती चली आ रही नदी की धार उसी में समा गयी हो या फिर एकाएक नदी के स्रोत ही सूख गये हैं। आज उन्हें पानी की कीमत पता चली जब थोड़े से पानी के लिए नदी के बीच गड्ढे खोदने पड़े ताकि नित्यक्रिया से निवृत्त हो सकें। गाँव की औरतें-लड़कियाँ जब पानी लेने नदी पहुँचे तो मारे आश्चर्य के किसी दैवीय प्रकोप के भय से उलटे-पाँव खाली घड़े लेकर भाग खड़ी हुईं। सुबह होते-होते आसपास के टोला सहित पूरे गाँव में हाहाकार मच गया। लोग अखरा की ओर चल पड़े थे सच्चाई जानने के लिए। अखरा में लोगों की भीड़ जुटी तो जितने लोग उतनी बातें - "यह वन शक्ति माता के तिरस्कार का प्रकोप है, गाँव के देवी देवता सरना माता हमसे नाराज हैं।" किसी पढ़े-लिखे लड़के ने कहा - "यह ज्वालामुखी फटने का संकेत है, मैंने पढ़ा है ज्वालामुखी फटने से पहले इस तरह की घटनाएँ हुआ करती हैं।"

किसी ने कहा - "धरती पर पाप बहुत बढ़ गया है यह धरती के समाप्त होने का संकेत है।"

किसी बुजुर्ग ने कहा - "अब कलयुग समाप्त होने वाला है, कुछ ही दिनों में धरती पर प्रलय होगा, धरती में उथल-पुथल मचेगा, बहुत से प्राणी मनुष्य मारे जाएँगे और जो बचेंगे फिर वहीं से सतयुग का प्रारम्भ होगा।"

कुछ देर होते-होते गाँव के सबसे ऊपरी छोर पर बसे टोले के लोग आये और सही-सही जानकारी दी। उन्होंने बताया कि रात में ही कम्पनी ने बड़ी-बड़ी मशीनें लगाकर नदी का रुख ही मोड़ दिया है। कई दिनों से नदी का रुख मोड़ने के लिए गड्ढे खोदकर पत्थर सीमेंट की नहर बनायी जा रही थी। शाम में ही

गाँववालों ने इन बड़ी-बड़ी मशीनों को ऊपर पहाड़ी झरने की ओर जाते देखा था पर यह एक सामान्य बात थी क्योंकि इस तरह की मशीनें तो कई महीनों से इधर-उधर दौड़ा करती हैं।

एक महिला - ''अब तो कम्पनी ने सदियों से चले आ रही हमारी नदी को भी तहस-नहस कर डाला, अब हम पानी के बिना कैसे जिएँगे?''

दूसरी महिला - ''कोई बताए अब हम पानी कहाँ से लाएँगे... कुएँ तालाब को तो कम्पनी ने पहले ही भर दिया है बिजली फैक्ट्री बनाने के नाम पर, अब पानी के एकमात्र स्रोत नदी को भी बरबाद कर दिया दुष्ट कम्पनी ने।''

''लगता है हमारा पानी रोककर कम्पनी ने हमें यहाँ से विस्थापित करने का आसान तरीका ढूँढ़ निकाला है।'' पास खड़ी एक बुजुर्ग महिला ने संदेह व्यक्त किया।

अन्य कई महिलाओं की मिली-जुली प्रतिक्रिया थी - ''हमारे बच्चे सुबह से भूखे रो रहे हैं, पानी रहे घर में तब तो खाना बने, पानी के बगैर सबसे ज्यादा परेशानी महिलाओं को ही होती है, पानी के रुक जाने से जैसे जीवन ही थम गया हो।''

इस समस्या के समाधान के लिए महिलाओं ने पहल की और तत्क्षण अखरा में सभा बैठ गयी। अखरा सभा में तीन बातें निकलकर सामने आयीं आदिवासी समाज को बचे रहने के लिए, अपनी सांस्कृतिक विरासत को कायम रखने के लिए आदिवासियों को इस दुष्ट कम्पनी से संघर्ष करना होगा। आदिवासियों को अपने हक अधिकार के लिए लड़कर मरना होगा, नहीं तो यह कम्पनी उन्हें तिल- तिल कर मरने को विवश कर देगी; दूसरी बात यह कि कम्पनी से लड़ने के लिए हमें एक पढ़ालिखा सूझबूझ वाला कर्मठ इमानदार नेता की जरूरत है जो कम्पनी से लड़ सके जिसके एक आह्वान पर हम सारे लोग जान देने को भी तैयार होंगे और ऐसा नेता सिर्फ और सिर्फ माटी ही हो सकता है, अन्य किसी में न तो वह जज्बा है, न हिम्मत, न ही आदिवासी समाज के प्रति समर्पण और तीसरी महत्त्वपूर्ण बात... अभी तत्क्षण सारे लोगों को अपने-अपने घरों से कुदाल, साबल, गैता लेकर उस बाँध को तोड़ना होगा अन्यथा पानी के बिना हमारा जीवन चार दिन भी नहीं टिक सकेगा।'' सभी ने

पूरे जोश में भारी शोरगुल के साथ इस प्रस्ताव का समर्थन किया और बाँध तोड़ने की तैयारी में जुट गये।

कम्पनी को आदिवासियों के कार्यक्रम का पता तत्क्षण चल गया। कम्पनी भी कहाँ कम थी, वह तो पहले से ही जानती थी कि यह तो होना तय है, वह पहले से ही तैयार बैठी थी इस मर्ज की दवा लेकर।

आदिवासियों की उग्र भीड़ अपने परम्परागत हथियार गैता, कुदाल, फावड़ा लेकर नवनिर्मित बाँध की ओर बढ़ चली। इस क्रांति की भीड़ में औरतें बच्चे बूढ़ों के साथ-साथ वे नौजवान भी थे जो दो टुकड़े मांस और शराब के लिए कम्पनी के दलालों के आगे-पीछे दुम हिलाते फिरते थे। वहाँ पहुँचकर भीड़ ने देखा बड़ी-बड़ी मशीनें अपना कार्य बड़ी तेजी से कर रही हैं... बड़े-बड़े चट्टानों, पत्थरों को यह आधुनिक मशीनें ऐसे उलट-पलट रही थीं मानो कोई बच्चा अपनी गोटियों के साथ खेल रहा हो। इन मशीनों के पहरे में लगे थे बंदूकें ताने सिपाहियों की पलटन। ये सिपाही बंदूकें ताने ऐसे तत्पर खड़े थे मानो वे इन्हीं आदिवासियों के स्वागत के इंतजार में खड़े हों। फर्क बस इतना था कि हाथों में पुष्पहार की जगह संगीनें तनी थीं। ऊँचाई पर खड़े एक दारोगा ने आदिवासियों की इस भारी भीड़ को रुकने को कहा - "ठहर जाओ!!" पर इतनी भारी भीड़ के कोलाहल और मशीनों की घर-घराहट के बीच आवाज जाने कहाँ गुम हो गयी। उसने दुबारा ठहरने की हिदायत दी पर हाल वही रहा। तब दारोगा ने तीन-चार हवाई फायरिंग किया। एकाएक भीड़ थम गयी। लोग एक-दूसरे को देखते रह गये।

दारोगा पुनः दहाड़ा - "ठहर जाओ! अगर किसी ने भी एक कदम आगे बढ़ाया तो मारे जाओगे।"

भीड़ के बीच से एक अधेड़ महिला गरजी - "अरे कलमुहे बिन पानी के तो हमें ऐसे भी मार डाला अब मौत का क्या डर दिखाते हो!"

दारोगा - "माता जी मैं नहीं चाहता कि मेरे हाथों किसी की जान जाए।"

अधेड़ महिला - "माता कहते हो और गोलियाँ दागने को तैयार खड़े हो हम पर।"

दारोगा - "यह मेरा धर्य और आपके प्रति मेरा सम्मान व सहानुभूति है, मैं

किसी को बेवजह नुकसान पहुँचाना नहीं चाहता, आप मेरी बात ध्यान से सुनें - मुझे पता है आज आपको पानी नहीं मिल पाने के कारण आपको काफी परेशानियों का सामना करना पड़ रहा है; इस बात का मुझे खेद है पर यह एक न एक दिन होना तय था, आपकी यह समस्या कुछ ही घण्टों की है, कुछ घण्टे पश्चात आपको पानी मिलना शुरू हो जाएगा।''

अधेड़ महिला - ''नदी का पानी तो रोक रखा है फिर कहाँ से पानी मिलना शुरू हो जाएगा, हमें झूठा आश्वासन मत दो।''

दारोगा - ''आपको पानी मिलना कैसे शुरू हो जाएगा यह बात इतनी बड़ी भीड़ और कोलाहल के बीच आसानी से नहीं समझायी जा सकती है, अपनी इस समस्या को यदि आप बातचीत से सुलझाना चाहते हो तो आपमें से कोई पाँच व्यक्ति यहाँ आकर शांतिपूर्वक बातचीत कर समस्या सुलझाने में सहयोग करें इसी में आप सबों की भलाई है।''

इतने में एक वृद्ध महिला बीच में ही दरोगा की बात काटकर चिल्लायी- ''यह कम्पनी हमसे छल करना चाहती है, हम भोले-भाले आदिवासियों को बेघर करना चाहती है; इसी कम्पनी ने हमारे माटी के वंश को जड़ समेत नष्ट कर डाला। मेरे आदिवासी भाइयों यदि आज हम इस कम्पनी की बातों में आकर छले गये तो फिर ये हमें इसी तरह रोज नये-नये बहाने बनाकर छलते रहेंगे और हम आदिवासियों का अस्तित्व ही नष्ट कर देंगे। इनकी चिकनी-चुपड़ी बातों के बहकावे में मत पड़ो, अपने हथियार के साथ आगे बढ़ो।'' महिला की ललकार पर हथियार लहराती भीड़ ने कदम आगे बढ़ाया ही था कि एक जोरदार धमाका हुआ। उस बुजुर्ग महिला की क्षत-विक्षत अधजली लाश भीड़ के बीच पसर गयी। कई लोग जल-झुलसकर घायल हो गये। फिर तो भीड़ ने अपने कदम वापस खींच लिये। भीड़ के बीच भागदौड़ और अफरातफरी मच गयी। लोगों की चीख पुकार और रुदन से सारा वातावरण गमगीन हो उठा। इस महिला की शहादत पर लोगों ने महिला के जयकारा जरूर लगाए पर कँध की ओर कदम बढ़ाने का साहस किसी ने न किया।

दारोगा फिर चिल्लाया - ''अभी भी कुछ नहीं बिगड़ा है, कम्पनी के कर्मचारी आपसे शांति वार्ता करना चाहते हैं, वे तैयार बैठे हैं आपसे वार्ता और आपके समस्या समाधान के लिए, यदि आप चाहें तो आपके पाँच सदस्यीय प्रतिनिधि मण्डल का वार्ता के लिए स्वागत है।''

कई औरतों की चीख-पुकार के बीच कानाफूसी गाली- गलौच जारी थी।

''दुष्ट! हत्यारा! हमारे प्राण ले लिये और कहता है अभी भी कुछ नहीं बिगड़ा, तुम्हारी माँ बहनों का ....!''

''कलमुँहें तुम निरवंश .....!''

''तुम्हारे वंश का सत्यानाश ....!''

''तुम्हारी बेटी बहनों का भी ....!''

गाँव के प्रबुद्ध बुजुर्गों ने महसूस किया कि इस दैत्य कम्पनी से शक्ति से नहीं निपटा जा सकता। हमारे पारम्परिक हथियार तीर- धनुष, कुल्हाड़ी, फरसा कम्पनी के बारूद के आगे नहीं टिक सकते। इस तरह खून-खराबे और मौत का उचित विकल्प तो वार्ता ही है, शायद वार्ता से कुछ दिन और जीने की मोहलत मिल जाए। इस वार्ता का कुछ ने विरोध किया तो कुछ ने समर्थन। अंत में भारी ऊहापोह के बीच पाँच सदस्यीय प्रतिनिधि मण्डल में गाँव के विभिन्न टोलों के प्रतिष्ठित सदस्य शामिल हुए, इनमें बुधन, टिभर, जतरू, पुसन, और सुगना थे। वार्ता के लिए यह पाँच सदस्यीय प्रतिनिधि मण्डल कम्पनी के अधिकारियों के पास पहुँची।

कम्पनी के कर्मचारियों ने इन पाँच लोगों का गुलदस्ता देकर स्वागत किया।

बुधन - ''अरे भाई हम निराश-हताश गमी में हैं, हमारे आँगन में आपके मारे लोगों की लाशें पड़ी हैं और आपलोग हमारा फूलों से स्वागत कर क्या साबित करना चाहते हैं।''

कम्पनी के कर्मचारी ने बड़े शांत भाव से कहा - ''आप घबराएँ नहीं, आपकी समस्याओं का सौ फ़ीसदी समाधान हमने पहले से ही तय कर रखा है, बस आपने आने में देर कर दी, पहले आप नाश्ता करके पानी पी लें।'' अन्य कर्मचारियों ने पाँचों को नाश्ता परोसा।

बुधन - ''अरे भाई कहा न हमारे घर लाशें पड़ी हैं, यह नाश्ता हमारे गले नहीं उतरेगा, हमारी समस्या का समाधान क्या है वह बताइए।'' उसने नाश्ते का प्लेट किनारे हटाते हुए कहा।

कम्पनी का अधिकारी - "आपकी तो कोई समस्या है ही नहीं, बस आज दिनभर की बात है, आज किसी तरह यह दिन बगैर पानी का निकाल लें तो नदी का पानी बाँध में चढ़ते ही हमारे बिछाये पाइप तक पहुँच जाएगा और इस पाइप से होते हुए यह पानी आपके गाँव के प्रत्येक टोले के बीच में पहुँच जाएगा, कल सुबह तक आप लोगों को अपने-अपने टोले में पानी मिल जाएगा। नदी का बहाव थोड़ा कम है, हो सकता है दो- चार घण्टे देर भी हो, पर नदी के बहाव और पानी की मात्रा हमारे सर्वे के अनुसार यह तय है कि हर हाल में कल बारह बजते- बजते आपको पानी मिलने लगेगा, बस पाइप में पानी चढ़ने की देर है आपके टोले तकपाइप से पानी पहुंचते मिनटो नहीं लगेंगे।

टिभर - "पर हमने तो कभी ऐसा नल देखा ही नहीं अपने टोले में।"

कम्पनी का अधिकारी - "आपने यह नल इसलिए नहीं देखा क्योंकि अब तक वहाँ नल लगा हीं नहीं, पर हमारी टीम रात भर काम कर रही है, कल सुबह होते-होते सभी जगह नल लग जाएँगे।"

जतरु - "यदि नहीं लगे तो?"

अधिकारी - "ऐसा नहीं होगा, हम भी आपके समस्याओं से चिंतित हैं, हम वादा करते हैं कल तक आपके टोले में पानी पहुँचाने का। हमारे सारे पाइप हर टोले तक बिछे हुए हैं। नल हमने पहले इसलिए नहीं लगवाये कि कहीं लोगों के बीच कुछ गलत अफवाहें न फैल जाएँ और हमारा प्रोजेक्ट पूरा होने में बाधा पहुँचे।"

पुसन - "साहब जी! हमसे जो चाहिए ले लो, जमीनें हमने पहले ही दे दिया है, पर इस नदी को छोड़ दो, यह नदी हमारे लिए सिर्फ पानी का स्रोत ही नहीं, आदिवासी अस्तित्व और आस्था का एक आध्यात्मिक महत्व भी है, हमारे पूर्वजों ने यहाँ किसी खजाने को देखकर नहीं बल्कि इसी नदी और सुंदर झरने को देखकर अपना ठिकाना चुना था।"

अधिकारी - "देखिए महोदय मैं आपको स्पष्ट बता दूँ कि कम्पनी भी इसी नदी को देखकर ही यहाँ बैठी है अन्यथा हमारे पास जमीन की कमी नहीं, जमीनें तो हम और जगह भी ले सकते थे पर हमारी कम्पनी ने सर्वे कराकर देखा तो पाया कि यह एकमात्र ऐसी जगह है जहाँ कोयले के अकूत भंडार के साथ-साथ एक ऐसी नदी भी है जिसका पानी कम तो है पर कभी भी घटता नहीं है;

इस नदी के जल-स्त्रोत सक्रिय हैं और निकट भविष्य में भी यह नहीं सूखने वाली है। ऐसे तो कोयले के और कई अन्य भण्डार भी हैं, नदी भी है पर वह नदी गर्मी में सूख जाती है या फिर पानी कम हो जाता है और निकट भविष्य में उसके स्त्रोतों के सर्वे के आधार पर सूख जाने की सम्भावना भी है और ऐसे सूखे की सम्भावना वाले जगह में कम्पनी इतना बड़ा प्रोजेक्ट नहीं लगा सकती जो बीस -पच्चीस वर्षों में ही पानी के कारण बंद हो जाएँ।''

सुगना - ''इस नदी में हम आदिवासियों का सौ फ़ीसदी अधिकार है।''

अधिकारी - ''अधिकार जरूर है इसलिए तो हमने यह वार्ता बुलायी है और हम आपको पानी देने के लिए प्रतिबद्ध हैं। प्रकृति में, नदी में किसी का व्यक्तिगत अधिकार नहीं होता, आप यहाँ के बाशिंदे हैं इसलिए आपको पानी दिया जाएगा, पर अधिकारवश नहीं, मानवता और नागरिकता वश।

जतरू - ''एक ही नल से पूरे टोले का काम कैसे चलेगा भला?

अधिकारी - ''आप इसकी चिंता न करें, काम किसी जादू से नहीं होता, धीरे-धीरे होता है। यदि आपके और हमारे बीच सहमति बन जाए और एग्रीमेंट पेपर पर आप सबों के हस्ताक्षर हो जाएँ तो हम आपके घर तक एक महीने के अंदर पानी का नल लगवा देंगे, एक नहीं दो -दो, तीन -तीन या फिर आप जितना चाहें हम आपके घरों में मुफ्त नल लगवा देंगे... एक मजे की बात यह भी है कि गाँव बहू- बेटियाँ, औरतें पानी लेने के लिए दूर नदी तट पर जाती थीं, वहाँ से पानी ढोकर लाना पड़ता था, कपड़े - लत्ते धोने और नहाने के लिए भी नदी जाया करते थे, पर अब आपके घरों में नल लग जाने से समय और श्रम दोनों की बचत होगी।''

जतरू - ''अरे हम तो नहा लेंगे पर हमारे मवेशी कहाँ पीने नहाने जाएँगे?''

बुधन - ''अरे जानवरों की चिंता तुम न करो, पहले अपनी तो कर लो, जानवरों, मवेशियों को पानी पिलाने और नहाने की जरूरत ही न पड़ेगी। माटी ने मुझसे कहा था हमारे जानवर भूखों मर जाएँगे कारण कि बिजली कारखाना और कोयले की खुदाई से इतनी धूल, धुआँ और गर्मी होगी कि घास तक न उगेगी, यदि उग भी आए तो उस पर कोयले की धूल की मोटी परत जमा रहेगी, जिसे मवेशी खाना तो दूर देखकर पहचान भी न सकेंगे, कल्पना भी न

कर सकेंगे कि इस धूल की चादर के नीचे घास भी हो सकती है। हमारे बाकी बचे जमीन पर धूल धुआँ और प्रदूषण के कारण खेती भी न होगी, फिर यह मवेशियाँ रखकर क्या खाक करोगे!''

टिभर - ''हमारे घरों में जब नल लगेगा तब देखा जाएगा साहब, कल तक हमारे टोले के नलों में पानी तो आ जाएगा न अन्यथा हमारे बच्चे और मवेशी प्यासे मर जाएँगे। क्यों भाइयों यही बात है न!'' किसी ने कुछ न कहा, सभी एक-दूसरे को आहत नजरों से देखते रहे। टिभर ने फिर कहा - ''अब हमें चलना चाहिए, गाँव में लाश पड़ी है दाह संस्कार की आस में।''

अधिकारी - ''पर आपने तो सहमति-पत्र पर हस्ताक्षर किये ही नहीं।''

टिभर - ''सब कुछ तो लुट गया अब कौन-सी सहमति शेष रह गयी?''

अधिकारी - ''जज्बातों से दुनिया नहीं चलती, कागजी कार्य तो पूरे करने ही होंगे, आप इन दस्तावेजों पर हस्ताक्षर कर दें या अँगूठा लगा दें।'' अधिकारी ने कई दस्तावेज इन पाँचों के आगे रख दिये।

सुगना - ''कैसा दस्तावेज है यह? क्या लिखा है इसमें?

अधिकारी - ''यह सहमति-पत्र है, इसके अनुसार आपको आवश्यकता के अनुसार पानी का हिस्सा दिया जाएगा; इस सहमति-पत्र पर आप पाँचों का ही नहीं बल्कि पूरे गाँववालों का भी हस्ताक्षर या अँगूठे का निशान लगाना होगा और यह कार्य आप जैसे करें आप ही को करना है। दस्तावेजों पर सारे गाँववालों का हस्ताक्षर कराकर मुझे जितनी जल्द वापस सौंपेंगे गाँववालों की सेहत के लिए उतना ही अच्छा है।'' अधिकारी की इस बात से सभी हतप्रभ थे।

सुगना - ''यह तो हमारा भयादोहन है, सरासर अन्याय है।''

अधिकारी - ''आपके लिए यह नीति भायादोहन, अन्याय, जुल्म या और कुछ भी हो सकती है, पर हमारे लिए यह कम्पनी का नियम है सिद्धांत है।''

पुसन - ''साहब! हम गरीबों पर जरा तरस खाएँ, दया करें; आपकी सारी बातें मानेंगे पर पानी के लिए हमें न तरसाएँ।''

अधिकारी - ''मैं भी आपकी तरह एक इंसान हूँ, बस फर्क है इस वक्त मैं कम्पनी का कर्मचारी हूँ, आप लोगों को मेरी दया की जरूरत ही नहीं है क्योंकि

सब कुछ आपके हाथों में है, कुछ पहल हम करें कुछ आप भी करें। अब पानी पाने के लिए थोड़ी मशक्कत तो आपको भी करनी ही पड़ेगी और हस्ताक्षर कराना कोई बड़ी भारी काम तो है नहीं।''

बुधन - ''थोड़ी मुहल्लत तो आप दे ही सकते हैं हुजूर!''

अधिकारी - ''मेरे हाथों में कुछ भी नहीं है, हाँ इंसानियत के नाते मुझे इस बात का खेद है कि आपके पास समय बहुत कम है। जब तक आप हस्ताक्षर नहीं कराते तब तक पाइप में पानी नहीं दौड़ेगा। आप जितनी देर हस्ताक्षर करने में करेंगे पानी उतनी ही देर से आप तक पहुँचेगा; मुझे तो भय है पानी के अभाव में गाँव में कुछ अनहोनी न हो जाए... यदि ऐसा हुआ तो इसके जिम्मेदार आप स्वयं होंगे, आपके लिए एक-एक पल भारी पड़ता जाएगा।''

सुगना - ''अब जब कम्पनी ने हमें मारने के लिए, यहाँ से भगाने के लिए ठान ही लिया है तो मार ही डालो।''

बुधन - ''अरे भाई हम निराश-हताश गमी में हैं, हमारे आंगन में आपके मारे लोगों की लाशें पड़ी हैं और आपलोग हमारा फूलों से स्वागत कर क्या साबित करना चाहते हैं।''

अधिकारी - ''यदि हमें भगाना होता तो भगा देते और जरूरत पड़ती तो मार भी देते, तुमने देखा नहीं माटी का हश्र और उस वृद्धा का अंजाम... पर हमने आपको यहाँ आपसी सौहार्द, मानवता और भाईचारे के लिए निमंत्रित किया है, अब यह आप पर निर्भर है कि इस जमीन पर हम दोनों शांतिपूर्वक साथ -साथ रहें या इसी तरह आपस में झगड़ा कर खून-खराबा करते रहें।''

पुसन - ''क्या हमें गाँववालों से कुछ सलाह-सहमति लेने का अवसर मिलेगा हुजूर?''

अधिकारी - ''हाँ, आपको पूरी आजादी है, पूरा अवसर है, पर खयाल रहे पानी के बगैर यदि कोई अनहोनी होगी तो इसके जिम्मेवार आप स्वयं होंगे... ये काम आप जितनी जल्द पूरा करेंगे आपके हक में उतना ही फायदेमंद होगा... शर्तें मंजूर हुईं, गाँववालों का हस्ताक्षर हुआ और हमने पानी छोड़ा; यदि वार्ता विफल हुई या देर हुई तो अंजाम आपके सिर आपके हाथों है।''

बुधन - ''हम गाँववालों से भी सलाह-मशविरा कर लेंगे फिर आपको

सूचित करेंगे।''

अधिकारी - ''यहाँ मौखिक काम नहीं होता, कागजात तैयार हैं यदि चाहें तो आप इसे ले जाएँ, हमें आशा है सब कुछ शुभ होगा, हम आपके हस्ताक्षर युक्त कागजात के इंतजार में बैठे हैं शुभ मंगल!'' पाँचों प्रतिनिधि सदस्य उठकर कागजात की पोटली (फाइल) सँभाले गाँव की ओर चल पड़े।

गाँव पहुँचते ही महिलाओं ने उन्हें चारों तरफ से घेर लिया और वार्ता में क्या- क्या तय हुआ पूछने लगीं। भीड़ और कोलाहल, गुस्सा और उन्माद के बीच प्रतिनिधिमंडल ने अपनी लाचारी रो-रोकर गिनायी।

भारी आक्रोश के बीच कुछ लोग वृद्ध महिला की लाश जलाने चले गये थे, कुछ लोग घायलों को लेकर इलाज के लिए शहर चले गये थे। इस भीड़ में सिर्फ महिलाएँ बच्चे थे और ये पाँच लोग। शाम होने को आयी थी इसलिए धीरे-धीरे एक-एक कर महिलाएँ कम्पनी को कोसती, बद्दुआएँ देती, निराशा, हताशा और आक्रोश लिए अपने-अपने घर को प्रस्थान करने लगीं। कोई स्पष्ट निर्णय न हो सका। बस वहाँ बचे ये प्रतिनिधिमंडल के पाँच लोग जिनके चेहरे पर हवाइयाँ और माथे पर पसीना झलक रहा था। रात हो गयी। कल सुबह पानी के लिए हाहाकार फिर मचेगा, ईश्वर जाने आगे क्या होता है।

सुबह हुई, लोग पानी के लिए भटकने लगे। लोग पानी के समाधान की तलाश में अनायास ही बिन बुलाए अखरा में जुटने लगे। मवेशी और बच्चों को लेकर लोग काफी चिंतित थे।

दूसरे दिन भी दोपहर तक काफी गहमागहमी और बहस चलती रही। शंका, अंदेशा और काफी तर्कों के बीच समस्या का समाधान और विकल्प की खोज होती रही। कुछ लोग शर्त मानने को तैयार थे तो कुछ लोग मर जाने पर भी शर्त मानने को तैयार न थे। इस वक्त लोगों को माटी की कमी खलने लगी थी। सोहन, दिनेश, भोगन सिंह के साथ दलालों के जत्थे को भुतहा जत्था नाम से कोसा जाने लगा था। गाँव के लापरवाह नालायक युवकों को गालियाँ पड़ रही थीं। इस समस्या का शर्त मानने के अलावा अन्य कोई रास्ता न सूझ पड़ता था। दोपहर के लगभग युवकों के एक अतिउत्साही और उग्र जत्थे ने आकर इकरारनामा का विरोध करते हुए प्रतिनिधिमंडल से इकरारनामा के सारे कागजात छीनकर फाड़ डाला और हवा में उछालते हुए हाथों में तलवार

चमकाने लगे। कुछ बुजुर्गों ने उन्हें डाँटकर शांत कराया। कागजात के फाड़े जाने पर प्रतिनिधिमंडल के सदस्यों की तो मानो साँस ही थम गयी हो, रही-सही उम्मीदें भी कागजों के साथ हवा में उड़ गयीं। विवाद को देख लोग सभा से उठकर जाने लगे।

पानी के अभाव में खाना नहीं बन पाने से भूखे-प्यासे लोग पानी के लिए दर-दर भटकने लगे, अपने स्तर से तरह-तरह के विकल्प ढूँढ़ने लगे। जिनके घड़ों में पानी शेष थे वे गाँव के बच्चों के लिए अमृत के घोल की तरह थोड़ा-थोड़ा बँटने लगे।

आज का दिन तो ईश्वरीय कृपा से बिना किसी अनहोनी के टल गया, बस रात शुभ- शुभ कैसे टले इसी चिंता में लोग व्याकुल थे। आज की रात सामान्य रात की तरह शांत न थी, हर घर में कोलाहल मचा था, भूख से नींद नहीं आती थी, पसीने से हाथ-पाँव चिपकने लगे थे, सारा घर गंध देने लगा था। कई परिवार सुबह होते ही अपने रिश्तेदारों के यहाँ अन्यत्र जाने की योजना बना रहे थे तो कुछ ने तैयारियाँ भी कर ली थीं बस सुबह होने की देर थी। आज की रात सब मंगल से गुजर जाए बस यही सबकी चिंता थी पर बगैर पानी के और कितनी रातें बिन अनहोनी के गुजर सकती थीं। गाँव में तीन बुजुर्गों की तबीयत बिगड़ गयी। एक बच्चा मंद साँसों के सहारे अटका था। अब और सहन करना असँभव था। रात में ही कोलाहल शुरू हो गया, माल मवेशी चिल्ला रहे थे सो अलग। किसी का बछड़े मर जाने से वह रात में ही छाती पीट रहा था। यह परीक्षा की रात थी। सुबह होना असम्भव-सा प्रतीत होने लगा। किसी-किसी अभागे के लिए तो यह आखरी रात थी। लोगों को लगने लगा था यह स्थाई रात है, अब फिर कभी सूर्यदर्शन होगा ही नहीं।

सुबह होने में अभी पहर बाकी था पर सारे लोग अँधेरे में ही अखरा में जमा होने लगे इस विश्वास के साथ कि शायद इसी अखरा से उनकी समस्या का समाधान हो सकेगा... आखिर इसी अखरास्थली से तो सारे गाँव वालों की समस्याएँ, दुःख- तकलीफ का निदान होता आया है अब तक। पर आज एक अजीब-सा घुटन क्रंदन था अँधेरी रात के इस अखरा में। यह वही अखरा है जिस पर मांदर की थाप और नगाड़ों की गूँज से थिरकते लोगों के लिए रातें छोटी पड़ जाती थीं, उल्लास और उमंग से नृत्य करते लोग बैठे और सोये लोगों को घरों से निकाल-निकालकर नचा दिया करते थे, पर आज इस अखरा

में एकत्रित लोग मानो इन्हीं खुशनुमा पलों को याद कर अपनी किस्मत को रोने और कोसने में अपनी रातें काट लेना चाहते हों।

पानी के अभाव ने लोगों के हिम्मत को तोड़ दिया था। अब क्रांति और लड़ने-भिड़ने की बात कोई नहीं कर रहा था। इकरारनामा के कागजात फाड़ने वाला उत्साही जत्था भी कहाँ गायब था पता नहीं। लोगों के मस्तिष्क में सिर्फ और सिर्फ पानी की निर्मल धारा ही झलक रही थी।

सुबह होने से पहले ही लोग कम्पनी के शर्त पर इकरारनामा पर हस्ताक्षर या अँगूठे का निशान लगाने को तैयार खड़े थे। प्रतिनिधि मण्डल के पाँचों व्यक्तियों को बुलाया गया और रात के अँधेरे में ही अखरा पर बिखरे फटे इकरारनामा के कागजात के टुकड़े चुने जाने लगे थे। भूख-प्यास और किसी अनहोनी आशंका से व्याकुल कुछ लोग इन कागजातों के टुकड़े को जोड़ने में अपना दिमाग खापा रहे थे।

सूर्योदय होते ही यह जानते हुए भी कि कम्पनी का दफ्तर अभी खुला नहीं होगा फिर भी प्रतिनिधिमंडल के सदस्यों के साथ अन्य कई लोग भी फटे कागजातों के टुकड़ों को समेटकर सिर झुकाये कम्पनी के दफ्तर के द्वार पर किसी याचक की भाँति खड़े थे।

इधर कम्पनी के अधिकारी भी रात भर इस चिंता में करवटें बदलते रहे कि पानी के अभाव में यदि किसी की जान चली गयी तो कम्पनी की बड़ी बदनामी हो सकती है। कम्पनी पर आफत आते ही उनकी नौकरियाँ पर भी आँच आना तय है। आज तीन दिन हो गये पर प्रतिनिधिमंडल वापस नहीं लौटा। कम्पनी की नजरों में वफादार साबित होने के लिए कम्पनी के कर्मचारियों ने अपने अधिकार से कुछ बढ़कर ही कदम उठा लिये थे। उन्हें मीडिया की चिंता सताए जा रही थी, बाकी थाना पुलिस तो वह सँभाल ही लेंगे। सुबह होते ही उन्होंने गाँव में कम्पनी के एजेंटों और दलालों से सम्पर्क किया। दलालों से सूचना मिली कि कल रात तक लोग इकरारनामा के कागजात पर हस्ताक्षर करने को तैयार न थे, इस सूचना से कम्पनी के अधिकारियों के हाथ-पाँव और फूल गये। उन्होंने अपने एजेंटों से अखरा जाकर सही- सही स्थिति का जायजा लेने को कहा पर एजेंटों ने भयवश अखरा तक जाने से इंकार कर दिया कारण कि उन्हें पता चल गया था कि भीड़ ने उन्हें भी मारने- काटने की धमकी दे रखी थी।

कम्पनी का अधिकारी चिंता से माथे पर पसीना लिए इधर-उधर टहल ही रहा था कि किसी शुभचिंतक ने आकर खबर दिया कि इकरारनामा का कागजात लिये समझौते के लिए कम्पनी के दफ्तर पर गाँव के प्रतिनिधि मण्डल सहित कुछ लोग खड़े हैं। अधिकारी के चित्त पर विजय-दम्भ से कुटिल हँसी दौड़ गयी पर अगले ही पल उसके मानस में शंकाओं के कई सवाल कौंध गये। जाने वे क्यों आए हैं, उसे कोसने या किसी अनहोनी की खबर के साथ चेतावनी देने या फिर कोरा कागजात वापस लौटाने। खैर जो भी हो वे कम्पनी की शर्त मानें या ना मानें, नलों में पानी तो छोड़ ही देना होगा, पानी रोक रखना आफत मोल लेना है।

कम्पनी के अधिकारी ने माथे का पसीना पोंछा और बिना समय गँवाये सरपट गाड़ी निकालकर दफ्तर की ओर भागा। गाड़ी चलने से सुबह की ठंडी हवा लग रही थी पर जाने क्यों रुक- रुककर माथे पर पसीना आ ही जा रहा था।

दफ्तर पहुँचते ही अधिकारी बिना किसी औपचारिकता के उनसे सीधा विषय पर मुखातिब हुआ।

अधिकारी -''तो आप लोगों ने क्या सोचा है?''

जतरू - ''इस इकरारनामा में हमारे सोचने की जगह बची ही कहाँ है! आप जैसा चाहेंगे हम तैयार हैं।'' अधिकारी की तो जैसे साँसें लौट आयी हों। उसने तुरंत कागजात माँगे। एक व्यक्ति ने झूले से कागजात के उन टुकड़ों को निकालकर अधिकारी के सामने रख दिया। अधिकारी के तो होश उड़ गये, उसे लगा ये ग्रामीण उसका मजाक उड़ा रहे हैं, शायद उन्हें कम्पनी की शर्तें मंजूर नहीं। चाहे जो भी हो पहले मैं इनका पानी छोड़ने का इंतजाम करता हूँ अन्यथा ये जंगली लोग बाँध तोड़कर सारे किये-धरे पर पानी फेर देंगे। तभी बुधन ने कहा - ''क्षमा करें साहब! कुछ शरारती लड़कों ने इसे फाड़ डाला पर हम आपके सारे शर्त मानकर समझौते के लिए तैयार हैं।'' एक पल तो मानो अधिकारी को बुधन की बातों पर विश्वास ही न हुआ। पल-पल बदलती इस दशा व मनोभाव से वह स्वयं विचलित था। वह कब हँसे कब रोये उसे स्वयं पता न चल पा रहा था। अधिकारी ने सशंकित और सहमे हुए कहा - ''कोई बात नहीं, इन कागजातों के ही तो टुकड़े हुए हैं हमारे दिलों के तो नहीं। हमारा आपसी रिश्ता मधुर बना रहे यही अपेक्षा है आप लोगों से, मैं अभी तुरंत दूसरे कागजात तैयार कराता हूँ।'' अधिकारी को अब भी शंका थी कि कहीं ये लोग

फिर से पैंतरे न बदल दें। अतः उसने सँभलकर फिर कहा - "अभी दस मिनट में मैं आपके कागजात तैयार कराता हूँ। बस, आप यह समझ लें कि उधर गाँववालों का अंतिम हस्ताक्षर हुआ और पानी की पहली बूँद आपके नल से टपकी।" अधिकारी की इस बात पर किसी ने कुछ न कहा। दस मिनट में अधिकारी ने नये कागजात तैयार कराकर प्रतिनिधिमंडल को सौंपा और हस्ताक्षरयुक्त कागजात वापसी का बैठकर इंतजार करने लगा।

इकरारनामा का कागजात वापस गाँव पहुँचा। लोगों ने इस कागजात को नये बच्चे की तरह सँभालकर हस्ताक्षर किया व अँगूठा लगाया जैसे यह कागजात उनका भाग्यलेख हो।

दोपहर होते- होते सारे कागजात कम्पनी के दफ्तर में वापस वायुवेग से लौट आया। अधिकारी को विश्वास भी न था कि इकरारनामा के कागजात इतनी जल्द वापस लौट आएँगी। वह उन कागजात को लेकर ऐसा गर्वान्वित हुआ जैसे इन कागजात के माध्यम से उसने बहुत बड़ी जागीर हासिल कर ली हो।

घण्टों इंतजार के बाद गाँव के नलों में सरसराहट पैदा हुई। यह एक सूचना थी नलों में पानी दौड़ने की। लोग उतावली में अपने- अपने घरों से दौड़कर घड़े और बाल्टियाँ ले आये। सरसराहट की आवाज तेज होती गयी और फिर अचानक से पानी का एक फव्वारा फूट पड़ा। पानी की दूधिया धार देख लोगों के चेहरे के भाव ऐसे थे मानो गाँव में भगीरथी के तप से गंगा उतर आयी हों। नलों में पानी लेने की होड़ ऐसी मची थी मानो अमृत बह रही हो। लोगों का मानस ऐसा बेसब्र, उद्वेलित था कि कहीं ऐसा न हो उनकी बारी आने से पहले ही अमृत समाप्त हो जाए और सदियों बाद आये इस दुर्लभ अमृत की धारा से वे वंचित न हो जाएँ। कुछ लोग तो पानी की धार को ऐसे देखे जा रहे थे मानो वे जीवन में पहली बार पानी कहे जाने वाली इस अद्भुत चीज को देख रहे हों। गाँव की महिलाओं को इस जलधारा ने तात्कालिक खुशी जरूर दे दी थी, पर गाँव के बड़े-बुजुर्ग, प्रबुद्धजन ठगा-सा महसूस कर रहे थे। कहाँ वह नदी की अविरल धारा और कहाँ यह कतरा। प्यासे को ओस की बूँद परोस दिया कम्पनी ने।

प्रतिनिधिमंडल कम्पनी को कागजात सौंपकर लौटी तो कुछ लोगों ने ढोल - नगाड़ा से उनका स्वागत किया जैसे - ये भगीरथ हों।

कम्पनी ने बहुत जल्द कोयले का खनन प्रारंभ कर दिया, साथ ही साथ ताप विद्युत कारखाना भी चालू हो गया। कोयले का छोटी हिस्सा गाँव में स्थित ताप विद्युत कारखाना में उपयोग होता था और बड़ी भारी मात्रा राज्य से बाहर कम्पनी द्वारा बेच दिया जाता था। कोयले की ढुलाई और कारखाने के एक साथ चालू हो जाने से एकाएक प्रदूषण की बड़ी समस्या आ खड़ी हुई। कारखाने की चिमनी से दिन-रात ताप और धुआँ के साथ-साथ कारखाने के अपशिष्ट से पूरा वातावरण प्रदूषित हो रहा था। कोयले की अंधाधुंध ढुलाई से चारों तरफ कोयले की धूलभरी काली आँधियाँ दिन- रात चला करती थीं।

एकांत में जीवन बसर करने वाले प्रकृति-प्रेमी इन आदिवासियों को रात में चलने वाली बड़ी-बड़ी मालवाहक गाड़ियाँ और मशीनों से होने वाली कर्णभेदी तीखी आवाज और उड़ती धूल रात में भी चैन से सोने न देती था। इस कोलाहल और धूल से त्रस्त ये आदिवासी समुदाय विकल्प की तलाश में लगे रहे पर उन्हें कोई विकल्प कोई रास्ता न सूझ रहा था। आखिर वे जाएँ तो कहाँ जाएँ, अपना दुखड़ा सुनाएँ तो किसे सुनाएँ। इस धूल धुआँ और शोर से परेशान मन में उठ रहे विद्रोह का धुआँ सुलगने को आतुर था। कुछ लोगों ने हो रही अपनी इन परेशानियों को गाँव के प्रबुद्ध प्रतिष्ठित बुजुर्गों को बातों ही बातों कह सुनाया पर उन्हें पता था कि यह उनके बूते की बात नहीं। जब यह परेशानी असह्य हो उठी और बीमारियों के रूप में परिलक्षित होने लगी तो लोगों ने प्रतिनिधिमंडल के सदस्यों से शिकायत की। प्रतिनिधिमंडल ने अपनी अक्षमता जाहिर की, फिर भी उन्होंने आम सहमति के लिए गाँव के हर एक टोले से प्रबुद्धजनों, बुजुर्गों और प्रतिष्ठित महिलाओं को एक शाम अखरा सभा में आमंत्रित किया। औपचारिकताओं के बाद समस्याओं पर चर्चा प्रारम्भ हुई।

बुधन - ''शिकायत आयी है कि धूल से काफी परेशानी हो रही है।''

ग्रामीण महिला - ''परेशानी ही नहीं बीमारियाँ हो रही हैं, जीवन में शायद ही कभी बीमार पड़ने वाले हट्टे- कट्टे लोग भी बीमार पड़ रहे हैं।''

दूसरी महिला - ''धोकर पसारे गये कपड़े सूखने से पहले ही काले गंदे हो जाते हैं।''

तीसरी महिला - ''पानी तो छोड़ ही दो हमारे पके खाने भी काले पड़ जाते हैं।''

ग्रामीण पुरुष - "जिसे देखो मुँह में गमछा बाँधे काला-कलूटा चंबल का डाकू जान पड़ता हैं, अब तो यहाँ साँस लेना भी दूभर हो गया है।"

दूसरा पुरुष - "इन जगहों पर काम करने वाले कम्पनी के कर्मचारी, मजदूर और गाड़ी चालक जब तक इन खदानों या कारखानों में होते हैं तब तक धूल से जूझते हैं पर यहाँ से बाहर जाते ही उन्हें भी ताजी हवा नसीब होती है, पर यहाँ के मूल निवासी हम आदिवासी तो चौबीसों घण्टे धूल, धुआँ और कारखानों के इन दैत्याकार चिमनियो से निकलने वाली विषैली हवा का शिकार होने को मजबूर हैं।"

एक प्रबुद्ध बुजुर्ग - "यह कम्पनी हमारे जीने के सारे रास्ते धीरे-धीरे बंद करती जा रहा है, निश्चय ही हम आदिवासियों की संस्कृति विरासत और अस्तित्व खतरे में है, इस बात में संदेह नहीं कि हमारे विनाश के नीव पड़ चुके हैं।"

ग्रामीण - "काका ठीक कह रहे हैं, यह कम्पनी हमें और इससे ज्यादा हमारी युवा पीढ़ी को बहला-फुसलाकर, मीठे सपने, झूठी शान के सब्जबाग दिखलाकर हमारी जमीनें बेंचवा दिये; दूसरा नदी का पानी पहले ही कम्पनी द्वारा हमें मजबूर कर चालाकी से हथिया लिया गया जिससे खेती का विकल्प पहले ही समाप्त हो चुका है ऊपर से धूल जमी घास के कारण हमारे मवेशी हरे चारा के अभाव में दिनों दिन कालकवलित होते जा रहे हैं। बेचारे मोहना के यहाँ खेती के लिए चार बैल हुआ करते थे, अब एक बचा है। जाने उसकी जान बिन चारा के कब तक टिक पाएगी। बिना बैल के हल कैसे चलेंगे हमारे खेतों में! खेती-बाड़ी के लिए अब हमारे पास न हल-बैल हैं न सिंचाई के लिए पानी। यदि किसी ने इंद्रदेव के आसरे खेती कर भी ली तो उसका सारा मेहनत पसीना बेकार ही गया। कोयले की धूल खेतों में बीजों को न तो सही से अँकुरने देती है न बढ़ने देता है, न ही फूलने-फलने देती हैं; अब शायद अपने खेतों की पैदावार खाने का हमारा नसीब नहीं रहा।"

ग्रामीण महिला - "हमारे खेतों में जो अनाज होते थे वह कितने स्वादिष्ट होते थे, नमक के साथ बड़े स्वाद से खा लेते थे; अब शहर से आये पैकेट और डब्बे में बंद आटा, दाल, चावल और तेल तो मुझे जरा भी नहीं रुचते... खाने की चीजों का स्वाद तो हम भूल ही गये हैं बस पेट भरे जा रहे हैं।"

एक अति बुजुर्ग व्यक्ति ने कहा - "मैं मना करता था नालायकों को कि अपनी जगह मत छोड़ो पर मेरी किसी ने न सुनी; बेचारा माटी मर मिटा तुम हरामियों को समझाते-समझाते, उलटा उसी को पीस डाला, अब मरो सालों...! जमीनें बेंच-बेंचकर तो दो साल राजशाही ठाठ में खूब पैसे फूँके। हमारे आज के पैदाइश ये लौंडे जमीन से प्राप्त धान का सत्तर फीसद तो खुद को होनहार साबित करने के लिए पेट्रोल जला दिये फटफटी पर और साथ दिया इन नासमझ माँ - बाप ने। नालायक बेटों को जींस और चश्मा में देखकर तो मन गदगद होता था, छाती फुलाए फिरते थे, टोले मोहल्ले हाँकते फिरते थे कि बेटा फटफटी में उड़ता है, जवान हो गया है। दो दिन बैठाकर फटफटी की हवा क्या खिला दी जमीन के सारे पैसे पेट्रोल में झोंक दिये अब चूसो पकड़कर....!!"

टिभर गम्भीरतापूर्वक बोला - "देखो भाइयों हम विनाश के कगार पर खड़े हैं हमें धैर्य और बुद्धिमता से काम लेना होगा।"

किसी ने बीच में ही टोका - "क्या खाक, बुद्धिमत्ता से काम लेने को कुछ बचा है! जब बुद्धिमत्ता से काम लेना था तब तो मती मारी गयी थी, अब कुछ हाथ आने वाला नहीं है। नदी का साफ पानी कारखाने ने ले लिया और अपना जहर उगलकर फिर उसे नदी में छोड़ दिया। ये नदी हमारी जीवनदायिनी गंगा थी... अब तो नदी से पाव भर मछलियाँ भी नहीं मिल सकती हैं जो कभी हमारे भोजन का एक महत्त्वपूर्ण अंग हुआ करती थीं। जब जी चाहा पाव दो पाव पकड़ लाया। भला कैसे जिंदा रह सकता है कोई जलीय जीव इस विषैली नदी में। मछलियाँ तो दूर नदी में अब एक कीड़ा भी न मिलेगा। नदी के दोनों किनारों पर घास तक नहीं उग रही हैं, नदी जैसे मर गयी है। नदी की शोभा जीवों से है, अब इस बाँझ नदी का कोई उपयोग नहीं। नदी का पानी न तो हमारे मवेशी पी सकते हैं न नहा सकते और न ही इससे हमारे फसलों की सिंचाई ही हो सकती है; हमारे कई जानवर तो नदी का पानी पीकर परलोक सिधार गये।"

अब हम आदिवासियों के पास न तो जंगल के उत्पाद मधु, कंदमूल, फल, साग हैं न नदी में मछलियाँ है, न मवेशी, न अपने खेतों से अनाज आने की कोई सम्भावनाएँ और न ही हमारे घर-आँगन और बाग-बगीचों में फलने वाले फल। इस कोयले के धूल ने हमारे फलदार पेड़ों को भी बाँझ बना दिया

है। जमीन के पैसे अय्याशी में पहले ही समाप्त हो चुके हैं; बस अब हमारे पास बची है गरीबी, भुखमरी और लाचारी।''

पुसन - ''भाइयों! हमारे पास बहुत सारी समस्याएँ हैं पर इन समस्याओं का समाधान तो निकालना ही पड़ेगा।''

ग्रामीण - ''अब हम आदिवासियों की समस्याओं का समाधान नहीं होने वाला बल्कि रोज दिन और नयी-नयी समस्याएँ आती जाएँगी।''

पुसन - ''आपके गुस्से से समस्या का समाधान तो होगा नहीं, अब जिंदा हैं तो जीने के लिए संघर्ष तो करेंगे ही या यूँ ही हाथ पर हाथ धरे बैठे रहेंगे या फिर समस्या का समाधान नहीं होगा यह सोचकर सामूहिक आत्मदाह कर लेंगे। हमें आदिवासी समुदाय की चिंता है; हम कल ही कम्पनी के अधिकारी के पास जाएँगे और अपनी समस्याएँ रखेंगे... हाँ, यदि आपमें से कोई साथ जाना चाहे तो कल सुबह इसी अखरा में एकत्र होंगे और साथ चलेंगे।'' कार्यक्रम तय हुआ। सभा समाप्त हुई। लोग अपने - अपने घर को प्रस्थान कर गये।

दूसरे दिन कम्पनी का दफ्तर खुलते ही पाँच सदसीय प्रतिनिधिमंडल कुछ ग्रामीणों के साथ अधिकारियों के पास गये। अधिकारी ने लोगों की तरह-तरह की समस्याओं को धैर्यपूर्वक सुना और अंत में कहा - ''मेरी सहानुभूति आप सभी के साथ है पर आपकी यह समस्या कोई छोटी समस्या नहीं है जिसे तत्काल सुलझाया जाए या फिर मुझसे सम्भव हो, हाँ मैं आपकी ओर से आपकी सारी समस्याओं और शिकायतों को लिखकर कम्पनी के उच्चाधिकारियों को भेजता हूँ; जब तक ऊपर से कोई आदेश नहीं आता मैं कुछ नहीं कर सकता, ऊपर से निर्देश आते ही मैं आपको खबर भिजवाऊँगा फिर जो समाधान होगा किया जाएगा। क्या मैं आपकी और कुछ सेवा कर सकता हूँ?''

''जी धन्यवाद!'' प्रतिनिधिमंडल के सदस्यों सहित ग्रामीणों ने अधिकारी को हाथ जोड़कर आश्वासन के लिए धन्यवाद दिया वापस लौट आये।

सप्ताह बीता, महीने बीते पर कम्पनी की ओर से कोई खबर न आयी। प्रतिनिधिमंडल फिर कम्पनी के अधिकारियों से मिला तो अधिकारियों ने सप्ताह भर बाद फिर बुलाया। सप्ताह भर बाद लोग फिर गये। इसी तरह कई सप्ताह बीत गये। रोजगार तो था नहीं, गरीबी और भूख बढ़ती ही जा रही थी। मोटरसाइकिलें औने -पौने दाम में बिकने लगी थीं। भर मुँह गुटखा चबाकर

थूकने वाले दाने-दाने को तरस गये। शानोशौकत ऐशो आराम की परम्पराएँ समाप्त होने लगीं, आँखों से चश्मा और महँगे बॉडी परफ्यूम जाने कहाँ गायब हो गये। फैशन के भूत को बुजुर्गों ने फटकार-फटकारकर कोस -कोस कर उतार दिया। रही-सही कसर परिस्थिति ने पूरा कर दी। इन युवाओं के बीच अब पुराने धोती-कुर्ता और चप्पल निकलने लगे थे।

विवश लाचार ग्रामीण एक दिन फिर कम्पनी के दफ्तर अधिकारी के पास जा पहुँचे, समस्याओं को लेकर हाथ जोड़े मिन्नतें कीं। अधिकारी ने आदिवासियों की अकुलाहट और बेबसी को ताड़कर शर्त लगाते हुए कहा– "आपकी आजीविका खेती-बारी और पशुचारण से चलती थी पर अब खेतीबारी और पशुचारण तो सम्भव है नहीं फिर आप उन खेतों को क्या करेंगे! वे खेत आपके किसी काम के तो रहे नहीं इसलिए आप ताप विद्युत कारखाने में नौकरी कर लें। अच्छी तनख्वाह है गुजर-बसर की कोई चिंता नहीं रह जाएगा जीवन में।" लोगों को जैसे भगवान मिल गया हो। अधिकारी के रूप में जैसे उनका तारणहार अवतरित हुआ हो। लोगों ने हामी भरी और जल्द से जल्द काम पर लगने की तत्परता दिखायी।

पुसन - "आप कहें तो हम कल से ही काम पर लग जाएँ।"

अधिकारी - "नहीं इतनी जल्दी भी क्या है, आप लोग बताएँ कि आप अपनी खेती वाली जमीन का क्या करेंगे?"

सुगना - "करेंगे क्या अब फसल तो होती नहीं, बस यूँ ही पड़ी रहेंगे पूर्वजों की निशानी के रूप में।"

अधिकारी - "मेरी बात ध्यान से सुनें, आपकी जीविका का मुख्य आधार खेती-बाड़ी है जो अब आजीविका का आधार रही नहीं; यदि कम्पनी आपको आजीविका के लिए कारखाने में रोजगार देगी तो आपको अपनी बेकार पड़ी जमीन को कम्पनी के हवाले करना होगा, मुआवजे के रूप में मैं कोशिश करूँगा कि आपको कुछ रुपया दिला सकूँ।" अधिकारी की इस बात पर कुछ ग्रामीण भड़क जरूर गये पर उन्हें यह अच्छी तरह पता था कि कम्पनी की शर्त माने बगैर उनके पास और कोई विकल्प नहीं चूँकि उन खेतों से उन्हें आजीविका के लिए एक दाना भी मिलने वाला नहीं है तो बेहतर है जमीन के बेकार पड़े रहने से अच्छा उससे नौकरी पा लिया जाए पर कुछ ग्रामीण खेत-

खलिहान से मोह के कारण इस शर्त पर नौकरी लेने को तैयार न थे। अधिकारी ने उनके बीच आपसी मतभेद को देखकर कहा - "हड़बड़ाने की कोई आवश्यकता नहीं, आज नहीं तो कल, कल नहीं तो परसों, महीनों, वर्षों या फिर आप जब चाहें तब अपनी सारी जमीने देकर हमारे विद्युत कारखाने में नौकरी ले सकते हैं। आप गाँव जाकर ठण्डे दिमाग से आपसी सहमति समझौता से जो भी फैसला लें मुझे बता दें ताकि मैं आपकी मदद कर सकूँ। आपने रोजी-रोटी की समस्या का हल खोजा था सो मेरे अधिकार क्षेत्र में जो बन पड़ा किया अब आगे आपकी मर्जी।

लोग ऐसे मायूस होकर लौटे जैसे किसी अपने के दाह-संस्कार से लौटे हों। महीनों बीत गए पर इस पर न कोई चर्चा हुई न आपसी सहमति बनी। एक सुबह भूख से व्याकुल सतनु ने प्रतिनिधिमंडल के सदस्यों के पास आकर हो हल्ला मचाया - "समस्या का समाधान क्यों नहीं निकला अब तक?"

बुधन - "देखो सतनु अभी इस पर हमारा आदिवासी समुदाय एकमत नहीं है, जैसे ही इस मुद्दे पर सहमति बनेगी हम सब को सूचित कर देंगे।"

सतनु - "जब हम और हमारे बीवी-बच्चे भूखों मर जाएँगे तब सहमति बनेगी! क्या फायदा इस सहमति का। दो दिनों से मेरे घर अनाज का एक दाना नहीं है अब आप ही बताइए मैं क्या करूं?

बुधन - "जब तक सहमति नहीं बनती तब तक मैं अकेला कुछ नहीं कर सकता।"

सतनु - "जब गाँव से लाशें उठेंगी तब सहमति बनेगी, तो लो यह पहली लाश मेरी होगी।" उसने कुदाल पकड़ ली। घर की महिलाओं ने उसे सँभाला और हाथ से कुदाल छीन लिया। उसने दोनों हाथों से चेहरा ढँककर रोते हुए कहा - "भूख से रोते-बिलखते बच्चों का रुदन नहीं सहा जाता, जब बच्चों का छोटा-सा पेट नहीं पाल सकता इससे तो मर जाना अच्छा है।"

बुधन - "लोग इस मुद्दे पर चुप्पी साधे बैठे हैं मैं अकेला क्या कर सकता हूँ, फिर भी तुम चिंता न करो मैं शाम तक अखरा में सभा बुलाता हूँ और फिलहाल तुम आज के लिए मेरे घर से चावल ले जाकर पहले बच्चों को खाना खिलाओ।"

सतनु - ‘‘दो दिन पहले रंगो से चावल मांगा था, कल भोलू से और आज आपसे चल जाएगा फिर कल का क्या होगा, आखिर कब तक माँग-माँगकर चलता रहेगा घर, एक दिन आप भी देने से मना कर देंगे।’’

बुधन - ‘‘बात सही है पर कुछ समय तो लगेगा ही।’’

सतनु - ‘‘यदि आज बात न बनी तो मैं चुपचाप अधिकारी के पास जाकर अपनी सारी जमीनें देकर नौकरी ले लूँगा, फिर मत कहना हमने समाज से दगा किया है।’’

सतनु की हालत देख पाँच सदस्यीय प्रतिनिधिमंडल ने शाम को अखरा में एक सभा बुलायी। सारे जमीन के एवज में नौकरी लेने के मुद्दे पर लोग इस तरह खफा थे कि शाम की अखरा सभा में दो-चार लोगों के अलावा और कोई न आया। मामला फिर से टल गयी। सतनु जब तक टिक सकता था टिका। आठवें दिन उसने अन्य कोई उपाय न देखकर चुपचाप अपने जमीन के कागजात लेकर कम्पनी के अधिकारी को सौंप दिया। अधिकारी ने उससे अन्य कई कागजात पर अँगूठा लगवाए और एक पत्र देकर ताप विद्युत कारखाने में समय से पहुँच जाने को कहा, बाकी का काम वहाँ का मैनेजर समझा देगा।

जमीन के एवज में नौकरी के मुद्दे पर न कोई बैठक हो रही थी न ही कोई सहमति बन पा रही थी। दिन महीने बीतते गये। लोगों को जैसे-जैसे खाने के लाले पड़ रहे थे अपनी जमीन कम्पनी को सौंपकर नौकरी लेते जा रहे थे। गाँव के आदिवासी समुदाय अब दो फाड़ हो चुके थे। जिन्होंने अपनी जमीन देकर नौकरी ले ली थी, मासिक वेतन मिलने से उनकी स्थिति ठीक हो चली थी, पर जिन्होंने पुरखों की जमीन के मोहवश थाती के रूप में थामे रहा उनकी स्थिति बड़ी दयनीय होती जाती थी। रोजी-रोजगार के अभाव में वे अपनी ही जमीन के खुदे खदानों में कोयला चुनकर शहर ले जाकर बेचने को मजबूर थे।

एक दिन अचानक सुबह-सुबह फगुनी दहाड़ मारकर छाती पीटती अपने दोनों बच्चों का शव लाकर अखरा में लिटा दी और प्रलाप करने लगी। लोग उसकी हृदय विदारक चीत्कार सुनकर जब तक अखरा तक आते और माजरा को समझ पाते तब तक उसकी करुण रुदन मंद पड़ता चला गया और वह स्वयं एक ओर लुढ़क गयी। वाह अर्धमूर्छित अवस्था में करुण विलाप किये जा रही थी -‘‘मेरे दोनों के दोनों लाल! मेरे इन कलेजे के टुकड़ों को कोई तो जगा

दो, मेरे दोनों आँखों के तारे छिन गये। अखरा में हो रहे इस हृदय विदारक दृश्य को देखकर लोगों का हृदय भी करुणा से भर तड़प उठा। लोगों के कोलाहल के बीच कानाफूसी होती रही पर माजरा किसी को समझ में नहीं आ रहा था।

साल भर पहले ही फगुनी का पति अपनी बकरियों को गाड़ी की चपेट में आने से बचाते-बचाते स्वयं कालकवलित हो चुका था। बड़े जतन और लाड से फागुनी अपने दोनों बच्चों को किसी तरह पाल रही थी। आज फगुनी का तो संसार ही उजड़ चुका था। प्रथम दृष्टया उन तीनों का शरीर पानी से लथपथ देख ऐसा अंदेशा लगाया जा रहा था कि दोनों बच्चों की मौत पानी में डूबने से हुई है।

गाँव की महिलाओं ने बढ़कर फगुनी को सँभाला और दोनों बच्चों की मौत का कारण जानने का भरसक प्रयास किया, पर उसकी मानसिक दशा के कारण वास्तविकता जानने में असफल रहे। बड़े-बुजुर्गों ने दोनों बच्चों की साँसें जाँचकर मृत घोषित कर दिया था। फगुनी जैसे ही होश में आती, अपने दोनों मृत बच्चों को देख फिर बेहोश हो जाती थी। लोगों ने बड़ी मुश्किल से स्थिति को संभाला और बुजुर्गों की मदद से संस्कार की तैयारियाँ की जाने लगीं। फगुनी की हालत बिगड़ती ही जा रही थी।

लोगों को आस थी कि अगुनी की हालत सामान्य हो जाएगी पर दो दिन बाद भी जब फागुनी अपने दोनों बच्चों को खोजती रही और जब बच्चे न मिले तो इस सदमे से फिर कभी वह उबर न सकी। फिर क्या था, विक्षिप्त फगुनी की कभी न खत्म होने वाली तलाश जारी रही। इसी अवस्था में फगुनी कभी-कभी छाती पीट-पीटकर दुर्घटना की उस मनहूस घड़ी को कोस लिया करती थी। तब कहीं जाकर लोगों को वास्तविक स्थिति का पता चल पाया कि आखिर उस सुबह उन दोनों बच्चों के साथ क्या हुआ था।

उससे पता चला कि उस दिन वह सुबह-सुबह अपने घर के काम में व्यस्त थी। उसका दुधमुहाँ बच्चा उसकी बड़ी बेटी की निगरानी में घर के बाहर खेल रहा था। पाँच साल की बेटी शौच के लिए चली गयी और डेढ़ साल का वह बालक खेलते- खेलते घर के आगे कोयले की पुराने खान में जा गिरा जहाँ पानी भरा था। उस गहरी खान में छोटे भाई को गिरते देख उसकी बेटी भाई को

बचाने के लिए कूद पड़ी, पर जब तक फगुनी की आँखें उन बच्चों को तलाश करतीं, उन दोनों बच्चों की मृत काया पानी में तैर चुकी थी।

इस दुःखद घटना के लिए कुछ गाँववालों ने कम्पनी को कोसा तो कुछ ने फगुनी की लापरवाही बताकर अपनी संवेदनाएँ व्यक्त कर घटना को भूलने लगे थे। शायद अभी यह घटना भुलाययी भी ना जा सकी थी कि ठीक उसी तरह भरी दोपहर में जब सुकरी की आठ वर्ष की बेटी जब घर में सो रही थी तभी कोयले की एक खदान में कोयला तोड़ने के लिए किये गये विस्फोट से कोयला की एक बड़ा-सा चट्टान सुकरी के घर का छप्पर तोड़कर उस छोटी बच्ची पर आ गिरी। पानी लेने गई सुकरी ने लौटकर जब यह हालत देखी तो उसके होश उड़ गये। आसपास के लोगों को उसने चिल्लाकर मदद के लिए बुलाया लेकिन तब तक शायद देर हो चुकी थी।

इस तरह की घटनाएँ आए दिन होती रहती थीं। कोयले की खदान में जीविकोपार्जन के लिए कोयला चुनती स्त्रियों पर कभी जमीन धँस जाती, कभी खदानों में विस्फोट से बच्चे, बुजुर्ग और बैल- बकरियाँ मारे जाते तो कभी पानी भरी गहरी खाई में डूबने से बच्चों की मौतें होतीं, कभी भारी-भरकम बेलगाम गाड़ियों की चपेट में आने से जनधन की हानि होती रही, ऊपर से शोर-शराबा धूल धुआँ और विषैली हवा से उत्पन्न बीमारियाँ। इन आम होती घटनाओं से त्रस्त लोगों ने अपने पुरखों का बसाया गाँव छोड़ने का मन बना लिया क्योंकि इन घटनाओं की जिम्मेवारी लेने को कोई तैयार न था न ही इसके रोकथाम के कोई उचित उपाय ही कम्पनी के तरफ से किये जाते थे। बस एक झूठा आश्वासन मिलता और दुर्घटना होने पर दिखावे की सहानुभूति के दो बोल। नुकसान तो यहाँ के मूल आदिवासियों को ही उठानी पड़ती थी

एक दिन लोगों ने तय किया और आगे की पहाड़ी पर अपना बसेरा बनाना सुनिश्चित किया, जहाँ नदी-नालों से उन्हें थोड़ी-बहुत सुविधाएँ थी। हालाँकि यहाँ भी हरियाली या घने जंगल समाप्त प्राय थे, पर यहाँ उनके मवेशी चर सकते थे। इस जगह पर भी बाहरी लोगों के आने से धड़ल्ले से पेड़ काटे जा रहे थे और कम्पनी की धूल भी पीछा करते यहाँ तक पहुँच जाती थी, पर इससे और आगे ये आदिवासी समुदाय नहीं जा सकते थे। इसके दो कारण थे, पहला इससे आगे दूसरा गाँव था और दूसरा इस समुदाय में आधे से अधिक लोग अपने जमीनें देकर फैक्ट्री में नौकरी पकड़ चुके थे जिन्हें रोज फैक्ट्री

आने-जाने में असुविधा होती।

एक दिन उन्होंने अपने सारे साजो-सामान मवेशियों के साथ उस स्थली के लिए निकल पड़े। पुरखों का और अपने बचपन का घर छोड़ते उन्हें ऐसा प्रतीत हो रहा था जैसे वे स्वयं अपनी लाशें घर से निकाल रहे हों। कुछ लोगों ने घर के आवश्यक सामान के साथ-साथ घर के दरवाजे भी उखाड़कर साथ ले लिया ताकि इन दरवाजों का वे नये घर में इस्तेमाल कर सकें। आंखों में विस्थापन की एक गहरी टीस थी। लोग एक-दूसरे से कुछ बोल नहीं रहे थे पर उनका हृदय अंदर ही अंदर रोए जा रहा था। विस्थापन की इस वेदना से पुरुष, स्त्रियों से कहीं ज्यादा विचलित थे।

ग्रामीण - "जाने अब फिर कभी हमारी यह पुरखों की धरती गुलजार होगी भी या नहीं।"

दूसरा ग्रामीण - "इस जन्म में तो नहीं; ऊपर वाले से प्रार्थना है यह हमारी धरती फिर से गुलजार हो और हम पुनः इस माटी में अगली पीढ़ी में जन्म लें।"

तीसरा ग्रामीण - "अब जब हमारे पाँव इस धरती से उठ गये तो फिर वह दिन कभी न आएगा, अब तो ऐसा लगता है जैसे हम बंजारे हो गये हैं।"

घर छूटा जाता है, वह आँगन छूटा जाता है जिसकी धूल की महक हमारी काया में सुवासित है। यह वही आँगन है जिसमें हमारे पहले कदम लड़खड़ाकर पड़े थे, फिर इसी आँगन में हम दौड़े, मजबूती से खड़े हुए और आज इसी आँगन से हमारे पाँव हमेशा के लिए उठे जाते हैं। आँगन में खड़े इन आम के पेड़ों पर हमने खूब झूला झूले हैं, इन पेड़ों की शीतल छाँव जिसके नीचे हमने माँ की आँचल की-सी निश्चिंतता और शीतलता का आनंद लेते मीठी नींद से जगा है। इन नदियों की अमृतधारा विषैली हो गयी हैं। दूर गाँव के लोग इन मोतियों से झरते झरने में स्नान करने आते थे, इसके जल के औषधीय गुणों से अपने चर्म रोगों सम्बन्धी स्वास्थ्य लाभ के लिए। इस झरने की ऐसी मान्यता थी कि झरने का पानी जंगल के विभिन्न औषधीय पेड़- पौधों की जड़ों से रिस कर बहता है और इसी कारण इस पानी में औषधीय गुणों से युक्त चमत्कारी शक्ति है जो स्वास्थ्य के लिए किसी रामबाण से कम नहीं। दूसरी ओर वनशक्तिमाता की असीम कृपा है इस निर्मल अमृतधारा पर, जिससे इसकी धार कभी मंद नहीं

पड़ती। अकाल के समय पचासों गाँव के लोग यहाँ आते थे पानी लेने ऐसा हमारे पूर्वज कहते थे।

हमारे पुरखों के लगाये आम के बगीचे छूटे जाते थे जहाँ हमारे बचपन के दिन गुजरे हैं कच्चे-पक्के आमों के स्वाद के साथ-साथ कोयल की मीठी कूक सुनते। और यह अखरा जहाँ की धूल में लोट-लोटकर हम बड़े हुए। अखरा में मांदर की थाप और ढोल - नगाड़ा की गड़गड़ाहट से सारे गाँव के लोग अपने सुख-दुःख भूलाकर, आपसी मतभेदों को छोड़कर रात भर थिरकते थकते न थे। अब कहाँ नसीब होगी वह आनंदानुभूति! बदलते मौसम के साथ हर उत्सव के त्योहारों की सुखद अनुभूतियों का गवाह है यह अखरा। हमारी आदिवासी अस्मिता का, आदिवासियों की लोक संस्कृति का, आदिवासी परम्परा का विरासत है यह अखरा, हमारे पूर्वजों का एक अनुपम उपहार है यह अखरा। जब तक अखरा का अस्तित्व है तब तक आदिवासियों की अस्मिता कायम है।

यह वनशक्ति देवी माता सिर्फ हम आदिवासियों की ही नहीं बल्कि हमारे पूर्वजों की, गाँव की, हमारे पशुधन, खेत- खलिहानों की, नदी तालाब वनों जमीन पहाड़ों की भी माता हैं।

लोगों ने पैसों की चकाचौंध में वनशक्ति माता को भी भुला दिया, इनका तिरस्कार किया, पुरखों की मान्यता और परम्परा से खिलवाड़ किया... शायद इसी का प्रकोप है कि अब हमारे पास न जमीन रही, न घर-आँगन, न नदी-जंगल, न खेत खलिहान और न ही हमारी हँसी-खुशी और सुखचैन, सब कुछ छीन गया हमारा। यह सब माता से मुँह मोड़ने का ही दुष्परिणाम है। हे वनशक्ति माता! अब तो हम आपको भी छोड़ने को लाचार हैं, क्षमा करना हमारी धृष्टता को, हमने पाप किया है इसलिए तो भुगतना पड़ रहा है। हमने माटी के साथ छल किया है। हमने तुम्हारी इजाजत के बगैर अपनी जमीनें कम्पनी को बेंच दिया। सुखी जीवन की लालसा और पैसों की चकाचौंध में हमने तुम्हारी अवज्ञा की है, क्षमा करना माता! क्षमा करना हम अज्ञानियों को।

आँखों में आँसू और हृदय में टीस लेकर आदिवासी समुदाय कूच कर गया अपने नये ठिकाने की ओर। नये ठिकाने पर पहुँचकर जैसे अपने कंधों से अपना सामान उतारकर अभी ठीक से थकान की लम्बी साँसे भी नहीं ले पाये थे कि वन-विभाग के अफसरों के साथ सिपाहियों का एक दल आ धमका।

अफसर ने धमकी भरे लहजे में चेताया - "खबरदार! अगर किसी ने एक खूँटी भी इस जगह गाड़ी तो, जंगल को क्या बाप की जागीर समझ रखा है; तुम लोग तुरंत अपना सामान उठाकर उलटे पाँव यहाँ से भागो अन्यथा जंगल के पेड़ काटने के कई केस तुम गाँववालों के ऊपर हैं, जंगल का अतिक्रमण करने के जुर्म में सबको अंदर सड़ा दूँगा।"

बुधन - "लेकिन साहब हम आदिवासी तो जंगल को अपनी माँ और पेड़ों को अपना भाई समझते हैं, हमने कभी भी बेवजह एक पेड़ भी नहीं काटा।"

वन-विभाग के अधिकारी - "इस तरह के मीठे तर्कों से कोई फायदा नहीं; तुम्हारी उपस्थिति में इस क्षेत्र से सैकड़ों पेड़ काटे गये हैं जिसका केस गाँववालों पर दर्ज है और मुझे तुम लोगों की कोई तर्क या फालतू बात नहीं सुननी, तुम लोग अपने सामान सहित यहाँ से भागो अन्यथा बुरे अंजाम के लिए तैयार रहो।"

आदिवासियों को तो मानो काटो तो खून नहीं। अब कहाँ जाएँ क्या करें कुछ नजर न आता था। चारों तरफ अंधकार ही अंधकार निराशा ही निराशा छाने लगी। सामान ढोती चलकर आयी थकी स्त्रियाँ मारे थकान के बैठना चाहती थीं पर इस अधिकारी की धमकी से लगा जैसे इस जमीन पर बैठना कानूनन अपराध हो। वे खड़ी की खड़ी एक-दूसरे का मुँह ताकती रह गयी। सन्नाटा ऐसा छाया था जैसे सबकी साँसें थम गयी हो... बस बीच-बीच में बकरियों के मिमियाने और बच्चों के माँ की गोद में कसमसाने की आहट सन्नाटे को कुछ पल के लिए भंग कर जाती थी। मारे चिंता और क्षोभ के पुरुषों की साँसे फुले जाती थीं। जाने अब क्या होगा। स्त्रियाँ मन ही मन ईश्वर और वनशक्तिमाता देवी से पूछ रही थीं, यह कैसी कठिन परीक्षा है माता?

बुधन ने सन्नाटा तोड़ते हुए कहा - "दया करें साहब हम असहायों पर, हमारी आपसे हाथ जोड़कर प्रार्थना है; नियति ने हमारे साथ बहुत बुरा खेल खेला है, कम से कम आप तो हमें बख्श दें, हम इतने सारे सामान, मवेशियों, स्त्रियों और बच्चों को लेकर कहाँ जाएँ और कम से कम इन बच्चों असहाय बूढ़ों पर तो तरस खाइए।"

वन-विभाग के अधिकारी - "यदि तुम पर तरस खाया तो यह सरकार मेरी नौकरी खा जाएगी फिर तो हम भी तुम्हारे साथ हो लेंगे, यह हमारे अधिकार-

क्षेत्र में नहीं कि हम तुम्हें यहाँ आश्रय दे सकें, मेरा काम जंगल को लोगों के अतिक्रमण से बचाना है।''

बुधन - ''साहब हम वादा करते हैं, कसम खाते हैं, जंगल को हम कोई नुकसान न पहुँचाएँगे, एक डाल तक न तोड़ेगे, ये बाहर के लोग पेड़ काट ले जाते हैं हम उससे भी जंगल की रक्षा करेंगे।''

अधिकारी - ''जंगल रक्षा के लिए तुम्हारी जरूरत नहीं है सरकार को, मैं तुम लोगों को आखरी बार समझाता हूँ यह कानून भावनाओं पर नहीं चलता, न ही तुम पर दया करके, न तुम्हारी भावनाओं की कद्र करके तुम्हें यहाँ रहने की अनुमति दी जा सकती है अतः तुम्हारी भलाई इसी में है कि तुम यहाँ से जितनी जल्द हो सके निकलो।''

बुधन - ''साहब इन छोटे-छोटे बच्चों पर रहम करें, हम इन दुध मुहें बच्चों की कसम खाकर कहते हैं हम जंगल को रत्ती भर भी नुकसान नहीं पहुँचाएँगे।''

अधिकारी - ''तुम लोगों को शायद जुबान की भाषा समझ नहीं आती।'' यह कहते हुए अधिकारी ने तैनात सिपाहियों को आदेश दे डाला - ''खदेड़ डालो सालों को यहाँ से!'' फिर क्या था, सरकारी लाठियाँ चलनी शुरू हो गयीं। कहाँ सामान, कहाँ बैल- बकरियाँ और कहाँ स्त्री- पुरुष, जिसको जो रास्ता मिला भाग खड़े हुए सभी। स्त्रियाँ, बच्चों को बचाती लाठियाँ खाती भागती रहीं। बैल- बकरियाँ रस्सी छटककर विदक भागे। कुछ आदिवासी पुरुष लाठियाँ रोकते वहीं खड़े रहे इस आशा में कि कब लाठियाँ रुकें। आखिर वे भागकर जाते भी तो कहाँ जाते। इस भगदड़ के बीच भागने में असमर्थ बूढ़े एक-दूसरे के माथे का खून पोंछते अपनी नियति पर आँसू बहाते अपनी सहारे की लाठी तलाशते रहे। सब कुछ तितर-बितर हो गया था। दूर कहीं झाड़ियों से, पेड़ों के पीछे से बच्चों का क्रंदन रुक-रुककर सुनाई पड़ता था।

शाम की इस घटना ने आदिवासियों को विचलित कर दिया था। अँधेरा होने लगा तो वन-विभाग के अधिकारियों ने यहाँ से भाग जाने की चेतावनी दी और अपने सिपाहियों के साथ लौट गये।

अँधेरा हुआ तो दहशत और भय के बीच सभी स्त्री-पुरुष अपने बिखरे सामान के पास वापस लौटे। सबके चेहरे पर एक गहरा अवसाद और बेबसी

थी। आज लाठियों की चोट तो उनके लिए आम थी पर हृदय में विस्थापन की जो गहरी चोट नियति ने दिया था वह असह्मय थी।''

रात में वे सभी लोग लँगड़ाते कराहते अपने बिखरे सामानों को समेटकर अपने उसी गाँव में लौट आये जहाँ धूल, धुआँ, प्रदूषण, बीमारियाँ और दुर्घटनाएँ उनके स्वागत में तत्पर थीं। इन सबके बावजूद इस मिट्टी में सुकून था, इसी मिट्टी में उनका कलेजा ठण्डक पाता था। जो अखरा उनका अपना था, यह मिट्टी अपनी थी, यहाँ की धूल भी घाव में मरहम-सी जान पड़ती थी।

शरीर का घाव तो भर गया पर दिलों में जो गहरी चोट लगी थी इसे भरने में शायद वक्त लगेगा। आदिवासियों की परेशानियाँ दिनानुदिन बढ़ती ही जाती थीं। धूल धुआँ और विषैली हवा पानी से बच्चे और बुजुर्ग अक्सर बीमार रहने लगे थे। खाई में डूबने, खदानों में विस्फोट और गाड़ियों की चपेट में आने से आदिवासी समुदाय काल कवलित होता रहा। जब सब्र की हद हो गयी तो आदिवासियों ने कम्पनी के अधिकारियों से मिलकर इन समस्याओं के समाधान के लिए अनुनय विनय और प्रार्थनाएँ कीं। यह पहली दफा नहीं था जब आदिवासी समुदाय ने अधिकारियों को अपना दुखड़ा सुनाया बल्कि इससे पहले भी आदिवासियों ने अपने दुखड़े सुनाए थे, पर कम्पनी इनकी जिजीविषा की परीक्षा लेकर इस हद तक देखना चाहती थी कि आदिवासी समुदाय किस मुकाम में जाकर टूटते हैं। जब आदिवासियों के पास एक भी रास्ते नहीं बचे तो कम्पनी ने एक कुटिल सुझाव सुझाया। कम्पनी के एक अधिकारी ने कहा - ''कम्पनी तो कब से चाहती है कि आप एक सुरक्षित जगह पर जाकर स्वस्थ जीवन जिएँ पर आप लोग तो हैं ही ऐसे कि अपनी जमीन को छोड़ना ही नहीं चाहते; आखिर क्या रखा है कोयले की धूल से पटी इन जमीनों में।''

बुधन - ''साहब जमीन ही तो हमारी आजीविका का आधार है, इसी जल जंगल और जमीन में तो हम सदियों से खुशहाल जीवन जीते आये हैं। जमीन हमारे पूर्वजों की दी हुई एक अनुपम सौगात है जो सुख-समृद्धि का अक्षय भण्डार है, इन्हीं जंगलों पहाड़ों नदियों में हमारी आत्माएँ बसती हैं।''

अधिकारी - ''तो फिर आपके पास सुख- समृद्धि का अक्षय भण्डार रहते इस कम्पनी के आगे हाथ फैलाने मिन्नतें करने क्यों आते हैं?''

टिभर - ''साहब आप बुरा न मान तो इस अक्षय भण्डार पर कम्पनी की

काली नजर लग गयी है। कम्पनी के कारण हमारी सारे जमीन कोयले के धूल से बेकार बंजर हो गयी है, इन जमीनों से अनाज उगाकर पेट भर लेने मात्र का रिश्ता नहीं है बल्कि इन जमीन के माध्यम से हमारी अपनी सभ्यता संस्कृति आदिवासी अस्मिता जीवित है, यह जमीन हमारे पूर्वजों का आशीर्वाद है, इस मिट्टी के कारण ही हम अब तक आधुनिक सभ्यता के दौर में भी अपनी परम्परा और संस्कृति को अक्षुण्ण रखे हुए हैं।''

अधिकारी - ''दुनिया मंगल और चाँद पर सैर कर रही है और आप अपने इस जंगलीपन और अंधविश्वास को सभ्यता और संस्कृति का नाम देकर स्वयं अपना मजाक बना रहे हैं।''

टिभर - ''नहीं साहब, हम अपनी दुनिया में बहुत खुश थे, बशर्ते बाहरी सभ्यता की यदि हम पर गिद्ध नजर न होती।''

अधिकारी - ''न स्कूल, न अस्पताल, न पीने योग्य साफ पानी, क्या यही जंगलीपना तुम्हारी सभ्यता है?''

टिभर - ''हाँ साहब, एक ऐसी सभ्यता जहाँ अस्पताल की आवश्यकता ही नहीं, इतनी मजबूत सभ्यता जहाँ कभी कोई बीमार ही न पड़ता हो; यदि थोड़ी बहुत व्याधियाँ, चोट आदि हो तो इसका इलाज भी हम अपने ही हाथों अपने जंगल की जड़ी-बूटियों से कर लेते हैं। दिखावे की सभ्य दुनिया की तरफ नहीं जहाँ स्वयं बीमार पड़ने का उपाय करो और फिर अस्पताल बनवाओ, धूल धुआँ प्रदूषण खानपान आदि में पैसे खर्च करो यानी बीमार होने के लिए भी पैसे खर्च करो और इन्हीं बीमारियों में खर्च होते पैसे कमाने के लिए बीमार पड़ जाओ। हमारी भाषा में एक कहावत है - 'इस कोठी का धान उस कोठी।' यानी बेकार का मानसिक और शारीरिक श्रम, न कभी जीवन में आराम न आनंद और फिर इन्हीं बीमारियों के लिए अस्पताल रूपी दुकान खोलकर सभ्यता का तमगा टाँग दो। आपने ठीक कहा कि हमारे यहाँ स्कूल नहीं हैं। बड़े-बड़े महँ।गे स्कूलों में पढ़कर हम चोरी, बेईमानी, रिश्वतखोरी, ईर्ष्या- द्वेष, छल- प्रपंच, कुटिलता, विनाशकारी विद्या ही तो सीखते हैं... ये सब किसलिए? सभ्यतापूर्ण जीवन जीने के लिए? नहीं चाहिए ऐसी सभ्यता हमें। इंजीनियर, डॉक्टर, वकील, जज, प्रशासनिक अधिकारी सब अपनी - अपनी कुटिल विद्या का इस्तेमाल स्वार्थ के लिए करते हैं मानवता के लिए नहीं। सभ्य कहे जाने वाले

इन पेशेवरों की विद्याएँ लोगों को लूटने, देश को बर्बाद करने में ही इस्तेमाल होती हैं, इससे भला तो अपना जंगलीपना ही है साहब। सीधा, सरल, सादगीपूर्ण जीवन ही हम अनपढ़ों की सभ्यता है, इन तथाकथित विद्वानों, सभ्यता के ठेकेदारों से तो हम अनपढ़ जंगली ही भले जो न कभी रुपया भर की बेईमानी जाने, न कुटिलता, न किसी को सताये, न रुलाये। नहीं चाहते हम ऐसी विद्या, ऐसी पढ़ाई और ऐसे स्कूलों की शिक्षा, नहीं चाहते हम ऐसी सभ्यता जो हमें इंसानी मूल्यों से गिराकर जानवर बना दे, सिर्फ जीने के लिए जीवन भर पाप कराये, इंसानियत का विनाश कराये, और अंततोगत्वा यह सारा धन छोड़कर नर्कगामी बनाए।''

इस अधिकारी ने तो जैसे किसी संत महात्मा के चरणों में बैठ तत्वज्ञान का गूढ़ रहस्य हासिल कर लिया हो। आँखें विस्मित थीं किंतु मन एकाग्रचित्त। अधिकारी का सारा विद्याभिमान जैसे बर्फ की तरह पिघलकर बह चला हो। उसकी यह धारणाएँ टूट चलीं कि इन अनपढ़ जंगली आदिवासियों की सभ्यता निकृष्ट है बल्कि उसने महसूस किया कि अनपढ़, अज्ञानी समझे जाने वाले, जंगल पहाड़ों में बसने वाले इन वनवासियों की सभ्यता हमारी विकसित समझी जाने वाली सभ्यता से कहीं ज्यादा उच्च, मौलिक, प्राकृतिक और आदर्श है, जहाँ दिखावे की लेशमात्र भी जगह नहीं। यह हमारी भारतीय सभ्यता का मूल, वास्तविक और आदर्श स्वरूप है जो इन्हीं जंगल पहाड़ों में बसने वाले वनवासियों के पास संरक्षित है और जिसे हर हाल में संरक्षित करने की आवश्यकता है। कहीं इन आदिवासियों की सभ्यता हमारी तरह दिखावे की विकसित सभ्यता बन गयी तो फिर मानव, मानव नहीं मशीन बन जाएगा जिसके अंदर दया, प्रेम, सद्भावना, सच्चाई, निश्छलता, इंसानियत आदि मानवीय मूल्य समाप्त हो जाएँगे।

अधिकारी कभी सोच भी नहीं सकता था कि इन अनपढ़ और जंगली समझे जाने वाले आदिवासियों के पास हम पढ़े-लिखों से कहीं ज्यादा श्रेष्ठ और सच्चा ज्ञान-भण्डार पड़ा है। जिसे शायद हम सभ्य संसार के शिक्षित, ज्ञानी, होशियार समझे जाने वाले लोग कभी नहीं समझ सकेंगे। यदि समझ आ भी गया तो इसे मानने आत्मसात करने की क्षमता शायद सभ्यता के नाम पर हम खो चुके हैं। क्योंकि आग को रखने की क्षमता मिट्टी में ही होती है।

अधिकारी को एक पल के लिए लगा कि वह हाथ जोड़कर टिभर के

चरणों में गिर पड़े पर वह ऐसा नहीं कर सका। कारण कि वहाँ उपस्थित अन्य अधिकारियों के सामने ऐसा करना मूर्खता असभ्यता समझी जाती और कदाचित कम्पनी के प्रति वफादारी पर प्रश्नचिह्न उठ खड़ा होता। हृदय तो इन आदिवासियों के आगे नत था पर अपनी मर्यादा और सभ्यता का खयाल कर वह ऐसा नहीं कर सका। उसकी स्थिति ऐसी थी जैसे आदिवासियों ने अपने सम्मोहन से सम्मोहित कर लिया हो। उसे अपनी वास्तविक स्थिति का ख्याल हुआ। इस वक्त वह इन आदिवासियों के लिए कम्पनी का एक अधिकारी था और ये आदिवासी उसके याचक पर हृदय तो इन आदिवासियों को अपना आदर्श मानने को आतुर था। इस द्वंद्व के बीच वह स्वयं को तटस्थ रखते हुए बड़े सम्मानपूर्वक अदब से पूछा - "कहिए मैं आपकी क्या सेवा कर सकता हूँ?"

सुगना - "सेवा क्या करेंगे मालिक, बस हम छोटी-सी प्रार्थना लेकर आये हैं दया करके यदि स्वीकृत हो तो बड़ी कृपा होगी।" उन्होंने हाथ जोड़ दिये। मालिक शब्द के साथ हाथ जोड़ने से जैसे अधिकारी का हृदय बिंध गया हो।

अधिकारी - "कृपया आप अपनी समस्याएँ बताएँ।"

क्रूर अधिकारी आदिवासियों को आज बड़ा आत्मीय जान पड़ा। पत्थर आज मोम की भाषा बोल रहा है। अधिकारी का रौब सहायता का रूप लेना चाहता है। जब बात आगे बढ़ी तो आत्मीयता भी बढ़ती गयी। फिर क्या था, आदिवासियों ने खुलकर अपनी दुःखड़ा सुनाया। दुःखड़ा सुनते-सुनते कितनों के आँखों में आँसू छलक आये। ये सीधे- साधे आदिवासी अधिकारी को फरिश्ता के रूप में देखने लगे। धूल, धुआँ, दुर्घटनाएँ रोजी-रोजगार की समस्याएँ सब कुछ सिलसिलेवार चलता रहा। सारी बातें सुनने के बाद अधिकारी ने एक कागज निकालकर वर्तमान परिप्रेक्ष्य की दो ज्वलंत मांग लिखा -(1) आदिवासियों को धूल, धुआँ, प्रदूषण मुक्त वातावरण उपलब्ध कराना तथा साफ पानी का प्रबन्ध। (2) कम से कम प्रत्येक घर से एक व्यक्ति को ताप विद्युत कारखाने में नौकरी प्रदान करना।

अधिकारी जानता था कि उनकी यह दो माँग नियम के प्रतिकूल और कम्पनी के लिए नुकसानदायक हैं फिर भी वह अपने सारे काम छोड़कर यह माँगे लेकर दौड़ा- दौड़ा अपने उच्चाधिकारी के पास गया।

उच्चाधिकारी - "तुम इस तरह बदहवास भागे- भागे क्यों आ रहे हो, कहीं कुछ गड़बड़ तो नहीं?"

अधिकारी - "नहीं।"

उच्चाधिकारी - "तो फिर?"

अधिकारी - "इन आदिवासियों की माँग से अवगत कराने आया हूँ।"

उच्चाधिकारी - "अरे तो इसमें अपना काम छोड़कर इस तरह हायतौबा मचाने की क्या जरूरत है, कहीं कोई मरा तो नहीं जा रहा है।"

अधिकारी - "वे धूल, धुआँ, प्रदूषण और दुर्घटनाओं का लगातार शिकार होते जा रहे हैं, उनकी सेहत पर बुरा असर पड़ रहा है, वे लगातार बीमारियों से ग्रसित होते जा रहे हैं जिसका प्रबंधन और रोकथाम करना कम्पनी फर्ज है।"

उच्चाधिकारी - "अब तुम मुझे कम्पनी का फर्ज दिखाओगे! (कुछ क्षण रुककर) तुम्हारे चेहरे की बदहवासी देख तो मुझे प्रतीत होता है कि उनसे ज्यादा तुम्हारी सेहत बिगड़ी हुई है।"

अधिकारी - "नहीं मैं ठीक हूँ।"

उच्चाधिकारी - "जरूर जादू टोना किया है उन आदिवासियों ने तुम पर।"

अधिकारी - "क्या आप भी इन बातों में विश्वास करते हैं?"

उच्चाधिकारी - "विश्वास तो नहीं करता पर तुम्हारी हालत देख ऐसा लगता है; कहीं कोई हीरे का पत्थर -वत्थर तो लाकर नहीं दे दिया उन जंगलियों ने जिसके लिए तुम उनकी इतनी तरफदारी कर रहे हो।"

अधिकारी - "हाँ कुछ ऐसा ही है सर, हीरे से भी कहीं ज्यादा कीमती वह ज्ञान जिसकी स्थापना हमारे ऋषि-मुनियों ने संसार के कल्याण के लिए किया था, वह कहीं हमारे सभ्य संसार में खो गया है पर जिसकी झलक मैंने उन जंगली कहे जाने वाले आदिवासियों में पाया है।"

उच्चाधिकारी - "पहले तुम बैठो, पानी पियो और अपना मिजाज ठीक करो और यदि ज्यादा तकलीफ है तो डॉक्टर को दिखाओ।"

अधिकारी - "आप जो कुछ भी समझ रहे हैं ऐसा कुछ भी नहीं, बस उन आदिवासियों को उनका अधिकार और कारखाने में रोजगार देने की कृपा करें ताकि वे अपना जीवन बसर कर सकें।"

उच्चाधिकारी - "ठीक है ठीक है मैं समझ गया।" यह कहते हुए उच्चाधिकारी अंदर गया और लगभग बीस मिनट बाद अपने हाथों में एक पत्र लेकर आया। पत्र, अधिकारी को थमाते हुए कहा - "अब तुम जा सकते हो।" और वह फिर से अपने अन्य कामों में व्यस्त हो गया। अधिकारी ने पत्र पढ़ा। देखा यह उसका स्थानांतरण पत्र था। लिखा था - यहाँ का जंगली वातावरण इन अधिकारी को सूट नहीं कर पाया, काफी दिनों से इस वातावरण में काम करते इनकी मानसिक स्थिति अस्वस्थ हो चुकी है, इस वक्त ये यहाँ के वातावरण में काम करने की स्थिति में नहीं है, इन्हें कुछ दिन आराम की आवश्यकता है अतः इन्हें दो माह का रेस्ट देते हुए इनका स्थानांतरण कम्पनी मुख्यालय में किया जाता है।

जी. एम.

सी.सी.एल. लातेहार। अधिकारी - "सर यह तो अन्याय है।"

उच्चाधिकारी - "आप यहाँ से जा सकते हैं, आपकी मानसिक स्थिति ठीक नहीं अन्यथा मुझे आपको मेण्टल हॉस्पिटल शिफ्ट कराना होगा।"

अधिकारी उठकर चला गया। बाहर आदिवासियों का प्रतिनिधिमंडल बड़ी बेसब्री से उनका इंतजार कर रहा था। अधिकारी की आत्मीयता देख इस बार उन्हें पूरी उम्मीद थी कि उनकी दोनों माँगे बेशर्त पूरी कर दी जाएँगी। इन सीधे-सादे लोगों को क्या पता था कि यहाँ अधिकारियों के अधिकारी होते हैं। अधिकारी को अपनी ओर आता देख सभी उत्सुकतापूर्वक टकटकी लगाए उसकी ओर देखते रहे, पर अधिकारी उनके पास आकर रुका नहीं बल्कि वह सीधा निकल गया। प्रतिनिधिमंडल के साथ लोग उसके पीछे दौड़े और पूछते रहे - "साहब क्या हुआ हमारी माँगों का? क्या हमें फिर कल बुलाते हैं?" अधिकारी उनकी किसी भी बात का कोई जवाब दिए बगैर तेज गति से आगे बढ़ता रहा और अपनी गाड़ी में बैठकर चला गया। प्रतिनिधिमंडल के सदस्यों ने समझा अधिकारी शायद गुस्से में हैं या फिर हमसे नाराज है, पर हमने तो ऐसा कुछ न किया न ही कुछ कहा। हमने तो विनम्रतापूर्वक अपनी माँगे रखी।

क्या हमने कुछ ज्यादा ही माँग लिया। उन्हें कुछ समझ में ना आ रहा था कि इतनी आत्मीयतापूर्वक बातें करने वाला अधिकारी एकाएक इतना नाराज कैसे हो गया।

कुछ दिनों बाद जब पुराने अधिकारी के स्थान पर नये अधिकारी आये तो प्रतिनिधिमंडल के सदस्य पुनः अपनी माँग को लेकर नये अधिकारी के पास पहुँचे। राम सलाम की औपचारिकताओं के बाद अधिकारी ने पूछा - ''कहिए क्या काम है?''

बुधन - ''पुराने अधिकारी...?''

अधिकारी - ''पुराने अधिकारी की बात भूल जाइए, उनकी बातें उनके वादे उन्हीं के साथ चले गये।''

बुधन - ''हम बड़ी विकट परिस्थितियों में जीने को मजबूर हैं, धूल, धुआँ, प्रदूषण से तरह-तरह की बीमारियाँ, खदानों में गिरने से बच्चों की मौत, खदानों के विस्फोट और गाड़ियों के चपेट में आने से हमारे लोगों और मवेशियों की मौत जैसी दुर्घटनाओं का हम लगातार शिकार होते रहे हैं, हमें कोई नयी जगह मुहैया करायी जाए जहाँ हम इन परिस्थितियों से निजात पा सकें... दूसरा यह कि हमारे खेती योग्य जमीन धूल और बढ़ते प्रदूषण से बंजर हो चुके हैं जहाँ अब खेती करना सम्भव नहीं। यह खेती हमारी जीविका का मुख्य आधार थी जो अब नहीं रही अतः हमें जीविकोपार्जन के लिए नौकरियाँ दी जाएँ बस हमारी यही दो माँगे हैं।'' पहले तो अधिकारी मुखमुद्रा, ललाट पर तन चुकी चिंतन की रेखाओं और भिंचे होठों से ऐसा प्रतीत हुआ जैसे वह इस मामले से बहुत चिंतित और गम्भीर है। उसने कुछ ही पल बाद कहा - ''आपकी दोनों माँगे नाजायज है। मैं सबसे पहले आपकी दूसरी मांग के विषय में बता दूँ कि जिसके नाम दो एकड़ जमीन है वह अभी भी नौकरी के लिए आवेदन दे सकता है; हमारी कम्पनी के नियम के अनुसार दो एकड़ जमीन पर एक नौकरी उसके योग्यता अनुसार दिया जा सकता है और इस नियम के तहत आपके गाँव के कुछ परिवारों के एक- एक सदस्यों ने नौकरी लिया भी है; अब यदि हर विस्थापित व्यक्ति नौकरी माँगे तो यह कम्पनी खैरात बाँटने नहीं आयी है।

जतरू - ''साहब, जिन परिवारों के पास दो एकड़ जमीनें थी वे तो

नौकरियाँ ले चुके; दो तीन भाइयों में किसी एक को ही नौकरी मिली बाकी लोग कहाँ जाएँ कैसे जिएँ अब हमारा पुश्तैनी पेशा कृषि भी तो नष्ट हो गया।''

अधिकारी - ''तो मैं स्पष्ट कर दूँ कि बाकियों को नौकरी मिलना असम्भव है, बाकी लोगों के लिए रोजगार और जीविकोपार्जन का विकल्प न ही कम्पनी के पास है और न ही किसी नियम में। मैं किसी को झूठा आश्वासन देकर परेशान करना बार-बार कम्पनी का दफ्तर दौड़ाना नहीं चाहता, आप सीधे-साधे लोग हैं। यदि किसी व्यक्ति या किसी अधिकारी ने आपको झूठे आश्वासन में उलझाए रखा हो तो वह आपको बेवजह परेशान कर रहा है, आप ऐसे अधिकारी या व्यक्ति से सावधान रहें, दूर रहें। हो सकता है वह स्वार्थ या छोटे-मोटे धन के लालच में आपसे पैसे ठगने की मंशा पाल रखा हो। कम्पनी का दो एकड़ में एक नौकरी योग्यता अनुसार इंटेले का प्रावधान है और इस नियम के विरुद्ध कोई काम या कोई बात करना भी समय और शक्ति की बर्बादी है।

जतरू - ''तो साहब .....।''

अधिकारी बीच में ही बोल पड़ा - ''इस माँग पर अब और कोई बात नहीं, आगे कहें।''

बुधन - ''तो फिर हमारी पहली माँग का क्या विकल्प है ?''

अधिकारी - ''कम्पनी के पास हजारों एकड़ जमीन है। कम्पनी वहीं खुदाई करती है जिस जमीन पर उसे ज्यादा और अच्छे कोयले की प्राप्ति हो सके ताकि कम लागत से अच्छा मुनाफा हो सके और यही काम हर कोई करता है, आप भी ऐसा सोच-विचार कर ज्यादा मुनाफे वाले काम चुनते हैं कि नहीं ?''

बुधन - ''हाँ साहब हम भी ऐसा ही करते हैं।''

अधिकारी - ''तो फिर यह आपका सौभाग्य कहें या दुर्भाग्य कि आपके गाँव के नीचे भगवान ने काला हीरा (कोयला) का एक बहुत बड़ा भण्डार छुपा कर रख छोड़ा है जिसे हम खोदकर निकाल रहे हैं और जहाँ खुदाई होगी वहाँ धूल - धुआँ प्रदूषण और तमाम तरह की घटनाएँ तो होना निश्चित हैं, इसमें किसी का भाग्य या किसी कम्पनी के अधिकारी या व्यक्ति का कोई दोष नहीं।''

बुधन - ''तो क्या साहब हम इसी तरह बीमारियों और दुर्घटनाओं का

शिकार होते एक-एक कर समाप्त हो जाएंगे?''

अधिकारी - ''यह तो मैं नहीं कह सकता पर हाँ इसका एक विकल्प है कम्पनी आपको अपनी ऐसी जमीन रहने के लिए दे सकती है जहाँ आप इन सब तमाम परेशानियों से दूर निश्चिंतता पूर्वक रह सकते हैं इस एवज में कि आप अपनी वह जमीन कम्पनी को दे दें जिस पर आप रह रहे हैं, इसके लिए कम्पनी आपको मुआवजे के रूप में उचित धनराशि देगी, हिसाब बराबर है, कम्पनी को आप अपनी जमीन दें, कम्पनी आपको रहने के लिए अपनी जमीन देगी। ऊपर से कम्पनी जमीन का मुआवजा देगी वह आपका फायदा, इंसानियत के नाते कम्पनी आप लोगों को ऐसी सुविधाएँ दे रही है अन्यथा कम्पनी को क्या पड़ी है, कम्पनी को न जमीन की कमी है न पैसों की।''

पुसन - ''हम जान दे देंगे पर अपनी जमीन नहीं।''

अधिकारी - ''तो फिर आप इसी तरह एक-एक कर जान देते समाप्त हो जाइए, फिर यहाँ दफ्तर में दौड़ क्यों लगा रहे हैं?'' अधिकारी ने बेरुखी से कहा।

सभी लोग उठकर वापस गाँव आ गये। आदिवासी समुदाय इसी घुटनपूर्ण वातावरण में रहने को मजबूर थे, कहीं कोई रास्ता ना सूझ पढ़ता था। तभी दो-एक घटनाएँ और हो गयी। अबकी सावना की बारी थी। डेढ़ माह का बच्चा बीमार पड़ा। शहर के अस्पताल में आईसीयू में दो दिन रहा। सारे नाते-रिश्तेदारों सगे-सम्बन्धियों से लेन-देन कर दो दिन तो बच्चे को बचा पाया, तीसरे ही दिन पैसों के अभाव में आईसीयू से बाहर निकालते ही बच्चे ने दम तोड़ दिया। ज्यादातर बच्चे और बूढ़े साँस सम्बन्धी बीमारियों के शिकार हो रहे थे। खदान में विस्फोट से फिर से बड़े कोयले की चट्टान ने विरसा का छप्पर रात में ही तोड़ दिया। शुक्र है किसी की जान नहीं गयी। सरतू का बैल चारा के अभाव में सूखकर मर गया। तात्कालिक घटना यह हुई कि गाँव की स्त्रियाँ खेती के अभाव में भूख से त्रस्त, खदानों से कोयला चुनकर बेचने को मजबूर थीं। भुखमरी से लाचार रोटी की जुगाड़ में गाँव की तीन स्त्रियाँ खदान से कोयला निकालने के क्रम में खदान धँसने से उसी में दबकर मर गयी। जिला प्रशासन कम्पनी के विरुद्ध कार्रवाई करने के बजाय इसे अवैध कोयले की चोरी करार देकर उलटे गाँववालों पर ही शिकंजा कसना शुरू कर दिया और इसी

सिलसिले में गाँव से चार युवकों को कोयला चोरी के आरोप में पकड़कर जेल भेज दिया। गाँववालों के पास अब सिवा मौत के अन्य कोई रास्ता न बचा।

गाँव से जो लोग नौकरियाँ करते थे वे तो शहर में किराये के बक्सेनुमा मकान में घुट-घुटकर जी भी रहे थे, पर यहाँ रह गये लोगों के पास तो जीने के कोई विकल्प न थे। भूख और बीमारी से बदहाल जीवन बर्दाश्त के बाहर हो चुका था, ऊपर से ये जानलेवा दुर्घटनाएँ रही-सही कसर पूरी कर देती थीं। जीवन बड़ा कष्टमय और दूभर हो चुका था। न साफ हवा ना पानी, न खाने का ठिकाना न कोई रोजी-रोजगार के साधन। कोयला चुनो तो चोरी के आरोप में जेल... आखिर ये आदिवासी जिएँ तो कैसे जिएँ।

तीन स्त्रियों की मौत से भयभीत और त्रस्त कुछ परिवार गाँव के लोगों की सहमति के बगैर अपने घर-द्वार की सारी जमीनें कम्पनी को बेचकर मुआवजे की आस देख रहे थे कि कब मुआवजा मिले और परिवार सहित वे रोजी-रोटी की तलाश में कहीं अन्यत्र चले जाएँ। देखा-देखी बहुत से परिवार अपने घर व जमीन के कागजात कम्पनी के दफ्तर में दे आये।

बरदाश्त की पराकाष्ठा पर गाँव के सारे आदिवासी समुदाय ने मिलकर यह तय किया कि यह स्वर्ग-सी पुरखों की इस धरती को छोड़कर, जमीन के प्रति मोह-ममत्व त्यागकर कहीं अन्यत्र शरण लेना ही पड़ेगा और एक दिन प्रतिनिधिमंडल के साथ आदिवासी समुदाय अपनी जमीनों के कागजात लेकर कम्पनी के दफ्तर पहुँचे।

अधिकारी ने उन्हें आदर सहित बिठाया। थोड़ी देर में अमीन आकर सब के कागजात पर हस्ताक्षर कराया और जाँचकर अधिकारी को बताया कि कुछ एक प्लाट का कागजात नहीं है। अधिकारी जानता था कि ये उन्हीं प्लॉट के कागजात नहीं होंगे जिस पर अखरा, सरना स्थल और वनशक्ति देवी का मंदिर स्थित है। अधिकारी ने तुरंत आदिवासियों से बात किया - ''गाँव के कुछ जमीन प्लॉट - 133, 138, और 209 के कागजात नहीं हैं।''

बुधन - ''हाँ ये तीन स्थल हमारे धार्मिक सांस्कृतिक स्थल हैं जिसे हम बेच नहीं सकते।'' अधिकारी का शक सही निकला लेकिन इस प्लॉट के नहीं आने से कम्पनी के प्रोजेक्ट को बदलना पड़ सकता था या फिर भारी नुकसान उठाना पड़ सकता था।

अधिकारी - "देखिए ऐसा नहीं होता कि जमीन के बीच-बीच की टुकड़ियाँ छोड़ हम जमीन खरीदें, यदि आप अपने इन धार्मिक सांस्कृतिक जमीन सहित सारी जमीन बेचेंगे तो ही हम खरीदेंगे अन्यथा यह जमीन हमारे किसी काम की नहीं।"

ग्रामीण युवक - "चाहे आप हमारी जमीन लें या न लें, हम अपनी धार्मिक सांस्कृतिक स्थली को बेचना तो दूर बेचने की बात सोच भी नहीं सकते।"

अधिकारी - "तो फिर हम आपकी जमीन नहीं खरीद सकते।"

सुगना - "भाइयों चलो! कम्पनी तो हमारी बेबसी का पूरा फायदा उठाना चाहती है; आप सभी क्या कहते हैं, इन धार्मिक सांस्कृतिक स्थलों को भी बेच दिया जाए?" लगभग सभी लोगों ने नजरों ही नजरों में असहमति जतायी। वह पुनः बोला - "तो फिर चलो अपने-अपने कागजात लेकर, हमें नहीं बेचना जमीन।" और सभी उठकर चलने को तत्पर हो गये। कम्पनी का अधिकारी अच्छी तरह जानता था कि यदि ये जमीन हाथ ना आया तो कम्पनी को भारी नुकसान उठाना पड़ सकता है। हाथ में आयी मछली फिर से तालाब में छूट जाए यह तो ठीक नहीं... इसी जमीन को हथियाने के लिए तो कम्पनी ने जानबूझकर उन आदिवासियों का घर-आँगन खोदकर खाई बनाया, इसी जमीन से भागने को मजबूर करने के लिए सुरक्षा को ताक पर रखकर ब्लास्ट कराये ताकि ये आदिवासी भयभीत होकर जमीन छोड़ भाग जाएँ। दूसरी दूर जगह छोड़कर इसी गाँव में खुदाई की और घरों के चारों तरफ इतने रास्ते बनाये की ये धूल से परेशान होकर ये आदिवासी समुदाय स्वतः अपनी जमीन बेचने को बाध्य हो जाएँ। कम्पनी किसी भी हाल में इस गाँव की जमीन को खोना नहीं चाहती थी। अधिकारी ने बात सँभालते हुए कहा - "आप लोग तो बेवजह नाराज होने लगे।"

सुगना - "हम किसी भी कीमत पर यह जमीन नहीं बेच सकते इससे ज्यादा हमें और कुछ नहीं कहना।" उसने तनकर कहा। लोगों के तेवर देख अधिकारी को लगा ये बिना प्रलोभन के मानने वाले नहीं हैं।

अधिकारी ने फिर कहा - "अच्छा कोई बात नहीं, इस विषय में हम कम्पनी के उच्चाधिकारियों से बात करेंगे, मुझे उम्मीद है हमारे उच्चाधिकारी

आपकी बातों को जरूर मानेंगे इसीलिए मैं चाहता हूँ कि आप अपने कागजात यहीं रहने दें।

आदिवासियों की विकट लाचारी तो है ही, उन्होंने आपस में मशविरा किया। सहमति बनी। दो दिन और इंतजार कर लेने में कोई हर्ज नहीं, यदि वनशक्ति माता की कृपा से हमारी बातें मान ली जाती हैं तो ठीक है अन्यथा हम तो लाचार हैं ही।

टिभर - "ठीक है, हम सब कल आकर जैसी सहमति बनेगी या तो अपने कागजात वापस ले जाएँगे या फिर जमीन कम्पनी के नाम कर जाएँगे।"

ग्रामीण आदिवासी वापस गाँव लौट आये। उनके लौटने के बाद शाम से ही खदानों में सामान्य दिनों से तिगुना विस्फोट हुए। विस्फोट से कोयले के बड़े-बड़े चट्टान लोगों के घरों में गिरने लगे। आदिवासी समुदाय अपने ईश्वर को याद कर किसी तरह सही सलामत सुबह हो जाने की प्रार्थना करने लगे। भय और भागमभाग के बीच उनकी रातें गुजरीं। सुबह होते ही पाँच सदस्यीय प्रतिनिधि मण्डल के आह्वान पर अखरा में एक आपातकालीन सभा बुलायी गयी। सामान्य औपचारिकताओं और अभिवादन के बाद सभा को सम्बोधित कर बुधन ने कहा - "भाइयों! हम चारों तरफ से लाचार हो चुके हैं, आगे खाई पीछे कुआँ की स्थिति हो गयी है हमारी; कल कम्पनी के अधिकारियों से हमारी वार्ता सफल न हो सकी, उनका कहना है कि हमें यदि जमीन देना है तो सारी जमीने दें अन्यथा वे जमीन नहीं लेंगे और हमारी माँग थी कि आप हमारी सारी जमीन ले लो पर अखरा, सरना और वनशक्ति माता देवी के मंदिर (आदिवासियों का पवित्र पूजा-स्थल) वाले जमीन हम नहीं बेच सकते हैं, इन पवित्र स्थलों को बेचकर हम पाप करना भी नहीं चाहते। लेकिन यदि हम जिद पर अड़े रहे तो शायद यह मौका हमारे हाथों से निकल जाएगा। अब तो कम्पनी के धूल, धुआँ और दुर्घटनाओं से इतने त्रस्त हो गये हैं कि मुफ्त ही यह जगह छोड़ना पड़े तो मेरी समझ से आप तैयार होंगे। आज की रात खदानों में विस्फोट से मुझे तो लग रहा था अब हम शायद ही जिंदा बचें। भाइयों बताइए इस तरह के फाँस के बीच आप क्या करना चाहेंगे!"

एक ग्रामीण - "आप समझदार हैं गाँव का भला सोचते हैं, हमें आप पर पूरा भरोसा है, आप जो भी निर्णय ले जो भी करें गाँव के भले के लिए ही

करेंगे, पर मेरा मन इन देवस्थलों को बेचने का नहीं करता, इतने बड़े पाप का भागी हम नहीं होना चाहते हैं इससे भली तो मृत्यु है।''

दूसरा ग्रामीण- ''आप तो मृत्यु को तैयार हैं पर अभी तो हमारी पीढ़ी के कुछ बच्चे दुनिया भी नहीं देख पाये हैं, कुछ तो गोद से बाहर झाँक तक नहीं पाये हैं... हाँ यह तो निश्चित है कि यदि हम यहाँ कुछ दिन रहे तो निःसंदेह हम सभी एक-एक कर मारे जाएँगे। कम्पनी का काम तेजी से बढ़ता ही जा रहा है। धूल, धुआं, प्रदूषण, खइया, विस्फोट के साथ-साथ बेरोजगारी के कारण हम कंगाल भी हो चुके हैं, इस तरह हमारी मृत्यु तो निश्चित है, अपनी प्राण-रक्षा के लिए इन जमीनों को बेचना शायद उतना बड़ा पाप न होगा।''

एक प्रबुद्ध ग्रामीण - ''यदि पाप-पुण्य का पेच है तो मेरे पास एक सुझाव है, वह यह कि हम यह जमीन जरूर दे देंगे पर बेचेंगे नहीं, न ही हम इसका मुआवजा लेंगे, इस तरह हम पाप और कलंक से बच सकते हैं।''

बुधन - ''काका यह कम्पनी बड़ी चालाक है, बिना लिखा-पढ़ी ये हमारे एक इंच भी जमीन न लेंगे, हमारे इन पवित्र जमीन के लिए भी वे हम सबसे जरूर लिखवा लेंगे।''

ग्रामीण - ''अब कम्पनी जो करावे, यदि बिना मुआवजा लिए यह पूजा स्थली दे ही देना है तो या तो वे ऐसे ही ले ले या लिखा- पढ़ी करा कर ले इससे क्या फर्क पड़ता है।''

टिभर - ''देखो भाइयों यह जगह तो हम मुफ्त छोड़ने को तैयार हैं यदि हमें अपने हिस्से के मुआवजा रकम मिल जाए तो हमारी आर्थिक सबलता बढ़ेगी। बात रही इन पवित्र स्थलों की तो हम कम्पनी से इसे न बेचने की बातें हठपूर्वक करेंगे पर यदि इस वजह से कम्पनी हमारी जमीन नहीं लिया और हमें दूसरा जगह भी नहीं दिया तो फिर यहाँ हमारी आदिवासी समुदाय का अस्तित्व समाप्त होना तय है। इस संदर्भ में मेरा यह कहना है कि यदि वे हमारी बातें मान ले तो ठीक और न भी माने तो भी ठीक क्योंकि हमें यह जगह बेचकर या छोड़कर हर हाल में चले जाना है इस पर आप सबकी क्या राय है?''

बुजुर्ग ग्रामीण आँखों में हताशा लिए भावविह्वल होकर बोला - ''हम आदिवासियों का विघटन का समय आ गया है या ईश्वर जाने यह हमारी परीक्षा की घड़ी है।'' उसकी बेबस, निराश बूढ़ी आँखें किसी शून्य में जाकर पथरा-सी

गयी। उसकी निराशा भरी तुतलाती थकी जबान को सुनकर क्षण भर के लिए सभा में सन्नाटा पसर गया। लोग भाव विह्वल हो उठे।

बुधन दीर्घ निःश्वास छोड़ते हुए बोले - ''अब यदि जीवन बचाना है तो इसका कीमत चुकाना ही पड़ेगा। ईश्वर माफ करे! यदि कम्पनी नहीं माना तो हमें अपनी पवित्र देवस्थली को देना ही पड़ेगा। भाइयों! गहरी वेदना के साथ हमें सिर्फ आपकी सहमति ही नहीं बल्कि आपका आशीर्वाद भी चाहिए ताकि हम अपने देवस्थलों को कम्पनी को सौंपने का साहस जुटा सके।'' और उसने हाथ जोड़कर चारों तरफ बैठे लोगों से नजरों ही नजरों मुखातिब हो लिया।

अखरा में उपस्थित लोगों की स्थिति ऐसी थी जैसे - उनकी अस्मत की नीलामी हो रही हो। कुछ लोग कुछ बोलना चाह रहे थे पर लाचारी ऐसी जैसे - मकड़ी के जाले से छूटने के लिए छटपटाने वाला कीट और फँसता चला जाता है। सभागण गमगीन था। बड़े-बुजुर्ग किसी हारे जुआरी की तरह सिर झुकाए अपने किस्मत को कोसते माथा पीट रहे थे। कई महिलाओं की आँखों में आँसू छलक पड़े। आज सभी को एहसास हो रहा था कि कम्पनी को मेहमान समझकर पाँव रखने की जगह देना उनकी सबसे बड़ी भूल थी। सुखी जीवन की लोकलुभावन बातों में वे इस कदर उलझे कि यह मेहमान उन्हें ही अपने घर से बेदखलकर निकाल बाहर कर देने पर उतारू है। थोड़े स्वाद, थोड़े आराम, थोड़ी-सी लालच और वह थोड़ा-सा हसीन सपना इतना महँगा पड़ेगा इसकी कल्पना भी उन्होंने कभी न की थी। इन हसीन सपनों की कीमत चुकाते-चुकाते वह हर पल लुटता रहा, गरीब से और गरीब होता गया। मुआवजे के रुपयों से कुछ दिन तो मौज जरूर रही पर नजर ऐसी चुँधियायी कि लुटता घर-बार कभी दिखा ही नहीं। अब तो प्राणों के लाले पड़े हैं।

सभा समाप्त हुई। लोग कम्पनी के दफ्तर जाने को तैयार हुए पर आज प्रतिनिधिमंडल के सदस्यों के अलावा कोई और अन्य ग्रामीण नहीं जा रहा था। अब हारी बाजी खेलने कौन जाए।

दूसरी तरफ कम्पनी के हुकमरान भी इस बात को लेकर चिंतित थे कि कहीं आदिवासियों ने इन पवित्र स्थलों की जिद में अपनी जमीन भी न दी तो उनको यहाँ से हटाने के लिए किये जा रहे षड्यंत्र धरे के धरे रह जाएँगे। उनको यहाँ से हटाने के लिए नाहक ही बेकसूर आदिवासियों के बच्चों और जानवरों

के हत्या का पाप अपने सिर लेना पड़ा है। कम्पनी के अफसरों ने मीटिंग कर यह तय किया कि ज्यादा डरने की आवश्यकता नहीं है, हमारी ओर से उन्हें समझाने लालच देने का पूरा प्रयास रहेगा। आदिवासियों को अन्यत्र बसने के लिए स्वयं जगह चयन की छूट दी जाएगी। यदि वे खेती भी करना चाहें तो इससे कम्पनी को कोई नुकसान नहीं। यदि इन लालच से भी वे नहीं माने तो अंततः उन्हीं की शर्तों पर कम से कम उनकी जमीन तत्काल ले ली जाएगी फिर बाद में इन स्थलों का कुछ न कुछ उपाय तो कर ही लेंगे, भागते भूत की लँगोटी भली, हमें जो मिल रहा है उसे हर शर्त हर कीमत पर ले लिया जाए।

नियत समय पर दोनों ओर के लोग बैठे। दोनों पक्ष एक-दूसरे के मंसूबे को भाँपना चाहते थे। एक पक्ष को जमीन बेचना लाचारी था तो दूसरे को जमीन खरीदना अति आवश्यक। दोनों पक्ष अपनी-अपनी जगह लाचार थे, पर अपने पक्ष को कोई ढीला छोड़ना नहीं चाहता था। दोनों पक्ष अपनी शर्तों पर अड़े रहने का तेवर पेश कर रहे थे और यही कारण था कि कोई भी पक्ष पहले बात करना नहीं चाहता था। अपनी तरफ से बात शुरू करने का अर्थ ही था कि अपनी लाचारी और कमजोरी साबित करना। दोनों पक्ष डटे रहे और इसी जद्दोजहद में घण्टों बीत गये। कम्पनी पक्ष के कर्मचारी अधिकारी कभी पानी पीने जाते तो कभी कागजात उलट-पलटकर कार्य की व्यस्तता प्रदर्शित करते... वही दूसरी तरफ आदिवासियों के प्रतिनिधि मंडल के सदस्य कभी लघुशंका को जाते तो कभी तम्बाकू रगड़ते बाहर निकल जाते। अंत में एक अधिकारी ने कहा - ''कहिए आप क्या कहना चाहते हैं?''

बुधन - ''हमें क्या कहना, हमने तो कल ही कह दिया था।''

अधिकारी - ''कल आपने तो जैसे पत्थर की लकीर ही खींच दी, ऐसे तो बातें नहीं होती हैं।''

बुधन - ''आप ही कहें कि उच्चाधिकारियों ने क्या कहा।''

अधिकारी - ''कहा क्या, वे मानने को तैयार नहीं।''

बुधन - ''जब कम्पनी मानने को तैयार नहीं तो फिर हम क्यों मानें?''

अधिकारी - ''यदि हम अपनी अपनी बातों में डटे रहे तो फिर कोई हल न निकलेगा; कोई रास्ता तो निकालना पड़ेगा न और कोई तीसरा रास्ता निकालने

आने वाला है नहीं, हमें और आपको ही मिलकर इसका समाधान करना होगा।''

टिभर - ''तो फिर आप ही रास्ता निकालें।''

अधिकारी - ''आपकी सहभागिता के बगैर मेरे अकेले से तो रास्ता नहीं निकलेगा।''

टिभर - ''तो फिर आप ही बताएँ हम क्या करें!''

अधिकारी - ''आप तो जानते ही हैं यदि दो घरों के बीच रास्ता निकालना हो तो थोड़ी-थोड़ी जगह दोनों पक्षों को छोड़ना पड़ता है, यदि रास्ता निकालना है तो थोड़ा पीछे हम हट जाते हैं और थोड़ा पीछे आप हट जाइए।''

बुधन - ''तो फिर बताइए हमें क्या करना होगा?''

अधिकारी - ''मुख्यतः आप तीन प्लॉट को बेचना नहीं चाहते, लेकिन हमारी कम्पनी का कहना है कि इन स्थलों के बदले हम आपको कहीं दूसरी जगह और अच्छा स्थान देंगे।''

बुधन - ''यह तीनों स्थल हमारे धार्मिक और सांस्कृतिक स्थल हैं। सांस्कृतिक स्थल यानी अखरा तो बदला जा सकता है पर धार्मिक स्थल बदला नहीं जा सकता है। तो हम अपनी तरफ से एक कदम पीछे हटकर अखरा को आपको देने को तैयार हैं।''

अधिकारी - ''अखरा यह तो बहुत छोटा प्लॉट है, फिर तो इस पर विवाद से कोई फायदा नहीं; आप ऐसा करें आप इन तीनों स्थलों को क्षेत्रफल के हिसाब से दो भागों में बाँट दें और एक भाग मैं छोड़ देता हूँ और एक भाग आप लिख दें।''

प्रतिनिधिमंडल के सदस्यों ने कुछ देर चुप्पी साध लिया। शायद कम्पनी पीछे हट जाए अखरा लेकर दो धार्मिक स्थलों सरना और वनशक्ति मंदिर को छोड़ दें। अधिकारी का शर्त भी उनके अपने निर्णय के अनुसार घाटे का सौदा न था। जब कम्पनी ने भी चुप्पी साध ली तो प्रतिनिधिमंडल के सदस्यों को बोलना पड़ा - ''सरना और अखरा मिलाकर बड़ा क्षेत्रफल होता है, फिर भी हम सरना और अखरा को कम्पनी को देने को तैयार हैं।'' कम्पनी की तो जैसे माँगी मुराद मिल गयी हो। इस निर्णय का कम्पनी-पक्ष ने तालियाँ बजाकर जोरदार

स्वागत किया, पर प्रतिनिधिमंडल के सदस्यों की तालियाँ तो बजती रहीं किंतु इन तालियों में खुशी की आवाज न थी बस हाथ हिलता रहा। जुए में जैसे आदिवासियों ने अपने पुरखों की विरासत को दाँव में लगाकर सरना और अखरा जैसे धार्मिक सांस्कृतिक स्थलों को हार गये हों। तालियाँ बजती रही इसी बीच बुधन ने कहा - "लेकिन...!" कम्पनी की तालियाँ एकाएक थम गयीं। अधिकारियों के माथे पर शिकन पड़ गये। अब यह कैसा व्यवधान, समझौते के बाद यह शर्त कैसी। तालियों की गूँज शांत होते ही बुधन ने फिर कहा - "हम आदिवासी समुदाय अखरा और सरना की जमीन का मुआवजा नहीं लेंगे, हम इसे बेच नहीं रहे बल्कि स्वयं का जीवन बचाने के लिए छोड़ रहे हैं।"

एक दूसरा अधिकारी चिंतित स्वर में तपाक से बोला - "तो क्या आप लोग इन कागजात में बिक्री नहीं लिखेंगे? सभी लोग हस्ताक्षर नहीं करेंगे तो बिक्री...।"

बुधन बीच में ही बात काटकर बोला - "आप घबराएँ नहीं, सारी प्रक्रियाएँ वही होंगी, हम लोगों के हस्ताक्षर होंगे, फोटो लगेंगे जैसा कि बिक्री में होता है; बस हम इस जमीन का मूल्य नहीं लेंगे, इसका मतलब आपने इस जमीन को खरीदा जरूर; पर हमने बेचा नहीं क्योंकि हम अपने धार्मिक सांस्कृतिक स्थल नहीं बेचते।" कम्पनी के अधिकारियों की साँस थमी। सोचा था कीचड़ गिरा है पर यह तो मलाई निकला।

सारे आदिवासी परिवारों ने अपनी-अपनी सारी जमीने कम्पनी को बेच दिया था, बस इन्हें इंतजार था कम्पनी से मुआवजे की राशि का। कम्पनी ने उन्हें सप्ताह के अंदर मुआवजा मिल जाने का आश्वासन दिया था। इस एक सप्ताह में ये आदिवासी समुदाय अपने पुरखों की इस धरती पर ऐसी सम्पूर्णता से जी लेना चाहते थे जैसे वे इस स्वर्गीय धरती में अब तक के बिताये गये हर एक पल की पुनरावृत्ति कर लेना चाहते हों। वे पूर्वजों की पावन धरा पर एक-एक पल के रसास्वादन से तृप्त हो जाना चाहते हों। वे अपने घरों की दीवारों और आँगन में लगे फूलों के पेड़ों को सहलाकर स्पर्श-सुख से तृप्त हो लेना चाहते हो। अपनी जमीन को वे बड़ी स्नेह-दृष्टि से देखते घर के आसपास के पेड़ों को निहारते भाव विभोर हो उठते थे। कभी-कभी महिलाएँ तो अपने घरों और आँगन में लगे पेड़ों से ऐसी आत्मीयता से बातें करतीं जैसे ससुराल जाने से पहले वे अपनी बहन से हृदय लगाकर बातें कर रही हों। वनशक्ति देवी के मंदिर

में किसी खास अवसर या पर्व त्योहारों में ही अक्सर पूजा होती थी, पर इन दिनों महिलाओं के साथ-साथ पुरुष भी रोज सुबह उठकर वनशक्ति देवी माता के दर्शन करने चले जाते थे। घण्टों पूजा-अर्चना होती जैसे वे इन्हीं सात दिनों में जन्म भर के पुण्य समेट लेना चाहते हों... जाने अब फिर कभी इस जन्म में वनशक्ति माता के दर्शन हों भी या नहीं।

सरना स्थली में भी पूजा रोज होने लगी। बूढ़े-बुजुर्ग घरों में बैठना छोड़ अब सरना स्थल में ही सुबह से शाम तक सरना माता (चला आयो) की ममतामयी आँचल में समय व्यतीत करने लगे थे। सरना स्थल पर घने विशाल साल वृक्ष की शीतल छाँव तले बीते दिनों की यादें एक-दूसरे को सुनाते और अपने बीते सुखमय जीवन की कल्पना कर रोमांचित हो उठते थे। इस देवस्थली से प्रत्येक के जीवन की बहुत-सी यादें जुड़ी थीं जिसकी स्मृति मात्र से ही पकी मूँछों के बीच उनके कांतिहीन होंठ मुस्कुरा पड़ते थे और थकी बूढ़ी आँखों में बीते दिनों की मीठी यादें झलक पड़ती थीं। इन्हीं मीठी यादों की लहरों में सुख का गोता लगाते वे अपना दिन काट लेना चाहते थे।

हर शाम अखरा में लोग जुटते, पर वह संजीदगी वह जीवंतता नहीं दिख पड़ता था, जब अखरा में मांदर की थाप और नगाड़ों की गड़गड़ाहट से सारा गाँव झूम उठता था। क्या बच्चे, क्या महिलाएँ, क्या बूढ़े सभी किसी सम्मोहन की तरह अखरा की ओर खिंचे चले आते थे और फिर रात भर लोकगीतों के धुन में नाचते गाते झूमर खेलते आनंद और मस्ती की लूट। क्या खूब जिया है इन आदिवासियों ने इस अखरा की माटी पर। कई ऐसे भी लोग थे जो विस्थापन के घुटन के बीच मायूसी के वातावरण को खुशनुमा बनाकर शेष बचे दिनों को भरपूर जी लेना चाहते थे। और एक शाम ऐसा हुआ भी, जब धूल जमे नगाड़े गरजकर गड़गड़ा उठे और मांदर की थाप बाँसुरी से मिलकर थिरकने लगी। लोगों ने जब इस खोई-सी पुरानी सुर ताल को सुना तो स्वयं को रोक न सके। फिर क्या था, सारे दुःख- दर्द, शिकवा -शिकायत भुलाकर लोग रातभर झूमे और जी भरकर जिया अपनी आदिवासी संस्कृति परम्परा को। बस बीच-बीच में उन्हें एक टीस टीसती रही कि इस अखरा पर यह उनका आखरी धूम, आनंद और मस्ती है।

इस सप्ताह उन्होंने अपने रहने की जगह का मुआयना किया। कम्पनी की शर्त के अनुसार इन आदिवासियों को बीस हजार एकड़ के क्षेत्र में कहीं भी

अपना ठिकाना चुनने की स्वतंत्रता थी। कई युवाओं और बुजुर्गों ने मिलकर अपना नया ठिकाने तलाशने में अपनी भूमिका अदा की। उन्हें एक ऐसी जगह भी मिल गयी। वह जगह यहाँ से लगभग पाँच किलोमीटर की दूरी पर स्थित थी जहाँ थोड़ा बहुत पानी की सुविधा थी और जहाँ कोयले की धूल, गाड़ियों एवं भारी मशीनों का शोर तथा खदानों में विस्फोट से छिटके कोयले नहीं पहुँच सकते थे। वातावरण ठीक था पर यहाँ आसपास के पेड़ कम्पनी ने पहले ही काट रखे थे।

सप्ताह पूरा होते-होते लोगों का मुआवजा मिल चुका था। सबको मुआवजा मिलते ही सब इस जगह को छोड़ नये ठिकाने पर जाने को तैयार हो गये। मन बोझिल था, आँखों में गहरा अवसाद झलक रहा था और हृदय में असह्य वेदना के साथ विस्थापन की टीस। हाय! यह कैसी घड़ी आई है कि बचपन का घर-आँगन छूटा जाता है, पूर्वजों का बसाया बसेरा उजड़ा जाता है। यह स्वर्गीय गाँव बस अब एक भुतहा खँडहर में तब्दील होता जा रहा है। सपनों का गाँव छूटा जाता है। कहाँ गये वो आनंद के दिन! बस मीठी यादों की पोटली हृदय में धरे जाते हैं। हाय! हाय! यह अखरा भी छूटा जाता है। अब यह सरना और वनशक्ति माता का मंदिर जिसके प्रांगण में चहल-पहल से गाँव सुशोभित था, जाने अब दर्शन भी होंगे या नहीं इस जन्म में इस स्वर्ग-सी धरती के। जाने अब कभी वनशक्ति माता का आशीर्वाद भी नसीब होगा या नहीं।

घर के छोटे-बड़े सारे सामान के साथ हाँक चले अपने मवेशियों को नये ठिकाने की ओर। कुछ लोगों ने तो घर के खिड़की-दरवाजे भी उखाड़ लिये ताकि नयी जगह में इन चीजों का काम आ सके। आज यह गाँव वीरान हो चला था पर यह वीरान कैसे हो सकता है, हमारे पूर्वज तो इसी गाँव में ही हैं, उनकी मनता पूजा तो इसी गाँव में होती है। अब तो बस यह गाँव अपने पूर्वजों को ही सौंप चले। अपने गाँव के कुलदेवी देवताओं के साथ अपने पूर्वजों को नमन। चला आयो (सरना माता) को नमन, वनशक्ति माता को नमन, इस गाँव की मिट्टी को शत-शत नमन।

अपने पुरखों के गाँव से विदा लेकर ये आदिवासी परिवार नये ठिकाने पर पहुँचकर अपना बसेरा बनाने लगे थे। पेड़ों की छाँव और हरियाली तो न थी पर हरी घास हरियाली की जीवंतता को प्रदर्शित जरूर कर रही थी।

नये जगह में नयी उमंगे न थीं। विस्थापन की टीस हर वक्त उनके हृदय में टीसती रहती थी। उनका मन हर पल इस बात से उद्विग्न हो उठता था कि उनका अपना अब कुछ भी नहीं... न अपनी जमीन न अपना रोजी रोजगार। कम्पनी के रहमोकरम पर उसके जमीन में ठिकाना तो बन गया था पर इस जगह के प्रति आत्मीयता, ममत्त्व न रहा। जाने कब कम्पनी इस जगह से भी हटा दे। इसी बात से सशंकित स्वतंत्रता और एकांत प्रिय यह आदिवासी समुदाय आजादी और खुशी महसूस नहीं कर पा रहा था। वैसे इस जगह पर कोई विशेष परेशानी न थी, बस पानी के लिए थोड़ी मशक्कत करनी पड़ती थी। थोड़ी ही दूरी पर एक छोटा नाला था जिसका पानी ये लोग लाते थे। हरी घास देखकर लोग बकरियाँ पालना शुरू कर दिये थे। कुछ लोग खाली पड़ी जमीन पर थोड़ी-बहुत खेती करने के लिए बैल-गाय आदि पालने का विचार बनाने लगे थे। कम्पनी की ओर से खेती-बाड़ी की मनाही न थी। एक तरह से उनके जीवन की गाड़ी चलने लगी थी। लोग पुराने दर्द को भुलाकर फिर से अखरा बनाने की मंशा पालने लगे थे। पुराने ढोल-मांदर तो थे ही कभी-कभार बड़े बुजुर्ग पर्व त्योहारों में इन ढोल नगाड़ों का धूल साफ कर निकाल लाते थे। अभी-अभी जमीन की बिक्री के पैसे थे इसलिए आर्थिक विषमता का आभास न था। इन आदिवासी परिवारों में कुछ समझदार परिवार इन रुपयों को बैठकर खाने के बजाय आय के साधन तलाशने लगे थे। उन्हें समझ आ चुका था कि बैठकर खाने से बड़ा खजाना भी एक दिन समाप्त हो जाता है। खेती के लिए बैल और सिंचाई के साधन नहीं होने के कारण अधिकतर लोग कोयला खदानों से कोयला चुनकर शहर ले जाकर बेचने लगे थे। कुछ युवक गाड़ियों में काम करने चले जाते थे। आखिर बैठकर खाने से रखा धन कब तक चलता। घरों में हँसी-खुशी लौटने लगी थी। दिन भर काम से थके लोग शाम को एक जगह मिलने-बैठने लगे थे। बड़े-बुजुर्ग भी यहीं आकर अपने बीते कल की यादों को ताजा करते बीते जमाने की हँसी-खुशी, आनंद और मस्ती का रस ले-लेकर खूब बखान करते जो अब मात्र किस्से-कहानियाँ बनकर रह गये थे। शाम को जिस जगह पर बुजुर्ग, महिलाएँ और युवा जुटते वह स्थल अखरा तो न था पर अखरा की भूमिका जरूर अदा कर रहा था।

एक शाम एक बुजुर्ग ने अखरा की ओर हाथ में बाँसुरी लिये दूसरे बुजुर्ग को आते देखकर कहा - "लगता है आज रासलीला होगा यहाँ।"

दूसरा बुजुर्ग - ''अरे नहीं भाई अब वह किशन कन्हैया वाला जज्बात न रहा, न वह जवानी रही, अब तो बाँसुरी पर फूँक भी नहीं टिकती है और न ही वह अपना प्यारा गाँव रहा जिसकी स्वर्गिक रसानुभूति दिलो-दिमाग को मंत्रमुग्ध कर दे।''

पहला बुजुर्ग - ''तो फिर यह बाँसुरी लिए क्यों फिर रहे हो?''

दूसरा बुजुर्ग - ''बस यूँ ही... घर में पड़ी बाँसुरी को देखा तो वह पुराने दिन याद हो आये जब हमारे हाथों से कभी बाँसुरी छूटती न थी।''

पहला बुजुर्ग - ''और बाँसुरी की धुन पर गाँव की युवतियाँ...।''

दूसरा बुजुर्ग - ''अरे वो सब वैसी कुछ बात न थी, तुम तो बस मुझे चिढ़ाने लग गये।''

पहला बुजुर्ग - ''हकीकत बयाँ किया तो चिढ़ गये!'' वहाँ उपस्थित सभी लोग हँस पड़े थे। अरसे बाद यह स्वच्छंद हँसी और गहरे ठहाके वातावरण में गूँजे थे।

दूसरा बुजुर्ग - ''तुम्हें शर्म नहीं आती, नाती- पोते वाला हो गये हो।''

पहला बुजुर्ग - ''नाती-पोते वाला हो गया हूँ इसका मतलब हँसे भी नहीं या जवानी के वे जज्बात और यादें भी भूल गये, अब हमारे पास है ही क्या हँसने खुश होने को सिवाय बीते दिनों को याद करने के।''

दूसरा बुजुर्ग - ''बात तो ठीक है पर जमाना बदल गया है जरा मर्यादा...। बीच में ही बात काटकर पहले बुजुर्ग ने फिर छेड़ा - ''बाँसुरी लेकर गाँव की तरुणियों को साथ लेकर जंगल-जंगल घूमते और मधु छुड़ाकर खिलाते थे तब मर्यादा का खयाल न था, आज बड़ा मर्यादा के दूत बने बैठे हो, मुँह न खुलवाओ बूढ़ा हमारी।'' सभी फिर से ठहाका लगाकर हँस पड़े थे।

तीसरे बुजुर्ग ने कहा - ''ताजा मधु खाये तो अरसा बीत गया। अब तो बस मीठा के नाम पर यह सफेद चीनी ही रह गया। क्या जमाना था जब हमने चीनी देखा भी न था बस नाम सुन रखा था, हमारा सारा मीठा का काम मधु से होता था और कभी दो पैसे हो गये तो त्योहारों में बाजार से गुड़ ले आते थे।''

किसी ग्रामीण ने कहा - ''मधु तो आज भी मिलता है डब्बे में, मँगाकर

अपना अरमान क्यों नहीं पूरा कर लेते।"

तीसरा बुजुर्ग - "अरे इस डब्बे वाले मधु में वह स्वाद कहाँ जो हमारे जमाने में हुआ करता था; आज के इस मधु से ज्यादा स्वादिष्ट तो तब का गुड़ हुआ करता था।"

दूसरा बुजुर्ग - "ठीक कहा तुमने, आज के ये लौंडे क्या जानें शुद्ध देसी खानपान का स्वाद, आजकल का भात तो गले से उतरता तक नहीं, उतारने के लिए दाल सब्जी अचार चटनी और न जाने किन-किन चीजों का सहारा लेना पड़ता है। एक जमाना था जब हम नमक और भात अँगुलियाँ चाट-चाटकर खाते थे और कभी साथ में देसी घी हो जाए तो मानो त्योहार हो गया। जाने क्या रहता है इन डिब्बाबंद, बोरा बंद पैकेट वाले अनाजों में, थोड़ा भी स्वाद नहीं आता।"

अन्य ग्रामीण - "जब तक अपनी खेती होती रही, स्वाद भी अपने हाथों बँधा रहा, अब के सूखे अनाजों की कौन कहे हरी सब्जियों में भी वह स्वाद न रहा।"

तभी अचानक ग्यारह वर्ष का बालक पूछ बैठा - "मैं अक्सर सुनता रहता हूँ बीते जमाने की बातें; घने जंगल, शुद्ध हवा पानी, स्वाद, खेत खलिहान, आम के बगीचे, नदी में मछली पकड़ते घण्टों नहाते जल क्रीड़ा करते बच्चे, झरनों में मधुर किलोल करती तरुणियाँ, बागों में झूला झूलती बालाएँ, खेतों में खुशी के गीत गाती फसल काटती युवतियाँ, पेड़ों की छाँव तले मजमा लगाये बैठी चटाई बुनती हमारे लिए मंगलकामनएँ करती हमारी बुजुर्ग महिलाएँ, कहीं दूर एकांत से आती चरवाहों की बाँसुरी के सुरीली मधुर तान, गोधूलि में घर लौटते मवेशियों के गले की घंटियाँ, मिट्टी की मटियानी गंध, वर्षा के पानी में छपाछप करते बच्चे, अगहनी (फसल कटाई का महीना) का उल्लास, खेत-खलिहान में लाठी लेकर चिचियाते पहरा देते हमारे बुजुर्ग, जंगल के वे खट्टे-मीठे कंदमूल फल, वनशक्ति माता के प्रांगण में आदिवासी रीति-रिवाज से युवक-युवतियों का विवाह, सरना स्थली में चला माय (सरना माता) की पारम्परिक पूजा-अर्चना और फिर हमारी सांस्कृतिक स्थल अखरा में सरहुल और करमा के उल्लास लिए नगाड़ों की गड़गड़ाहट और मांदर की थाप पर रात भर लोकगीतों के धुन पर थिरकते झूमते लोग, क्या यह सब फिर से नहीं हो

सकता हमारे जीवन में?'' बालक के इस मासूम से सवाल पर जैसे वज्रपात हो गया हो। किसी के पास इस सवाल का जवाब न था। बस एक गहरे सन्नाटे के बीच बीते दिनों की यादों में ही इस सवाल का जवाब ढूँढ़ा जाने लगा।

जो आदिवासी दो एकड़ जमीन के बदले नौकरी ले लिये थे वे शहर में किराये के मकान में रहने लगे थे, उन्हें अपने बच्चों की पढ़ाई की फिक्र होने लगी थी। गाँव की प्रतिकूल परिस्थितियों के कारण वे अपने माता-पिता और बुजुर्गों को भी साथ ले गये थे। बच्चे शहरी माहौल में ढल गये थे। वे अपनी पढ़ाई में मगन थे। जो नौकरी करता था उसे शहर गाँव सोचने की फुर्सत कहाँ थी। घर की महिला को घर के सारे काम करते दिन-रात तक का पता नहीं चल पाता था। जगह और साधन कम होने के कारण एक ही काम को बार-बार करना पड़ता था। सबकी अपनी अपनी दुनिया थी, पर बुजुर्गों और बूढ़ों की स्थिति सबसे विडम्बनापूर्ण थी। उनकी स्थिति साँप-छछूँदर की-सी थी। न वे गाँव में थे न शहरी माहौल में स्वयं को ढाल पा रहे थे। एक बक्सेनुमा घर में बंद उनका दम घुटता। गाँव में कहाँ खुली जमीन जंगल नदी नाले थे, खुला आसमान था और कहाँ यह बक्सा। एक ही कमरे में सोना, घूमना, खाना और दो कदम बढ़ाकर शौच करना। कमरा भी ऐसा तंग कि वह ठीक से अँगड़ाई भी नहीं ले सकते थे। स्वतंत्र अँगड़ाई के लिए उठे हाथ कभी सामानों में टकरा जाता तो कभी बिजली के तार में उलझ जाते। पैर पसारकर सोने का सुख तो वे शायद भूल ही गये थे। कमरे में हर तरफ सामान खचाखच भरे पड़े थे। सोते समय कभी पाँव तो कभी सर सामानों के बीच घुसाकर सोना पड़ता तब उन्हें याद आता वह खुला आसमान, खुली धरती जब जहाँ जी में आया गमछा डालकर सो लिया। कभी घर के आँगन में, कभी पेड़ों की छाँव तले, कभी जेठ की दुपहरी में बाग-बगीचों में, तो कभी खेत खलिहान में। जहाँ सब अपना था, मौका मिला तो नदी किनारे जाड़े की धूप में तो कभी जंगल में सुकून की नींद सो लिया। यहाँ न तो खाना हजम हो रहा था न साँसे। मोटर गाड़ियों की आवाज, बिजली बाजे के शोरगुल से कान फटने लगते थे। सर दर्द क्या होता है बहुतों ने यहीं आकर जाना। अपने पोते को जब ये बुजुर्ग गाँव और अपने बचपन की किस्से-कहानियाँ बताते तो बच्चों की समय और पढ़ाई की बरबादी समझी जाती। बच्चों से बातें करने तक को तरस जाते थे वे। नौकरी वाला बेटा बोल जाता समय नहीं कटता तो कहीं घूम आओ या फिर टी.वी. देखो पर घूमते हुए उन्हें गाडियों की तेज चाल से डर लगता था। कई दफा तो वे टकराते-

टकराते बचे तब से घूमना छूट गया। टी.वी. दो मिनट से ज्यादा उन्हें सुहाती नहीं। अब करें भी तो वे क्या करें, कई बार तो तंग आकर बुजुर्ग कह बैठते - हमें गाँव में ही छोड़ आओ, कम से कम मरने से पहले वहाँ पूरी साँस तो ले सकेंगे। पर गाँव की हवा भी अब ताजगीपूर्ण न रही। वहाँ की हवा में भी अब धूल धुआँ और प्रदूषण के जहर घुल चुके थे।

नौकरी करने वाला व्यक्ति इंसान नहीं मशीन हो गया था। न उसे अपने बच्चों से भेंट थी न बुजुर्गों से। जब तक वे काम से लौटते तब तक बच्चे सो जाते थे और जब काम के लिए घर से निकलते तब बच्चे सो रहे होते थे। जिस हिसाब से वेतन के पैसे आते उसी हिसाब से खर्च भी हो जाते थे। वे और ज्यादा पैसे कमाने के लिए ओवरटाइम कर लेते थे ताकि कुछ पैसे बचाकर जमीन का एक छोटा-सा टुकड़ा खरीद सकें। ये जमीन खरीदने की लालसा लिये दिन-रात कड़ी मेहनत करने वाले वही आदिवासी युवा हैं जिनके पास पुरखों की सैकड़ों एकड़ जमीन थी पर नादानी, शौक और पैसों के चकाचौंध ने यहाँ ला खड़ा किया था। आज दो पैसों के लिए खून जलाने वाले इतने ही रुपये गुटखा, पान और पेट्रोल में जला दिया करते थे।

बेटों के इस संघर्ष को देखकर बूढ़े माता-पिता बैठे-बैठे कुढ़ते रहते थे। एक रात बेटे की कराह जब बूढ़ी माता से सहन न हुई तो वह कटोरे में सरसों का तेल लेकर पहुँच गयी उसके सिरहाने।

कहा -"बेटा तुम दिन-रात इतना शरीर को पीसते रहते हो आखिर हाड़ मांस का शरीर ही तो है।" और वह बैठ गयी बिस्तर पर बेटे का सिर अपने गोद में लेकर।

बेटे ने कहा - "माँ सो जाओ।"

माँ - "तुम दर्द से कराहते रहो, रात जागते रहो मैं कैसे सो जाऊँ।" पिता दरवाजे से झाँगते रहे यह सोचकर कि बेटे के बिस्तर में बैठना कहीं असभ्यता जंगलीपना तो नहीं। पिता-पुत्र की आँखें मिलीं। बेटे की आँखों में अनायास ही आँसू छलक पड़े। पिता सभ्यता की मर्यादा छोड़ अपनी आँसू पोंछते हुए आ खड़े हुए सिरहाने और एक हाथ से सहलाने लगे बेटे का सिर... दूसरा हाथ स्वयं की छाती को थामे रहा। माँ, बेटे के सिर पर सरसों का तेल डालकर सहलाती रही। वह माता-पिता के इस स्नेहिल ममतामयी स्पर्श सुख को आँखें

मूँदकर आत्मसात करने लगा। काश! हम अपनी जमीन अपने गाँव में एक साथ सुखपूर्वक जीवन यापन करते।

माँ ने हौले से कहा - "बेटा शरीर को इतना खटाना ठीक नहीं, कभी आराम भी कर लिया करो।"

बेटा - "हाँ माँ आराम के लिए ही तो शरीर को खटा रहा हूँ।"

माँ - "यह कैसा आराम है बेटा?"

बेटा - "बस माँ मेरी एक ही इच्छा है कि पैसे जमा कर जमीन का एक छोटा-सा टुकड़ा खरीदूँ जिसे मैं अपना कह सकूँ; बस इतनी जमीन कि उसमें चार कमरे बन सकें।" बेटे के मुँह से यह सुनते ही पिता का हृदय फट गया आँखों से आँसू छलक पड़े। हाय! क्या हमारे पास इतनी भी जमीन न थी।

अभी साल भी पूरा न हुआ था कि एक रात आदिवासियों को एक साथ कई मशीनों की आवाजें कान में गुजरने लगीं। एक पल के लिए उन्हें ऐसा लगा जैसे वे पुराने दिनों के अवसादपूर्ण स्वप्न देख रहे हों। मशीनों की आवाजें लगातार तेज होती ही जाती थीं। दो -चार युवक घर से बाहर निकल आये। देखा- घर के पिछले हिस्से में तेज रोशनी के बीच चार मशीनें जमीन खोद रही हैं। उन्हें समझते देर न लगी कि कम्पनी ने यहाँ भी खुदाई शुरू कर दिया है। कम्पनी ने हमारे साथ धोखा किया है। अब यहाँ भी वही स्थिति होगी जिस स्थिति से निजात पाने के लिए हम आदिवासियों ने अपनी सभी जमीनें कुर्बान कर दिया कम्पनी के हाथों। युवकों ने आसपास के दूसरे लोगों को जगाया। आपसी बातचीत में निर्णय हुआ कि चलकर मशीनों को रोका जाए, पर अगले ही पल एक युवक ने सुझाव दिया कि इन मशीनों को रोकने का असफल प्रयास करने से कोई फायदा नहीं, ये वही करेंगे जो इन्हें आदेश दिया गया है; यदि हमने मशीनों को रोकने के लिए जोर-जबर्दस्ती किया तो उल्टे पुलिस के हाथों पीटे जाएँगे, बेहतर होगा हम सुबह होते ही कम्पनी के अधिकारियों से मिलकर बताएँ कि कम्पनी ने हमारे साथ धोखा किया है। सुझाव खराब न था। सभी सुबह होने का इंतजार करने लगे।

सुबह होते ही प्रतिनिधि मंडल के सभी सदस्यों समेत कई ग्रामीण कम्पनी के दफ्तर की ओर चल पड़े। दफ्तर पहुँचते ही उन्होंने अधिकारियों से मिलने की बात कही। थोड़ी ही देर में एक कर्मचारी ने आकर कहा - "साहब अभी

दफ्तर में नहीं हैं वे बाहर गये हैं सप्ताह भर बाद लौटेंगे।'' यह बात सुन लोगों के मुँह सूख गये। सप्ताह भर में तो ये दैत्याकार मशीनें पूरे इलाके को पलटकर रख देंगी। कर्मचारियों के हावभाव से लगा जैसे साहब ने न मिलने का बहाना बना दिया है। और यह बात सत्य भी थी किसी आदिवासी युवक ने अधिकारी को देख भी लिया, इस पर युवक ने फिर कर्मचारी से पूछा - ''मैंने तो अभी-अभी साहब को देखा है।''

कर्मचारी - ''तुमने किसी और को देखा होगा।''

युवक - ''मैं साहब को अच्छी तरह पहचानता हूँ, वे साहब ही थे।''

कर्मचारी - ''बेवजह विवाद करने की जरूरत नहीं तुम लोग जाओ यहाँ से।''

युवक तनकर बोला - ''क्या मैं अंदर जाकर देख सकता हूँ?'' इस पर कर्मचारी भड़क गया।

कर्मचारी - ''तुम तलाशी लोगे साहब का! यह तुम्हारा घर-आँगन नहीं जो जब चाहो जैसा चाहो नंगे टहल्ला मारते रहो, तुम लोग भागो यहाँ से या फिर मैं सिक्योरिटी बुलाऊँ?'' शोरगुल सुनकर और कई कर्मचारी वहाँ आ गये। मामला तूल पकड़ते देख प्रतिनिधिमंडल के सदस्यों ने कर्मचारियों से माफी माँगते हुए बीच-बचाव कर मामला शांत कराया ही था कि एक दूसरा युवक फिर से भड़क उठा - ''इस कम्पनी ने हमारे साथ छल किया है!''

अन्य युवक - ''तुम ठीक कहते हो बिल्लू भैया, इस कम्पनी ने हम सीधे-सादे आदिवासियों को कमजोर और बेवकूफ समझ रखा है; जब तक हमारे नाम जमीन थी तब ये हमारा स्वागत किया करते थे पर जमीन हाथ से निकलते ही ये हमसे मिलने को भी तैयार नहीं, कुछ दिनों बाद ये हमें पहचानेंगे भी नहीं।'' हो हंगामा बढ़ता देख सिक्योरिटी फोर्स आ गयी। सिक्योरिटी कमांडेंट ने यह कहते हुए लाठीचार्ज का आदेश दे दिया - ''कुछ दिनों बाद क्यों हम तो अभी भी तुम लोगों को नहीं पहचानते, मारो सालों को!'' फिर क्या था, आदेश होते ही लाठियाँ बरसने लगीं आदिवासियों पर। सभी इधर-उधर भाग खड़े हुए। भीड़ को तितर-बितर कर सिपाही अपने पैरों से वहाँ बिखरे जूते-चप्पल और गमछियों को एकत्र करने लगे।

तितर-बितर हुए सारे आदिवासी अलग-अलग समय अपने-अपने घर को

लौटे। लौटते ही यहाँ कम्पनी का काम रोकने और मार भगाने के मामले ने तुल पकड़ लिया। बीच-बीच में युवा भड़क उठते थे। अब पानी सर के ऊपर से निकल चुका था। बड़े-बुजुर्ग उन्हें लाख समझाते मनाते पकड़-पकड़कर बैठाते पर वे मानने को तैयार न थे। एक बुजुर्ग ने ताने दिये - ''बारिश तब हुई जब घर जलकर खाक हो गया।'' बुजुर्ग के इस ताने ने आग में घी डाल दिया। फिर क्या था, थोड़े ही देर में कम्पनी का एक दैत्यकार मशीन धू-धूकर जल उठा। सभी मशीन चालक भाग खड़े हुए। काम रुक गया। इस आगजनी के बाद बुजुर्ग और महिलाओं के माथे पर चिंता की लकीरें स्पष्ट देखी जा सकती थीं। ईश्वर ही जाने अब क्या आफत आनी है!

सुबह होने से पहले ही आदिवासियों का यह स्थल छावनी में तब्दील हो गया। गाँव के सारे युवक एक-एक कर पकड़ लिये गए और पुलिस उन सभी को साथ ले गयी। बाकी बचे बुजुर्गों और महिलाओं ने छाती पीट ली।

सुबह होते ही सारे बुजुर्गों, बच्चों सहित महिलाओं ने कम्पनी के दफ्तर में दस्तक दी। वही साहब जो कहीं बाहर गए हुए थे और सप्ताह भर बाद आने वाले थे, प्रकट हुए। उसके आते ही महिलाओं और बुजुर्गों ने उसके पाँव पकड़ लिये। माफी माँगी, रोये गिड़गिड़ाये, बच्चों के सिर पर हाथ रखकर कसम खाये। वनशक्ति माता का वास्ता दिया, प्रार्थना किया कि अब हमसे कभी कोई भूल न होगी, वे यहाँ से, इस जमीन से बहुत दूर चले जाएँगे बस उन्हें माफ़ करके उनके पकड़े गए युवाओं, पति, बेटे, भतीजे को छोड़ दिया जाए... पर अधिकारी था कि वह कुछ सुनने को तैयार ही न था।

अधिकारी - ''कम्पनी की जो मशीन जली उसकी कीमत करोड़ों की थी, यदि आप उसके कीमत चुका दें तो पकड़े गए सभी युवक बेशर्त छोड़ दिए जाएँगे।''

बुधन - ''मालिक हमें तो खाने के लाले पड़े हैं हम गरीब भला इतनी बड़ी रकम चुकाना क्या चुकाने की सोच भी नहीं सकते।''

अधिकारी - ''अपराध की सजा तो तय है।''

एक बुजुर्ग महिला, अधिकारी के पैरों में गिरकर गिड़गिड़ाने लगी - ''मालिक हम मानते हैं कि हमारे लड़कों से गलती हुई है, हम यह नहीं कहते कि हमें सजा न दें, बस हम पर इतनी कृपा करें कि उनकी सजा हम सबमें

बराबर-बराबर बाँट दें। हम सभी जेल जाने को, कोड़े खाने को तैयार हैं और जब भी हम जिंदा या मुर्दा जेल से बाहर आएँ तो हम आपकी यह जागीर छोड़ यहाँ से बहुत दूर चले जाएँगे।'' और वह बिलख पड़ी। उन बूढ़ी आँखों में आँसू देखकर भी अधिकारी का हृदय न पसीजा। दूसरी बूढ़ी महिला थरथर काँपती अधिकारी के सामने हाथ जोड़कर बोली - ''तुम्हारी माँ भी शायद मेरी उम्र की हो, एक माँ अपने अपराधी बेटे के लिए दूसरे अधिकारी बेटा से हाथ जोड़कर भीख माँगती है, हम अनपढ़ जाहिल आदिवासियों को अज्ञानी समझकर माफ कर दो और हमें अपने अपराधी बेटा लौटा दो।''

अधिकारी - ''यह मेरा मामला नहीं पुलिस का मामला है।''

एक बुजुर्ग - ''बेटा हम अनपढ़ तो नियम कानून नहीं जानते पर क्या यह पुलिस आपसे अलग है, यदि आपकी कृपा हो तो लड़कों को छुड़ाना आपके इशारों का काम है... बस एक इशारा कर दो बेटा हम अभागों के लिए।''

एक महिला गोद में बच्चा लिये सामने आकर बोली - ''साहब! इन मासूम बच्चों की खातिर हम पर दया करें तरस खाएँ।''

अधिकारी गरजा - ''तुम लोग हमारे ही रहमोकरम पर हमारी जमीन में रहते हो, हमारे ही कोयला चोरी कर बेचते हो फिर भी इंसानियत के नाते हमने कुछ न कहा, पर हमारे ही जमीन पर चल रहे काम को बाधित करते हो नुकसान पहुँचाते हो तो तुम ही कहो क्या यह अपराध नहीं? जिस पत्ता में खाया उसी में छेद किया।''

बुधन - ''हम जंगलियों में इतनी सऊर कहाँ साहब, हम तो बस अपनी पेट की आग बुझाने और जिंदा रहने की कवायद में यह अपराध कर बैठे।''

अधिकारी - ''हमने कभी आपको कम्पनी के जमीन में रहने से रोका?''

बुधन - ''नहीं मालिक।''

अधिकारी - ''क्या खेती-बाड़ी करने से रोका?''

बुधन - ''नहीं मालिक।''

अधिकारी - ''क्या बैल-बकरियाँ पालने से रोका?''

बुधन - ''नहीं मालिक।''

अधिकारी - ''आपका वह स्थान जहाँ आप रह रहे हैं क्या वहाँ रहने के लिए हमने आपको आदेशित किया?''

बुधन - ''नहीं मालिक, उस स्थान को हम लोगों ने स्वयं चुना।''

अधिकारी - ''इतना सब कुछ सुविधा देते हुए भी आपने कम्पनी के बारे में कुछ न सोचा, नमक हरामी कर दिखाया, कम्पनी को ही करोड़ों का नुकसान करा दिया।''

''गलती हो गयी मालिक!'' बुधन ने दीन भाव से कहा।

''अब आप बताएँ कम्पनी के पास बीस हजार एकड़ जमीन है तो क्या आप तय करेंगे कि कम्पनी किस जमीन पर कब और कितना खुदाई करे!''

''नहीं मालिक हमारा इसमें कोई अधिकार नहीं।''

''तो फिर यह आपका दुर्भाग्य था कि आपके द्वारा चुनी गयी जगह में ही कम्पनी को कोयला निकालना फायदेमंद लगा तो क्या कम्पनी ने गलत किया?''

''नहीं मालिक हमने ऐसा कब कहा।''

''हम आज भी कहते हैं अपनी जमीन में कम्पनी जब चाहे जितना चाहे, जहाँ चाहे, जैसा चाहे काम कर सकती है; यदि आप लोग वहाँ रहना चाहें तो रह सकते हैं, कम्पनी अपने वादे के मुताबिक आपको वहाँ से नहीं हटाती, हमने कभी आपको वहाँ से हटने को कहा?''

''नहीं मालिक।'' बुधन की आँखों में आँसू भर आये।

अधिकारी - ''आपको वहीं रहना है तो आप बेशक रहें, पर नफा-नुकसान, होनी-अनहोनी, जान माल की छाती के जिम्मेदार आप स्वयं होंगे। यदि आप दूसरी जगह जाकर रहना चाहें तो भी कम्पनी को कोई ऐतराज नहीं। लेकिन कल को कम्पनी फिर वहाँ खुदाई करेगी तब फिर आपको उठकर कहीं जाना पड़ेगा। कम्पनी अपनी जमीन के हर एक इंच की खुदाई करेगी। आपके रहने खाने की जवाबदेही कम्पनी पर नहीं स्वयं आप पर है, फिर यदि आप चाहें तो रहें अन्यथा अपना रास्ता देखें।'' बुधन शायद बोलने की स्थिति में न था। उसे मौन देख टिभर ने कहा - ''मालिक एक अंतिम उपकार हम गरीबों पर दया करके कर दीजिए, हम यहाँ चले जाएँगे फिर कभी आपको परेशान न करेंगे

बस एक मौका दे दें।''

अधिकारी - ''यह मेरे बस का नहीं, मामला मेरे हाथों से निकलकर ऊपर चला गया है, अब जो करेगा कानून करेगा।''

सारी मिन्नतों-दलीलों के बाद भी जब अधिकारी ने मुँह मोड़ लिया तो निराश होकर सारे लोग इस आशा में पूरे दिन और रात भर अपने छोटे बच्चों और मरणासन्न बुजुर्गों के साथ वहीं बैठे रहे कि कभी तो इन अधिकारियों को हम अभागों पर तरस आएगी। पर यह कैसी विडम्बना है कि इसके बाद कोई अधिकारी वहाँ फटका तक नहीं। प्यास के मारे बच्चे महिलाएँ बूढ़े पानी पानी चिल्लाते रहे पर किसी ने पानी का जगह बताने तक की जहमत न की। एक बच्चे की तबीयत बिगड़ने लगी थी। बुजुर्गों ने मशविरा किया - इन जालिमों के हृदय में दया नहीं, अब यहाँ कुछ नहीं होने वाला है अब सब कुछ भगवान और भाग्य पर छोड़कर यहाँ से चला जाए।

कई सप्ताह तक महिलाएँ, बुजुर्ग आ-आकर अपने आदिवासी युवकों को छुड़ाने की गुहार लगाते रहे, मिन्नतें करते रहे पर कोई फायदा न हुआ। थक-हार कर लोगों ने आना बंद कर दिया।

आदिवासियों के ऊपर दूसरी आफत आ पड़ी थी कि फिर से उनको उसी बदकिस्मती और तबाही ने आ घेरा था। फिर वही धूल, धुआँ, प्रदूषण, भारी गाड़ियों से दुर्घटनाएँ, गहरे खदानों में डूबने से बच्चे और जानवरों की मौतें, खदानों में विस्फोट से उड़कर आये बड़े-बड़े कोयले के चट्टानों से लोगों और मवेशियों का जख्मी होना, घरों का टूटना ऐसी घटनाएँ उनके दिनचर्या का हिस्सा बन गयीं।

कोयले के विस्फोट से घायल बुजुर्ग एक शाम अपनी छाती पीट-पीटकर रोये जा रहा था, तभी वहाँ से एक युवती गुजरी। बुजुर्ग को छाती पीटता देख उसने कहा - ''बाबा! क्यों बेवजह शोर मचा रहे हो चुप हो जाओ और घर जाओ।''

बुजुर्ग - ''बेवजह शोर मचा रहा हूँ! देखती नहीं खून से लथपथ मेरा क्या हाल हो गया है, तुझे तरस नहीं आती!''

युवती - ''नहीं बाबा मुझे कोई तरस नहीं आती, कौन-कौन और किस-किस पर तरस खाये यहाँ यह तो हर रोज की कहानी है; आज आपकी बारी,

कल मेरी, परसों किसी और की, छाती पीटने से आपका यहाँ कोई सुनने वाला नहीं यहाँ तो सबके अपने-अपने दुःख ही इतने हैं कि कौन किसको सँभाले।''

बुजुर्ग - ''तो क्या यही हमारी नियति है बेटी?''

युवती - ''हाँ बाबा हम अभागे आदिवासियों की यही नियति है।''

बुजुर्ग - ''क्या अब हमारा वह पुराना कल कभी वापस नहीं लौटेगा?''

युवती - ''शायद नहीं... हम जब अपने गाँव में अपनी जमीन में सुरक्षित न रहे तो फिर दुनिया में और कहाँ ठिकाना।''

बुजुर्ग - ''ऐसा मत कहो बेटी मन रोता है।''

युवती - ''यह सत्य है बाबा, हम आदिवासियों की गौरवशाली परम्परा, संस्कृति, सुख- शांति, खुशियाँ सब छिन्न-भिन्न होकर बिखर गया, जाने हम पर किसकी नजर लग गयी!''

बुजुर्ग - ''बेटी! इस तरह की रोज-रोज की घटनाओं से तो हम मारे जाएँगे।''

युवती - ''हाँ बाबा, जैसे ही हमारा पाँव गाँव से उखड़ा, हम अपने ही घर में किरायेदार होकर रह गये। अपने ही जमीन पर बंजारे हो गये। गाँव की समस्याओं से तंग आकर हम उठकर यहाँ आ बसे अब यहाँ भी वही समस्याएँ हैं। अब यहाँ से उठकर कहीं और चले जाएँगे फिर एक दिन ऐसा भी आएगा जब वहाँ से भी उठकर कहीं और जाना पड़ेगा, हमारी अपनी जमीन तो कहीं है नहीं।''

बुजुर्ग - ''यदि यहाँ से न उठे तो?''

युवती मुस्कुरायी - ''यदि यहाँ से न उठे तो एक-एक कर इस संसार से उठ जाएँगे; देख नहीं रहे सवा सौ घरों का यह आदिवासी इलाका सिमटकर चालीस घरों का भी नहीं रह गया; कुछ तो मारे जा रहे हैं कुछ शहर की ओर चले गये और कुछ जेलों में, बाकी हम यहाँ रोज एक-एक कर घटते जा रहे हैं, एक दिन हम आदिवासियों का अस्तित्व ही समाप्त हो जाएगा।'' बुजुर्ग ने आसमान की ओर एक गहरे निःश्वास के साथ ताकते हुए कहा - ''तो क्या बेटी हम यूँ ही धूल, धुआँ और दुर्घटनाओं में एक-एक कर मरने वाले हैं या फिर यहाँ से उठकर कहीं और जाना है?''

युवती - "पता नहीं बाबा, जहाँ हमारी बदकिस्मती ले जाए।" और वह भी दीर्घ निःश्वास के साथ आसमान की ओर देखने लगी जैसे उसने अपना सब कुछ भाग्य को सौंप दिया हो।

कम्पनी ने जब महसूस किया इन पांच वर्षों में उसने सब कुछ अपने हाथों में कर लिया है, माटी में अब वह जोश जज्बात ठहरा नहीं रहा होगा जो कभी पाँच वर्ष पहले था। अब माटी को जेल से रिहा करा देने में कम्पनी को कोई हर्ज न था। अब माटी चाहकर भी कम्पनी का एक बाल भी बाँका नहीं कर सकता था। अब न ही माटी को कम्पनी के विरुद्ध आंदोलन करने का कोई जगह रह गया था न उसके साथ आवाजें बुलंद करने वाले आदिवासी समुदाय रहे और न ही अब आंदोलन का कोई औचित्य ही रहा।

पाँच वर्ष बाद माटी आज के शुभ दिन में जेल से रिहा किया गया। आज आदिवासियों के शुभ और पूजनीय दिन जब सारा आदिवासी समुदाय प्रकृति के साथ एकाकार होकर अखरा में मांदर की थाप और नगाड़ों की गूँज से सुख-दुःख भुलाकर लोकगीतों की बहारों में थिरकते, नाचते- गाते खुशियाँ मनाते रातें गुजार दिया करते हैं। जिस उत्सव की खुमारी पूरा का पूरा माह छाया रहता है। अपने प्रिय जनों, नाते रिश्तेदारों को निमंत्रित कर खानपान और अपने प्रिय पेय हँड़िया का सेवन कर अपनी सम्पूर्णता, संपन्नता, समृद्धि और प्राकृतिक ऐश्वर्य का एहसास कराते हैं।

झारखंड के राजकीय प्राकृतिक पर्व सरहुल के पावन अवसर पर माटी जेल से रिहा कर दिया दया। जाने प्रिय पर्व की खुशियाँ लुटाने को या फिर यादों की एक गहरी अवसाद, एक वेदना, एक टीस झेलने को। माटी जेल से छूटकर अपने गाँव की ओर ऐसा भागा चला आया मानो वर्षों का बिछड़ा बालक माँ की ओर दौड़ पड़ा हो।

माटी भागा चला आता था मन में भारी उत्कण्ठा उत्साह और लालसा पाले अपनी मिट्टी की ओर। मन पुलक-पुलक उठता था जैसे मन में गुदगुदी हो रही हो। वह अपनी चेतना में ख्वाबों की दुनिया सजाये ऐसे अधीरता से भागा चला आता था मानों वह एक साथ अपनी खोयी सारी खुशियाँ समेट लेना चाहता हो। पाँव अधीरता लिये भागा चला जाता था अपने चिर-परिचित राहों पर। उत्कण्ठित मन सब कुछ भुलाकर अपनी पुरानी दुनिया में रमता चला गया।

अहा! क्या बहार होगा आज सरहुल की गाँव में। सरहुल की धूम में सभी मदमस्त होंगे। अखरा घण्ट, मांदर की थाप और नगाड़ों की चोट से गूँज उठा होगा। गाँव के सारे लोग थिरकते अखरा की ओर खिंचे चले जाते होंगे। मैं भी जरा तेज चलूँ... सरहुल पूजा में सम्मिलित तो न हो पाऊँगा पर शाम होने से पहले अखरा में पहुँच जाऊँगा। वर्षों बाद अखरा में नाचने का सौभाग्य मिल रहा है। भूख से तो प्राण निकला जाता है, सबसे पहले काकी के घर जाकर भरपेट पूरी पकवान खाऊँगा, जाने क्यों इस खुशी पर हँड़िया भी पीने का जी करता है। मटरू काकी हँड़िया बड़ी स्वादिष्ट मीठी बनाती है वहीं जाकर जी भर कर पिऊँगा... बदनामी होती है तो होती रहे पर आज छककर पिऊँगा।

मन में हर्षोल्लास और मिलन की आस सँजोए जब वह गाँव के पास पहुँचा तो उसे सब कुछ असामान्य-सा प्रतीत होने लगा। अरे ये घने जंगल एकाएक कहाँ गायब हो गये। गाँव की ओर से आती बड़े-बड़े मशीनों और गाड़ियों का यह कोलाहल कैसा। कर्णप्रिय मनोरम मधुर मंथर हवाओं की सरसराहट, मंत्रमुग्ध कर देने वाली जंगली फूलों की सुगंधित बयार और पंक्षियों की चहचहाहट की जगह कर्णभेदी इस कोलाहल से तो सर फटा जाता है।

कहीं मैं दूसरी जगह तो नहीं आ पहुँचा क्योंकि मेरे गाँव का एक भी परिचित दृश्य नजर नहीं आ रहा। नहीं नहीं यह कैसे हो सकता है! मैं उन चिर-परिचित रास्ते से कैसे भटक सकता हूँ। यह मेरा ही गाँव है... लगता है कम्पनी ने अपने अधिकार में लेकर इस भूखंड की काया ही पलट दिया है। शाम की इस रुपहली बेला में तो जंगल से लौटते मवेशियों के झुंड से उड़ती धूल से गोधूली की आभा में मवेशियों के गले में टुनटुन बजते घंटी से मन निहाल हो उठता था, गाँव के हर घर में जल रहे चूल्हे से उठते धुएँ बादलों-सा प्रतीत होते थे... पर यह क्या यहाँ तो गोधूलि की जगह कोयले के काले धूल उड़ रहे हैं। वृक्ष तो रहे नहीं, इन घासों पर कोयले के धूल से सारी धरती बंजर पड़ गयी है। घरों से उठते धुएँ की जगह फैक्ट्री की चिमनी किसी दैत्य की भाँति प्राकृतिक बादल का पटाक्षेप कर जहरीला धुआँ का बादल बना रहा है। हाय रे नियति! यह क्या दृश्य दिखाया तूने।

मन भारी अवसाद के बीच चिंता और चिंतन में उद्वेलित होता जाता था। तभी माटी को ध्यान आया कि उसका प्यारा कुत्ता दुम हिलाता पैरों के पास लाड

जताते कब से माटी के स्वागत में कुँकिया रहा है। अपने वफादार कुत्ते को देख माटी को परम संतोष हुआ मानो उसका कोई बिछड़ा सगा मिल गया हो। जीर्णावस्था को प्राप्त कुत्ते को माटी बार-बार चूमता-पुचकारता रहा।

"अरे तू अभी तक जिंदा है! मैंने तो सोचा तू अब तक काल .....।" माटी ने आत्मीयता जताते हुए कहा।

"आ चल अपने घर को, गाँव के सभी लोग ठीक तो है ना? बच्चे बड़े हो गये होंगे, जो बड़े थे उनकी मूँछें आ गयी होगी, मैं तो पहचान भी न सकूँगा। गाँव में कितने नन्हे-नन्हे मेहमान भी आ गये होंगे, जाने कितनी बहुओं के शुभ पग लक्ष्मी बनकर गाँव की मिट्टी में पड़े होंगे; चल, सारे नये लोगों से आज मिलते हैं। अरे तू कुछ बोलता क्यों नहीं? चल आगे आगे चल, सबसे पहले नन्हे-नन्हे मेहमानो से मुझे मिला, तुझे तो सब पता होगा किस-किस घर में कौन-कौन नये मेहमान अवतरित हुए हैं चल आगे-आगे चल।"

माटी उत्साहित और अधीर-सा भागा जाता था पर कुत्ते की आँखों में संवेदना के आँसू देखे जा सकते थे। बुढ़ापा, भूख और उपेक्षा के कारण अब पैरों में वह तेजी नहीं रह गयी थी कि भागते खरगोश और जंगली मुर्गियों को लपक-कर मालिक के सुपुर्द कर दे, अब तो एक-एक पग चलना भी भारी पड़ता था। कुत्ते के चेहरे पर मायूसी, आँखों में बेबसी और चाल में शिथिलता देख उसे कुत्ते की दशा का खयाल हुआ। उसने देखा बुढ़ापा तो था ही पर उसके अस्थिपंजर भूख की दास्ताँ बयाँ कर रहे थे। माटी ने भी अपनी चाल धीमी कर ली और फिर दोनों भारी कदमों से गाँव की ओर चल पड़े।

माटी ने देखा गाँव की बस्ती में कच्ची मिट्टी के दीवारों का अवशेष सिसक -सिसककर अपनी मौन जुबान से गाँव की दशा का बेदर्द कहानी बयाँ कर रही थी। दीवारों के अवशेष पर कुछ कीलें गड़ी थीं जिस पर काले धूल से दबे मवेशियों की टूटी-फूटी रस्सियाँ कराहती दम तोड़ती प्रतीत होती थीं कुछ दीवारों पर फटी चटाइयाँ और पुराने कपड़े तेज चलती गाड़ियों के हवा के झोंकों से हिल कर रह जाते थे। कहीं-कहीं विशाल पेड़ के ठूँठ अपनी गौरव गाथा सुनाने, आदिवासी परम्परा और अस्मिता को कायम रखने का असफल प्रयास करते प्रतीत होते थे। अखरा जो आदिवासियों की पवित्र पूज्य सांस्कृतिक भूमि थी, उसके ऊपर से गुजरते कोयला लदे भारी ट्रक मानो माटी के छाती को रौंदते कोई दैत्य हों। माटी के मुँह से अनायास ही एक मौन चीत्कार उभरकर

टूट गयी। हाय रे जंगल के बाशिंदे कहाँ उजड़ चले सब! अपना जल जंगल जमीन सब लुट गया सब छूट गया। कहाँ गए मेरे लोग, कहाँ गयी मटरू काकी, कहाँ गये हमारे मवेशी, कहाँ गए हमारी जंगल सम्पदा, कहाँ गयी हमारे ग्राम देवता? कहाँ गए हमारे पवित्र सरना स्थल? क्या दशा हो गया हमारे अखरा का? जाने किस हाल में है वनशक्ति माता? कहाँ खो गयी हमारी हँसी-खुशी? किसकी बुरी नजर लग गयी हमारे स्वर्ग संसार को? कैसे मिट गई आदिवासी लोक संस्कृति? कैसे बिखरकर रह गयी हमारी आदिवासी अस्मिता। क्या यह आदिवासी सभ्यता का अंत है या फिर आदिवासी संस्कृति को नाश करने का कोई षड्यंत्र। माटी का आहत हृदय अपने लोगों, जल जंगल जमीन और आदिवासी अस्मिता को ढूँढ़ता रहा इन बचे अवशेषों के बीच। हृदय चीत्कार कर उठा, मन कराहकर रह गया। हाय रे नियति! वह दोनों हाथों से अपना चेहरा ढँककर जी भर के रोता, चिल्लाता, सिसकता घण्टों विलाप करता रहा। जब उसके आँसू पोंछने कोई स्नेहिल हाथ आगे न आया तो पास खड़ा कुत्ता अपने दोनों पैर माटी के कंधों से टिकाकर किंकियाने लगा मानों वह भी उसके गम में शरीक होना चाहता हो।

माटी श्रद्धावश इस मिट्टी को नमन करने और सम्मान देने के निमित्त माथे पर लगाने को भर मुट्ठी मिट्टी जमीन से उठाया पर माथे पर लगा न सका। हथेली पर उठी यह वह पवित्र पूज्य मिट्टी न थी जिसे लगाकर गौरवान्वित हुआ जा सके या स्वयं को धन्यभाग समझ सके बल्कि मुट्ठी में वह काला धूल था जिसे माथे पर लगना कलंक माना जाता है। वह चाहकर भी इस मिट्टी को माथे से न लगा सका।

माटी के आँसू जब आँखों में ही सूख गये तब उसे वनशक्ति देवी की याद आयी। वैसे तो उसने सबसे पहले देवी के दर्शन को ही सोच रखा था पर परिस्थिति ही कुछ ऐसी बनी कि वह विवश हो गया। वह वनशक्ति देवी माता के दर्शन को चल पड़ा पर उसका कुत्ता माटी के पीछे न चलकर दूसरे रास्ते पर चल पड़ा था। माटी को अंदेशा हुआ जरूर कोई बात है अन्यथा उसका वफादार कुत्ता कभी उसकी अवज्ञा नहीं करता। जहर वाले खीर के दिन भी उसका व्यवहार मनोनुकूल न था। यह खयाल आते ही माटी किसी अनहोनी की शंका से कुत्ते के पीछे हो लिया।

कुत्ता माटी को गाँव के एक छोर से दूसरे छोर तक घुमाता-घुमाता उस

आँगन तक ले गया जहाँ माटी ने अपने बचपन के दिन गुजारे थे। अँधेरे के कारण स्पष्ट दिखाई नहीं पड़ता था पर माटी ने अनुभव किया कि उसके प्यारे कुत्ते ने उसे उसके हर एक जमीन तक ले गया और अंत में उसके घर-आँगन तक लाकर खड़ा कर दिया। माटी को समझ न आ रहा था कि बेजुबान प्राणी आखिर माटी को क्या संकेत करना चाह रहा है। अपने उजड़े घर को देख माटी की आँखों से आँसू छलक पड़े। ध्वंस रूप में विराजमान इस घर ने उसके बचपन से अब तक की सारी दास्तान बयाँ कर डाला। घर के आस-पास इक्के-दुक्के पेड़ अब भी ठूँठ रूप में खड़े थे जिस पर माटी झूला लगाकर स्वर्गिक आनंदोत्सव मनाया करता था। घर की टूटी दीवारें आज भी माटी को अपने आँचल में समेट लेने को आतुर थी। माटी कुत्ते के साथ घूमते-घूमते काफी थक चुका था, भूख भी लगी थी; ऊपर से आसपास में कहीं रात गुजारने का इंसानी आश्रय दूर-दूर तक नजर नहीं आ रहा था। माटी अपने धँसे घर की दीवार पर पीठ टिकाकर बैठ गया। जाने कुत्ते को क्या लाड़ आया कि वह माटी की गोद में सिर रखकर निश्चिंत सो रहा। दीवार पर पीठ टिकाकर बैठा माटी ऐसी सुखानुभूति महसूस कर रहा था मानो माता रमियाँ के आँचल तले वह निश्चिंत निर्द्वन्द्व सो रहा हो।

देर रात तक माटी के कान में मशीनों और गाड़ियों की घरघराहट की आवाजें उसे बेचैन किये रहीं पर मारे थकान के जाने कब माटी नींद के आगोश में चला गया।

देर रात को तीखी आवाज से माटी की नींद टूटी। कुत्ते का सिर माटी की गोद में था। माटी ने करवट लेने के लिए कुत्ते को जगाया, पर कुत्ता जड़ हो चला था। उसने थोड़ा बल लगाया तो कुत्ता एक ओर लुढ़क गया। माटी चौंका, यह क्या! उसे शंका हुई और यह शंका थोड़ी ही देर में सच साबित हुई। हाय यह क्या हो गया! एक ही तो आत्मीय था वह भी छोड़ गया। इस अँधेरी रात के सन्नाटे के बीच माटी का करुण रुदन और विलाप सिसकियों के बीच मंद पड़ती चली गयी। अब माटी को ज्ञात हुआ कि कुत्ते ने उसे उसके उन तमाम जगहों पर घुमाया जहाँ - जहाँ माटी के जमीन खेत-खलिहान और पेड़-पौधे थे। मानो वह कह गया हो - 'अब तक मैंने बड़ी जतन से अपने मालिक की जागीर को सँभालकर वफादारी निभायी पर अब आपको पुनः आपकी जागीर सौंपकर मैं अपनी सारी जिम्मेदारियों से मुक्त होकर संसार का बंधन तोड़

चला।'

माटी अपने प्रिय कुत्ते के शोक में तड़पकर रह गया। कुत्ते की मौत के बाद माटी का वह ध्वंस घर ही जैसे उसका आशियाना बन गया हो। यहाँ रहते वह मन ही मन इस घर में गुजरी अपनी पुरानी जिंदगी को फिर से जी लेना चाहता था। इस घर में रहते उसे बड़ा सुकून था, पर धूप और पानी से बचने के लिए छप्पर न थीं। कुछ ही दिनों में उसने खोजबीन कर लाए लकड़ियों और पत्तों से छप्पर बना लिया था।

माटी का यह टूटा घर औरों के लिए निर्जन बियाबान हो सकता था पर माटी के लिए तो अपना यह घर गुलजार था। इन विकट परिस्थितियों में भी उसे आनंदानुभूति होने लगी थी जैसे कोई योगी बर्फ में भारी शारीरिक कष्टों के बीच आनंदानुभूति प्राप्त करता है। जीने के लिए हवा, पानी और भोजन आवश्यक तत्व है, पर माटी को भोजन तो दूर, पीने का पानी और साँसों के लिए शुद्ध हवा भी नसीब न हो रहा था। जाने क्या खाता-पीता था, धूल भरे हवा के बीच जाने कैसे वह दम टिकाए बैठा था। दिनभर वह अपने लोगों, सगे-सम्बंधियों को खोजता फिरता। जहाँ - जहाँ आदिवासियों के विस्थापन की सूचना मिलती, वह खाक छानता वहाँ पहुँच जाता पर हर जगह उसे वही टूटे झोपड़े मिलते। काफी भटकने और खोजबीन के बाद भी उसे अपने जाति समुदाय का गंध तक न मिला। जाने कहाँ चले गये उसके अपने। जहाँ कहीं भी उसे कुछ सूचनाएँ मिलतीं वह दूर-दूर तक जंगलों, पहाड़ों कंदराओं- गुफाओं और दूरदराज के गाँवों में अपनों की तलाश में खाक छानता फिरता। महीनों गुजरने के बाद भी वह अपनी आदिवासी समुदाय को न ढूँढ़ सका।

इस टूटे घर में भारी शोरगुल और कोयले के धूल के बीच अपनी पिछली पुरानी जिंदगी जीने की कवायद में वह अपने खेत- खलिहानों, बाग-बगीचों के बीच किसी दीवाने की तरह भटकता फिरता। इतने विनाश के बावजूद उसे इस बात का गर्व था कि वह अपनी मिट्टी के प्रति वफादार है और हृदय इस मिट्टी के साथ एकाकार है। इतने कष्टों के बीच उसे इस बात की खुशी थी कि वह अपनी जमीन में खड़ा है, स्वतंत्र है, उसे स्वयं की मिट्टी की सम्प्रभुता प्राप्त है।

वह इस वर्तमान क्रूर दुनिया से इतर अपने मानस में ख्वाबों की खुशनुमा दुनिया बना बैठा था जहाँ वह अपनी पुरानी जिंदगी में जीता सुखानुभूति अनुभव करता था।

माटी को अपनी इस झोपड़ी में रहते कई महीने बीत गये थे। तंगहाली और भूख के क्रूर प्रहार से उसका शरीर समय से पूर्व ही बुढ़ापा को प्राप्त हो चुका था। धूल, धुआँ और प्रदूषण के प्रकोप से खून और कोयले की काली उल्टियाँ होने लगी थीं, आँखें धँस गयीं, गाल चिपट गये, बिखरे बाल और बढ़ी विकृत दाढ़ी से उसकी शक्ल किसी विक्षिप्त दिखाई पड़ने लगी थी। तीव्र सर दर्द और बदन दर्द के बीच भी वह संतुष्ट और शांत चित्त था। झोपड़ी में बैठे-बैठे वह इस स्वर्गिक धरती की पुरानी यादों में खोया रहता था। वह स्वयं के निर्मित कल्पित माया के संसार में जीने लगा था। उसकी इस दुर्दशा को देख सहानुभूतिवश कुछ ड्राइवर चलते-चलते कुछ रुपये सिक्के फेंक जाते थे, पर वह सिक्के पड़े के पड़े रहते उसे वह छूता तक नहीं। वह तो स्वयं अपनी जमीन में बैठा ऐश्वर्यशाली था। आत्मगौरव के इस अभिमान ने उसे और दयनीय बना दिया था। उसपर सहानुभूति रखने वाले ट्रक ड्राइवरों ने जब देखा कि वह पैसों का भूखा नहीं तो वे शहर से आते खाने की कुछ चीजें खरीद लाते या फिर अपने खाने के कुछ हिस्से दे जाते।

सावन बीता भादों आया तब कुछ आदिवासी परिवार जिन्हें कम्पनी ने नौकरी दे रखी थी, जो परिवार सहित शहरों में बस गये थे, उन्हें वनशक्ति देवी माता की याद आयी। अब उनके पास अपने पुराने अस्तित्व स्वरूप वह वनशक्ति देवी माता का मंदिर ही रह गया था जो अब तक सब कुछ परिवर्तन और विनाश के बावजूद अपने अस्तित्व में कायम था।

भादों मास की एकादशी तिथि को जब सारे आदिवासी परिवार करमा पूजा के उपलक्ष्य में वनशक्ति देवी की मंदिर में उपस्थित होकर रात में कर्मा पूजा करते थे और फिर ढोल नगाड़े मांदर लेकर अखरा में अपने पारम्परिक लोकगीतों के साथ नाचते गाते रात बिताते थे। अब तो वैसा कुछ था नहीं किंतु पुराने दिनों की यादें आदिवासी बुजुर्गों को बेचैन किये हुए थीं। आज भी उनकी मान्यता थी कि परिवार की सुख- शांति, समृद्धि वनशक्ति माता की कृपा से ही सम्भव होता है। अतः उनके आग्रह और सद्प्रेरणा के कारण शहरों में बसने वाले आदिवासी परिवारों ने तय किया कि भादों की एकादशी तिथि को वे सारे लोग एक साथ वनशक्ति देवी के मंदिर में करमा पूजा करेंगे, शायद इसी बहाने वे बाकी के अपने आदिवासी सगे-सम्बन्धियों से मिल जाएँ।

सारे लोगों ने तय किया और भादों कृष्णपक्ष की एकादशी की रात

वनशक्ति देवी के मंदिर में पूजा के लिए चल पड़े। धूल भरे कीचड़ से गुजरता उनके चार गाड़ियों का काफिला गाँव के एक छोर पर जाकर रुक गया। इस काफिले का संचालक सोहन था, साथ में सजी-धजी सुरती थी। सभी के मन मानस में अपने वे पुराने सुखमय स्वर्गिक जिंदगी के दिन किसी फिल्म की भाँति मानस-पटल पर गुजरते चले गये, जिसकी झलक कुछ लोगों के आँखों से टपकते अश्रुधारा में स्पष्ट देखी जा सकती थी। वे इस तरह तन्मय, एकाकार, भावुकता में बह चले कि उन्हें सुध भी न रही वे क्या करने आये हैं। सुरती माटी के साथ बिताये अपने पुराने दिनों में बह चली थी।

गाड़ी से उतरते ही लोगों को यह आभास हुआ कि यह वही वनस्थली है जहाँ खुशियों का संसार गुलजार हुआ करता था... पर आज यहाँ बस धूल काले कीचड़ ही बिखरे पड़े हैं। कदाचित नर्क ऐसा ही होता होगा। लोगों ने देखा वनशक्ति माता देवी का मंदिर किसी टापू की तरह अपनी विवशता को रो रहा है। मंदिर के चारों तरफ कम्पनी ने कोयले निकालकर बड़ी-बड़ी खाई बना दी है जिस पर बरसात का पानी लबालब भरा है। वनशक्ति देवी के चरणों को पखारती गाँव की नदी जाने कहाँ विलुप्त हो गयी। कम्पनी कदाचित मंदिर तोड़ मंदिर के नीचे से भी कोयला निकाल लेती लेकिन गाँववालों ने यह जमीन कम्पनी नहीं लिखा था शायद इसी कारण यह मंदिर शेष है या यूँ कहें अवशेष है। मंदिर तक तो क्या मंदिर के पास भी जाना सँभव न था अतः सभी अपने-अपने प्रबंध किये गये सीमित रोशनी में अपनी-अपनी पूजा की थाल निकालकर अपनी पारम्परिक रीति से पूजा-अर्चना करने लगे।

इधर माटी को पूर्वाभास था कि आज कर्मा के दिन वनशक्ति देवी के मंदिर में जरूर किसी न कोई सगे से भेंट हो जाएगी अतः वह अपनी झोपड़ी से निकलकर धीरे-धीरे मंदिर की ओर बढ़ चला। दूर से ही जब उसने लालटेन की मद्धिम रोशनी देखी तो उसकी आँखें भी चमक उठीं। अरसे बाद उसे लालटेन की रोशनी दिखाई पड़ी थी। धड़कन तेज हो गयी। निर्बल पाँव में गति आ गयी और बाँहें अपनों को गले लगाने को आतुर हो उठा। अपनों से मिलने को अधीर इतना तेज चला कि वह अपने लगा था। नजदीक पहुँचकर उसकी आँखें किसी अपने को ढूँढ़ने लगीं। अचानक मंझली काकी को पहचानकर वह बड़ी उमंगें लिये काकी को पुकारना ही चाहता था - ''का ...... की .....!'' वह गश खाकर काले कीचड़ में गिर पड़ा। मुँह से निकली आधी पुकार टूटकर बिखर

गयी। वह उठकर दुबारा काकी को पुकारना चाहा पर साँसो ने उसका साथ न दिया। कीचड़ से लथपथ डरावने से विकृत शरीर को देख कुछ लोग भारी कोलाहल के साथ उसे दुत्कार कर वहाँ से भगाने की कोशिश करने लगे।

"देखो देखो सँभलो! यह पागल कहीं उत्पात न मचा दे।"

"लगता है भूखा है इसलिए प्रसाद आदि देखकर यहाँ आ पहुँचा है।"

"इस पागल को दूर करो यहाँ से नहीं तो जूठा कर देगा सारा प्रसाद, जाने कहाँ से आ टपका पूजा में विघ्न डालने।"

"इस अँधेरी रात में भी इन पागलों का चलना-फिरना लगा रहता है भूत पिशाच की भाँति, शक्ल देखो तो इसकी कैसा डरावना भूतहा-सा लग रहा है"

"अरे लार टपकाते इस भूखे पागल को दूर करो यहाँ से! जाने कब झपट्टा मार प्रसाद ले भागे।"

काकी - "क्यों इस बिचारे पागल को आप सभी दुत्कार रहे हैं, भूखा है, वक्त का मारा है बेचारा तभी तो इसकी यह दशा है अन्यथा क्यों इस कीचड़ भरी जगह पर रात में भटकता फिरता।" काकी ने सहानुभूति जतायी।

अपनों की दुत्कार से माटी का कलेजा फट गया। ये वही लोग थे जो माटी के घर में पैर रखना अपना सौभाग्य समझते थे, उसके आँगन का तिलक माथे पर लगाते थे और उस परिवार की हर एक बात इनके लिए नीति वाक्य हुआ करता था जिसे लोग उपदेश समझकर धारण किया करते थे।" हे विधाता! कैसी किस्मत लिख डाली तूने मेरे कपाल पर!" माटी रो पड़ा।

लोगों के दुत्कार से माटी आहत था पर काकी के स्नेहिल बात से उसके आँखों से आँसू छलक पड़े। काकी की सहानुभूति ने इस दुत्कार के बावजूद फिर उनके नजदीक जाने का सँभल दिया। वह उठा और फिर से अपनी स्नेहाकांक्षी भावनाओं को समेटे उनके नजदीक जाने की कोशिश की, पर इस बार तो हद ही हो गयी। किसी ने उसे धक्का देते मारते वहाँ से दूर हटाते हुए कहा - "वनशक्ति देवी के पूजा में यह पागल जरूर कोई व्यवधान डालेगा, इसे खदेड़ो यहाँ से।"

माटी को अब तिबारा साहस न हुआ कि वह उनके नजदीक जाकर अपना परिचय दे सके। वह आहत मन से चुपचाप इस मौके की तलाश करता रहा कि

शायद ईश्वर उसे अपना परिचय बताने का एक मौका जरूर प्रदान करेंगे। वह कीचड़ से लथपथ इन दुर्भावनाओं से कुंठित सोचने लगा कि आखिर वह अपना परिचय क्यों दे, इससे उसे क्या हासिल हो जाएगा... ज्यादा से ज्यादा यह होगा कि वे मुझ बीमार बेकार को सहानुभूतिवश कुछ कपड़े या खाना दे जाएँ या दैवयोग से यह भी सँभव है कि वे मुझे अपने साथ चलने का आग्रह करें पर मैं क्यों उनका बोझ बनने जाऊँ। शहरी जिंदगी वैसे भी मुझे नहीं सुहाती, ऊपर से शहरों में किराये के छोटे-छोटे मकानों में किसी तरह हाथ-पैर समेटे दिन काट रहे इन परिवारों के बीच मैं कहाँ समा पाऊँगा। क्यों उनके निजी पारिवारिक जीवन में दखल खलल पैदा करूँ, क्यों उनके सुख शांति के बीच अपने स्वार्थ के लिए उनका सुख शांति भंग करूं। माटी उस परिवार का माटी (वंशज) है जो कभी किसी का एहसान न लिया बल्कि दूसरों के सुख शान के लिए खुद अपनी सुख शांति ताक पर रख दिया करता है। वह आत्म गौरव से अभिभूत तटस्थ अपने स्थान पर खड़ा दूर से ही उन लोगों को पूजा करते देखता रहा।

कर्मा के उत्सव में पहले जैसा वह रिझरंग नहीं रहा जैसा कि पहले नाचते गाते रातें कट जाया करती थीं। चारों तरफ कोयले के खदान और बड़ी-बड़ी गहरी खाइयों से इस अँधेरी रात में यह जगह बड़ा सुनसान और डरावना सा लगने लगा था पर यह वही स्वर्गिक वनस्थली है जो कभी रिझरंग से गुलजार हुआ करती थी। अब यहाँ रात का एक-एक पल बिताना भारी पड़ रहा था। यहाँ रात बिताना सम्भव न था अतः वे सभी पूजा सम्पन्न कर अपने-अपने पूजा की थाली व सामान समेटी ही रहे थे कि एक भीषण हाहाकार के साथ देखते ही देखते वनशक्ति देवी ने जल समाधि ले ली, इन दैत्याकार कोयले की खदानों में भरे लबालब पानी में मंदिर समा गया। यह एक डरावना भयावह दृश्य था। मारे भय के लोगों के अंग सिहर उठे, हृदय दहल उठा। तेज धड़कते धड़कनों के साथ शुभ-अशुभ की शंका लिये लोगों के बीच भगदड़ मच गयी। वे किसी अनिष्ट की आशंका से सहम उठे। सभी क्षमा और त्राहिमाम के साथ अपने अपने सामान जल्दी-जल्दी समेटकर यहाँ से जैसे बच निकलने की अफरा-तफरी मे लग गये हों। जाने क्या अनिष्ट होने वाला है! ना जाने हमसे कौन-सी भूल हो गई जो वनशक्ति देवी हमसे रूठ बैठीं। इन्हीं अनिष्ट की शंकाओं से लोग भयाक्रांत थे।

वहीं दूसरी ओर माटी सहज भाव से ऐसे खड़ा रहा मानो यहाँ कुछ हुआ

ही न हो। माटी एकांत भाव से सुरती को देखे जा रहा था। क्या यह वही सुरती है जो माटी के हृदय में आज भी बसती है।

चलते-चलते लोगों को उस बेचारे पागल भिखारी का खयाल हुआ जो चुपचाप खड़ा उन्हें ही देखे जा रहा था। वह आत्महीनता से ग्रसित अपनों के मिलन की खुशी या कि गम में मूर्तिवत खड़ा था। शरीर स्थिर पर मानस चंचल। पुरुष गाड़ी में सामान रखने और व्यवस्था में व्यस्त थे और सारी औरतें भागमभाग और आनन-फानन में माटी को प्रसाद थमाती गुजरती जाती थीं। मंझली काकी, सुतली, मुनियाँ, परेश बहू, ललकी, सोमनाथ की बहुरिया और न जाने कौन-कौन। कुछ अपरिचित चेहरे भी थे और अंत में सुरती सुरती हाँ वही सुरती।

सुरती ने गौर किया वह पागल व्यक्ति उसे ही घूरे जा रहा था। ऐसी टकटकी लगाकर घूरना जो भयाक्रांत कर दे। पर सुरती को लेशमात्र भी भय न हुआ। सुरती ने माटी के हाथों में प्रसाद थमाया। आँखें मिलीं और जाने क्यों अनायास ही उसके हाथों ने माटी के पैरों को छू लिया। इस छुअन से माटी भीतर तक सिहर उठा। हाय! हाय! यह वेदना सही नहीं जाती। एक पागल का स्वरूप धारण किये, बिखरे बाल, विकृत लम्बी दाढ़ी वाले इस पागल व्यक्ति के चेहरे को सुरती भले पहचान न सकी थी पर वह इस डरावने शक्ल के बीच इन स्नेहिल दो आँखों को बखूबी पहचानती थी। इन आँखों को पहचानने में सुरती को पलभर भी समय न लगा न चेहरे में शिकन आया। सुरती प्रसाद देकर आगे बढ़ गयी पर उसका हृदय चित्कार उठा - 'माटी! हाय! ' मन बैठ गया, हृदय कराह उठा। ' हाय! हाय! यह दुर्दशा। '

माटी प्रसाद लेकर सीधा अपनी झोपड़ी में लौट आया मानों माता का प्रसाद, अपनों का मिलन और सुरती के दर्शन से धन्य हो उठा हो। मन ऐसा शांत कि हृदय में किसी का कोई मलाल न रहा हो... एकदम स्वच्छंद, निर्द्वन्द्व, निश्चिंत।

माटी आज पेट भरके अपने लोगों के हाथों का बना प्रसाद खाकर ऐसा तृप्त हुआ मानो सदियों का भूखा हो। आधी रात के बाद से ही माटी को खून और कोयले की उल्टियाँ होने लगी थीं। कोयले की धूल ने फेफड़े के छिद्रों को बंद कर दिया था जिससे पूरी ताकत लगाकर भी माटी आधी साँस ही ले पाता था। लगातार उल्टी से माटी का शरीर पस्त हो चुका था। औंधे मुँह पड़ा माटी

का शरीर शिथिल था, पर मन निश्चिंत, निर्द्वन्द्व, तृप्त और सुकून भरी साँस लेता हुआ अपनी पुरानी गुजरी दुनिया में एक बार फिर से लौट चला था - आहा! आम की बगिया, बगिया में कच्चे आम के गुच्छे पर लार टपकाते बच्चों के झुण्ड के बीच कोयल की कूक की नकल करता एक छोटा-सा नटखट बच्चा, बगिया के नीचे ताल पर नहाते नंगे बच्चों की टोली। गाँव की ऊँची-नीचे पहाड़ियों की तराई में चारों ओर फैले विस्तृत सीढ़ीनुमा खेत जिसकी हर मौसम में एक अलग रूप रंग और बहारें होती हैं। जैसे गाँव की नयी नवेली बहुरिया हर मौके पर नये-नये कपड़े बदलने और हर बार सजने-सँवरने के नये-नये बहाने ढूँढ़ती फिरती हो। नदी में मछली पकड़ते ये चरवाहे झरने पर अरुणोदय की बेला में सूर्य की कोमल किरणों से टकराकर छिटकती जल बूँदे सतरंगी आभा से आलोकित छपाक-छपाक जलक्रीड़ा करती ये आदिवासी तरुणियाँ मानो स्वर्ग की रूपसी बालाएँ धरती पर मोतियों से स्नान करने उतरी हों। झरने से पानी लेकर लौटती, हँसी ठिठोली और चुहल करती कतारबद्ध गाँव की छोरियाँ। अगहन मास में सिर पर धान का बोझा लिये खुशी से मतवाली लोकगीत गुनगुनाती खलिहानों सेलौटती आदिवासी औरतें, जंगल में शिकार और मधु की तलाश में भागते सशस्त्र युवाओं का उत्साही दल, जंगल से कंदमूल खोदकर साथ में जलावन की लकड़ियाँ लाते बुजुर्गों की जिजीविषा। दूर कहीं बाँसुरी बजाता चरवाहा जाने किसे लुभाने चला हो। शाम की गोधूलि बेला में जंगल से चरकर आते मवेशियों का झुण्ड जिनके खुर से उड़ते धूल को अस्ताचलगामी सूर्य के रक्तरंजित किरणों में घुलते देख भूखे बछड़े उछल-उछलकर रसिस्याँ तोड़ माँ के थन से लग जाने को आतुर। घर को लौट रहे मवेशियों के गले में बँधी घण्टी का टुनुर -टुनुर और पक्षियों के मिश्रित कलरव से प्रकृति का संध्या वंदन हो रहा हो जैसे। हर शाम अखरा में सारे लोगों का जुटान जहाँ सभी सुख-दुःख, दुनियादारी, खेती-बारी की बातों से लोग अपनी शारीरिक व मानसिक थकान दूर करते हों। फिर आदिवासियों की अपनी लोक संस्कृति, सरना, सरहुल और कर्मा की मस्ती। अखरा में अपने प्रिय पेय हँड़िया का सेवन कर प्रकृति के त्यौहार कर्मा और सरहुल में मांदर की थाप और नगाड़ों की गूंज से रात भर थिरकते, नाचते, गाते लोकगीतों का आनंद लेते लोग। शादी ब्याह के मौकों पर एक दूसरे पर हंसी ठिठोली करते नर नारी। सुरती ...! सुरती के साथ बिताए वह आनंदानुभूति के दुर्लभ लम्हे। ओफ्फ ......!!

सुबह हो चुकी थी। किसी दयालु ट्रक ड्राइवर ने देखा - झोपड़ी की

दहलीज पर वह भिखारी औंधे मुँह पड़ा है जिसकी मंद साँसों से जमीन का धूल उड़ता और फिर वही बैठ जाता था। शायद इसकी तबीयत ठीक नहीं जान पड़ती थी। जी में आया गाड़ी रोककर हालचाल पूछ ले, यदि जरूरत हो तो मदद भी कर दे पर इस भय से ट्रक के ब्रेक पर उसके पैर नहीं जमे कि यदि खदान में देर से पहुँचे तो आज कोयला लोडिंग न हो सकेगा। फिर नाहक मालिक का डॉट फटकार और ताने। उसने मन ही मन सोचा गाड़ी लोड कराकर वापसी में कुछ समय देकर हाल-चाल पूछ लेंगे और कुछ खाने को भी इंतजाम कर लाएँगे यह सोचकर वह आगे बढ़ गया।

वापसी में उस ड्राइवर ने किनारे गाड़ी लगाकर हाथ में पावरोटी लिये ट्रक से उतरा। नजदीक जाकर देखा तो किसी अज्ञात शंका से पश्चात्ताप कर उठा। उसने देखा अभी भी वह बीमार भिखारी औंधे मुँह पड़ा है पर उसके साँसो से उठने वाले काले धूल अब नहीं उठ रहे थे। शरीर ठण्डा पड़ चुका था। ट्रक ड्राइवर के हाथों से पावरोटी छूटकर गिर गयी और मन उद्विग्न हो उठा। पश्चात्ताप करता वह अपने ट्रक में जा बैठा। काश! सुबह मैंने इस बीमार की सुधि ले ली होती... माटी अपनी माटी में पड़ा था माटी में मिलने को।

दूसरे ही दिन सोहन ने हाथों में अखबार लिये सुरती को एक चित्र दिखाते हुए कहा - ''यह अज्ञात शव उसी पागल व्यक्ति का लगता है जो हमें पूजा के समय वनशक्ति मंदिर में तंग कर रहा था, लगता है पूजा में विघ्न डालने की सजा वनशक्ति माता ने उसे तत्क्षण दे दी। वनशक्ति माता की जल-समाधि से शायद यही अनिष्ट होना था।'' चित्र देखकर सुरती तड़प उठी। आँखों से मौन अश्रुधारा बह चली, हृदय चीत्कार उठा। सुरती माटी के लिए दहाड़कर रो भी तो नहीं सकती थी। सुबकने के लिए भी तो एकांत चाहिए था। इस हृदय विदारक दुख से उसका कलेजा फटा जा रहा था। वह अपने मौन प्रलाप और करुण क्रंदन को दबाने की कोशिश में बेहोश होकर गिर पड़ी।

इस अज्ञात शव को पोस्टमार्टम के लिए जिला पोस्टमार्टम गृह भेज दिया गया, पर वहाँ जाने किन सूत्रों से पता चला कि यह व्यक्ति कोई और नहीं बल्कि कुछ दिन पहले ही जेल से छूटने वाला माटी है। यह वही माटी है जिसने अपने आदिवासी समुदाय के कल्याण के निमित्त कम्पनी के विरुद्ध विद्रोह कर दिया था।

फिर क्या था, नेताओं को इसकी भनक लगते ही उन्होंने इस शव का

राजनीतिकरण कर दिया। किसी ने शहीद कहा, किसी ने मिट्टी का वीर सपूत कहा, किसी ने आदिवासियों का उद्धारक कहा, किसी ने देव अवतार तक कहा डाला और अपनी-अपनी वोट की रोटियाँ सेकने में लग गये। ये वही अवसरवादी नेतागण हैं जो आदिवासियों के कल्याण के लिए कुछ करती तो है नहीं उलटा इन भोले-भाले वनवासियों पर बड़ी-बड़ी राजनीति करते हैं।

किसी नेता के द्वारा एक भव्य समारोह का आयोजन कर माटी को शहीद करार देकर उसके नाम से उसके इसी झोपड़े में एक स्मृति-शिलापट्ट लगा दिया गया। शिलापट्ट पर टँगे फूलों की माला ज्यों-ज्यों सूखती गयी शिलापट्ट पर काले धूल की मोटी परतें भी जमती गयी।

सुरती को इस बात से तसल्ली थी कि माटी को उसके संघर्ष का सम्मान मिला। जब मन उद्विग्न हो उठा तो वह उस शिलापट्ट के दर्शन को गयी। शिलापट्ट तो जरूर लगा था पर वह स्मृति-शिलापट्ट प्रतीत न होता था। उस शिलापट्ट पर जो नाम खुदे थे वह धूल की मोटी परत से पटा था। शिलापट्ट देख सुरती की आँखों से अनायास ही आँसू छलक पड़े। उसकी आँखों ने शिलापट्ट को बड़ी श्रद्धा से निहारती नियति से एक प्रश्न पूछ लिया - ''जाने इस शिलापट्ट से काली धूल का कभी पटाक्षेप हो सकेगा।''

www.ingramcontent.com/pod-product-compliance
Ingram Content Group UK Ltd.
Pitfield, Milton Keynes, MK11 3LW, UK
UKHW041825200726
13854UKWH00002BA/568

9 789388 556378